緋彈的亞莉亞 XVII

Aria the Scarlet Ammo

星條旗的霸道

赤松中學

1彈　緋色的女神

「——現在這個瞬間，就是歷史的轉捩點。」

有著亞莉亞的臉——

卻不是亞莉亞的緋緋神如此說道。

「而你就是歷史的見證者了，遠山。」

從鳥居上傳來的娃娃聲響徹乃木神社。

緋緋神的招式光是我知道的就有……一擊必殺的雷射，視野內瞬間移動，還有將物質丟往時空遠方緋天．緋陽門。

再加上她的肉體是亞莉亞。

換言之，我就算要跟她開打——也不能傷害她的身體。

而且即使我打倒對手，不知從何處遠距離操縱著亞莉亞的緋緋神本體依然是毫髮無傷。

防禦力完全超越「防禦」概念的超常敵人——

（我還以為「劫犯」對手從劫腳踏車開始，到劫油輪就結束了說……沒想到，竟然還有「劫亞莉亞」啊……！）

相對地，我手中只有手槍和短刀而已。

在草木大地、大氣星辰都被緋緋神鬥氣震盪的感覺之中——

發出微弱光芒的甲蟲在冬季天空中如箭矢般逃逸而去。

雖然上次被妖刕襲擊的那個夜晚，我光是看到四處逃竄的老鼠就會想跟著逃跑——不過這次在王者爆發模式的加持下，我總算勉強留在原地了。

「自香港以來，我睡了很長一段時間。所以今晚就來熱身一下吧。」

緋緋神亞莉亞露出凶暴的笑容——散發緋色光輝的雙馬尾「唰！」地用力拍打。

藉由造成的上升力，緋緋神在鳥居上輕輕飄起。

是飛翔能力——伊·U戰之後，從ICBM上墜落下來時，亞莉亞也使用過這個能力。當我回想起這件事的同時……

（……？）

我腦中忽然浮現出一個疑問。

事實上，無論亞莉亞還是猴，都可以靠自己的意志使用色金的一部分能力。

而能夠辦到這一點的還有另一名少女，就是理子。

根據夏洛克的說法，理子的十字架是由色金合金製成，含有與緋緋色金同族異種的色金。

而理子即使一直將那東西帶在身上，也從來沒有發生過像猴或亞莉亞這樣心靈被奪取的現象。

照這理論來想，真正比較接近概念上的超超能力者——「緋彈的亞莉亞」的人，應該是理子才對。

只是因為效果比較小所以不太引起注意而已，但**理子的確可以讓色金服從自己**。

這是為什麼？

就算是我爆發模式下的腦袋，也得不出答案。不過——

以偵探科的講法來說，「留有疑問」的事情就代表還有發展的餘地。這件事應該不是什麼完全沒有出口的迷宮。乍看之下很像密室，但其實從不知位於何處、不完全的漏洞微微透風。

而我要在這場戰鬥中——找出那個漏洞。

上吧，金次。

「遠山，我想把你用在戰爭上，所以不能殺了你。這點我很清楚。雖然很清楚，但我還是很渴望跟你戰鬥。我只要幾分鐘就能殺死你，搞不好只要幾秒鐘，不過這段過程中你想必會與我激烈戰鬥。只要一想到你——能夠給予我『真正的戰鬥』所帶來的快感，我就無法克制自己呀。」

另外還有一點。就是這個對手並非無從對付。

從發言來推測，緋緋神的行動原理是出自感情。她一心追求戀愛與戰鬥帶來的快感，討厭無聊。雖然在能力上超越了人類，但精神上卻與人類無異。而且其能力也有高低起伏，尤其是在剛附身到某人身上——也就是『剛睡醒』的狀態下——會無法發揮真正的實力。

——即使被冠以「神」的封號，這傢伙依然不是什麼完美無缺的存在。

就當成是與一名超強力的超能力者戰鬥吧，金次。雖然不是我擅長的領域，但至少我過去也強襲逮捕了好幾名超能力者啊。

——所以在今晚，我也要再次化不可能為可能。賭上孖的名聲。

「所以說，遠山，只要一點點就好……讓我偷吃一下吧。我會想辦法讓自己忍耐到極限，盡可能對你手下留情的。」

「妳用不著忍耐啦。理子也有說過，忍耐對身體不好。妳別做那種對亞莉亞身體不好的事情。」

雖然我還不知道該怎麼對付她，不過就一邊戰鬥一邊找方法吧。就跟至今為止的戰鬥一樣。

打算先用不可視子彈射出閃光彈，製造攻擊機會的我——在做出行動的瞬間……

「金次——」

總是以「遠山」稱呼我的緋緋神，忽然叫了我一聲。用亞莉亞的聲音，像亞莉亞在呼喚我一樣。

「——我愛你。」

……嗚……！

那只是緋緋神在扮演亞莉亞而已。我明明很清楚這一點的，可是——爆發模式下的我卻心生動搖，讓不可視子彈失誤了。

閃光彈微微偏離射擊線，在緋緋神的背後炸開。

緋緋神亞莉亞背對著宛如白色煙火般的亮光……

「——哈哈！哈哈哈哈！戀愛實在太棒了！猶如花苞綻放——」

從鳥居上朝半空中跨出腳步。

她嬌小的身體自在地飛在空中。不對，是像在小跳步一樣跳著。

啪！啪啪！在她腳下可以隱約看到有七彩的光芒散出。鞋子每在空中踏一腳，就會產生出某種肉眼看不見的方塊成為她的踏板。

搖曳著秀髮形成的翅膀，宛如跳舞般緩緩落下的緋緋神——實在**漂亮**到會奪走人心。

比女演員更加優美的表情，比舞者更加華麗的舞步。

而這些舉止，還是透過亞莉亞可愛的外貌來呈現。

孫在香港踏著少女們有如睡蓮的手來到我面前的時候，我也曾經被她那華美的動作深深吸引。不過此刻的緋緋神比起當時，似乎更能隨心所欲的樣子。

以前大哥說過『美麗中自有神依附』……而附在美少女身上的緋緋神更是展現出唯有神才能散發的美麗。

看著緋緋神彷彿要擁抱我似地張開雙手，背對著閃光從空中走下來的樣子——

我不禁被那超越現實的氛圍吞沒，變得無法動彈了。

就算再怎麼誇耀王者的爆發模式，王也終究是人。在神的面前，依舊只是個人類。此刻的我深深感受到這個道理，只能目不轉睛地注視著她的風采。

——砰——

就在這時，忽然響起槍聲，彷彿打了我一巴掌似地讓我從陶醉的心情中清醒過來。

緋緋神亞莉亞的腳下「啪！」地爆出銀色閃光，讓她微微失去平衡。

「……！」

那槍聲是.45柯爾特彈。

開槍的是柯爾特SAA——和平製造者——

「約翰福音第1章第51節……『你們將要看見天開了，神的使者上去下來在人子身上』。」

……加奈……！

「——法化銀彈似乎有效的樣子。好啦，緋緋神小姐，這裡可是祭祀神明的神社喔？再跑出一個神會不會太多了呢？」

大概是急急忙忙趕來的關係，加奈只穿著縱紋針織毛衣與牛仔褲的輕便打扮——相對於從鳥居落下的緋緋神，她踏著石階走上來。

斜掛在她腰上的象牙色皮帶上，滿滿地都是閃閃發亮的銀彈彈頭。

腳步不穩的緋緋神亞莉亞準備再次踏在肉眼看不見的方塊上——砰！

卻又被正宗‧不可視子彈擊破方塊了。

「哦喲。」

緋緋神最後只好無可奈何地跳下來，落在和我有點距離的地方。

「大……加奈，你來了啊。」

來到我左方兩公尺的加奈——爆發模式下的大哥雖然是救了我一命，但……

大哥的**變身**應該會很花時間的。而他現在卻已經把一頭長髮綁成辮子，也換好裝，做完各種準備。如果是亞莉亞變成緋緋神之後才開始行動，也未免太快了。

換言之，大哥應該是在那之前就已經變成加奈了。為什麼？

「——自從上次在海上碰面之後好久沒見了呢，緋緋神。妳這女人老是在打擾妾身的興致呀。」

緊接著現身的，是佩特拉，大哥的未婚妻。

畢竟她據說是世界三大美女之一——克麗歐佩特拉的後代，因此也是個美女。不過……

總覺得她現在好像很不開心的樣子。

而她的態度總算讓我想到了，看來大哥是在佩特拉的要求下變成加奈，然後準備進行某種我不太能理解的大人遊戲。但不管怎麼說，多虧如此讓我獲救也是事實。

仔細一看，佩特拉的指環上停著剛才從樹林逃走的那隻甲蟲——黃金聖甲蟲。大概就是那隻使魔將這裡發生的事情報告給佩特拉知道的吧？

「──金次，我會使出全力。你快逃吧。」

往前踏出一步、呈無形之姿──像速射槍手姿勢的加奈，用不同於亞莉亞和佩特拉的美人臉對我如此說道。

「我拒絕。這是我的問題，我絕不讓步。」

「金次也真是的……叛逆期嗎？」

加奈露出有點傷腦筋的表情，像隻小鴿子一樣微微歪頭。還真是缺乏緊張感啊。

「我不是在叛逆。剛才那……或許看起來很像我被對手的氣勢吞沒了，但我還是可以戰鬥。這一年來，我的實力至少也有提升到妳的一半啦。」

再說──加奈曾經有一度打算殺死亞莉亞。

搞不好她這次也想要透過殺掉亞莉亞來收拾狀況。就像玉藻那樣。

「……我知道了，金次。不過，那個緋緋神對你來說負擔太重了。你不需要打倒她，交給我就行。你去把亞莉亞的身體引誘到距離我重心半徑一百七十七點七公尺的範圍以內。另外──你不用擔心你腦中在想的事情。因為我是個武偵呀。」

似乎看穿我心中顧慮的加奈，向我約定不會痛下殺手──

「……我知道了。」

──於是，我決定相信她了。

哎呀，她雖然外表看起來是姊姊，但畢竟還是大哥啊。

做弟弟的，怎麼能不信任哥哥。像大哥也是因為信任我而加入戰局的，那我也要在信任大哥的前提下思考戰略才行。

「但是金次，赤手空拳是不行的喔。你為什麼沒有拔槍？手槍才是人類發展出來最棒的近戰武器，而能夠最有效利用這項武器的，就是我們遠山家的人類呀。不是嗎？」

「因為GⅢ以前對我說過完全相反的話，讓我有點在意啦。」

害怕緋緋神再次假扮亞莉亞說出莫名其妙的話，讓自己心生動搖造成誤射的我……被加奈催促拔槍，卻還是拒絕了。結果……

「那就折衷好了。金次應該也有把我以前交給你的東西帶在身上吧？」

加奈說著——甩動她褐色的長髮——

從她那長長的麻花辮中，出現了許多暗夜藍色的金屬片。

包含握柄在內的二十五塊零件宛如蛇腹劍般組合起來，轉眼間出現在她手中的——是蠍尾，也就是加奈在認真起來的時候會使用的鉻合金大鐮刀。

——唰——

加奈將巨鐮一揮，架到身體的斜下方。在那肉眼幾乎無法看清楚的軌跡下方，沙塵宛如牛奶皇冠般以加奈為中心飛揚起來。

將那半徑一點七七七公尺的「圓」展開成「球」，就是加奈的殺傷圈。

攻擊距離遠比我的短刀還要長，角度也很自由。加奈將巨鐮像長棍一樣揮舞所形成的殺傷圈，幾乎就是一個完整的球形。

與利用平面殺傷圈切砍對手的刀劍不同，能夠將進入球體內的所有東西「用刀刃砍斷」或「用刀背彈開」的——就是這攻防一體的武器，蠍尾。

加奈打算用這玩意——對緋緋神展開一場刀劍戰是吧？還真是讓人有點意外的戰術。

不過大哥他剛才……也話中有意地暗示我使用蝴蝶刀。

從過去的經驗多少可以猜到，我這把刀並不是普通的短刀。從它在安蓓麗奴號以及藍幫城中發生過的超自然現象看來，很有可能與色金之間存在某種關係。

雖然機能不明，但我現在就聽從加奈的戰略吧。用刀劍戰。

（反正面對緋緋神，不管用槍用劍還是用拳頭，都沒什麼差異啦。）

我「鏘！」一聲在手中把短刀展開——

自從伊・U甲板上的那場戰鬥以來，遠山兄弟……還是遠山姊弟？再度聯手出擊了。

「兩名遠山武士，真是壯觀的場面呀。但你們打算怎麼辦？你們又不能殺害這個軀體吧？」

看著我們的緋緋神，將雙手放到亞莉亞平坦的胸口上，嘲笑著我們。

「說得也是。不過，就砍掉一、兩隻手腳吧？而且畢竟我們是人類，難免會有『不小心用力過頭』的事情嘛。尤其是我的拿手招式——又有點激烈呢。」

以攻擊招式為主力的加奈笑咪咪地回應著，說出讓人毛骨悚然的臺詞。

「更重要的是呀，緋緋神小姐，我唯獨在為了金次戰鬥的時候……會變得不太溫柔

喔。」

將蠍尾架在自己斜下方的加奈──

一邊說話，一邊以公分單位漸漸縮短敵我距離。

我可以知道她爆發模式的力量已經行遍全身上下了。

不過和我宛如烈火燃燒的力量不同，她是像水一樣漸漸盈滿。

她呈現自然狀態的全身甚至相當放鬆，柔和的表情讓人無法想像她正身處戰鬥之中……可是，卻又可以感受到她敏銳的集中力一秒一秒地不斷在提升。

她的臉蛋──美麗到彷彿會讓周遭的一切都靜止下來。

身材也完美得讓全世界的女性都會自嘆不如。

不是女人卻以女人的姿態醞釀出來的異樣美貌──使剛才為止還被緋緋神吞沒的氣氛徹底改變了。

美麗中自有神依附。那不輸給神的存在感，正完全體現了這句發言的涵義。

（──好啦，亞莉亞──）

雖然現在是被緋緋神附身，不過這次可說是我和妳自從伊．U那場以來久違的戰鬥呢。很巧的是，周圍的人物也和那次一樣。雖然已故的夏洛克，以及消失蹤影的白雪這次缺席就是了啦……

「我就先來試試看能不能引誘緋緋神。一百七十七點七公分對吧，加奈？」

「就拜託你囉。」

一百七十七點七公分──那是代表蠍尾的攻擊範圍。換言之，加奈在對我提出刀劍戰的建議之前，就已經想好使用她那把大鐮刀收拾緋緋神的戰術了。

她大概是打算像死神一樣把鐮刀架在亞莉亞的脖子上，將亞莉亞的身體當成人質吧？

「──喂，緋緋神，我改變主意了。我平常總是被亞莉亞欺負，就算出手反擊也只會被她百倍奉還，害我通常都只能任由她擺布。但是現在的亞莉亞不是亞莉亞，我要趁這機會盡情對那身體報復一番。在不會殺掉的程度下……啊！」

說完這段根本稱不上是虛張聲勢的虛張聲勢之後，我踏出腳步衝向右斜前方。

加奈也幾乎在同時衝向左斜前方，加上後衛的佩特拉形成三方向包圍緋緋神的陣列。

──負責打頭陣的，是我。

就在我與加奈抵達可以夾攻緋緋神的位置時，我瞬間改變方向，拔出剛才明明說過不會使用的槍，逼近敵人。

相對地，緋緋神亞莉亞卻是──

「啊啊，**真是心動**。我渴望的就是這種感覺呀。」

打從心底感到很幸福似的，還對我做了一個飛吻的動作。

在我瞄準緋緋神的腳下、企圖讓她朝大哥的方向後退的射擊線上──

可以看到一塊邊長三十公分左右的立方體內空間微微扭曲。

在星光照耀下浮在半空中的那個立方體底下看不到影子，反而是內部有一塊相似形的立方體看起來很暗。

我從感覺上可以知道，那內部的暗塊是『影子』。立體的影子。雖然按照常識無法想像，但那塊立方體的**影子是立體的**。

那實在教人毛骨悚然……不過，光是毛骨悚然而已的話，應該連隻老鼠都殺不死。那到底是什麼玩意——我雖然心中感到疑惑，但還是開槍射擊那不明的方塊，並打算一腳踢開它，繼續接近緋緋神……

「遠山金次，別碰它！那是次次元六面——是能夠停止一切物質，並自在切割、消滅的陷阱呀！」

佩特拉忽然對我發出警告，讓我在千鈞一髮之際從那玩意前面跳開。

與它擦身而過的同時，我看到剛才射出的9mm子彈……旁邊出現了小一號的黑色子彈——不對，是同樣呈現立體的子彈影子，並靜止在那塊立方體內部。

啪、啪啪。

緋緋神拍拍手，在她身體周圍又出現了更多那不可思議的立方體。

在加奈的方向也陸陸續續出現立方體。四個、八個、十六個，礙事的立方體不斷增加。但緋緋神並沒有無止盡地增加那個玩意。

恐怕那是亞莉亞的肉體也不能隨便碰觸到的東西吧？

「哈哈！好，遠山，就讓我們跟伊・U那時候一樣——來場亞魯・卡達吧。畢竟亞莉亞的招牌就是這兩把槍呀。」

我不斷閃避、跳過那些討厭的方塊，好不容易逼近到對手面前的時候——緋緋神亞莉亞從她撕破的裙襬下拔出雙槍。

剎那間，那些方塊忽然改變位置，包圍我和亞莉亞。

我雖然被那無視於距離或移動等等概念的現象感到吃驚，但沒必要因此畏縮。那其實就像浮在半空中的地雷而已。

「開槍吧！遠山，盡情開槍吧！」

——砰砰！砰砰砰砰！我和亞莉亞的手臂就像往昔的那天一樣互相交錯，貝瑞塔與Government不斷進行零距離射擊的應酬行為。

「——嗚喔喔喔喔喔！」

我以開槍來牽制，並且用短刀逼亞莉亞的身體往加奈的方向退後。

同時，我也試圖砍斷覆蓋在亞莉亞那對犄角上的髮飾——下面的橡皮髮圈。

畢竟她如果用雙馬尾翅膀飛翔，我就很難將她逼到加奈的半徑一百七十七點七公分以內。因此我要一邊戰鬥，一邊多少剝奪她的機動能力。

（……？）

與我進行著近身手槍戰的緋緋神，開槍的動作感覺有點奇怪。

乍看之下好像是打算傷害我，可是她真正的目的卻似乎是把子彈撒向四周。

在我們的周圍，宛如空間藝術品的方塊群持續在進行瞬間移動，而流彈就像西瓜籽一樣不斷被累積在方塊中。那到底是在做什麼？

就在我眼睛瞄向那些方塊的瞬間……

「好啦，遠山，這招你要怎麼應付？」

——砰砰砰砰砰砰砰砰砰！

方塊群同時改變配置，包含一開始那發在內的所有子彈忽然從四面八方朝我飛來。

明明到剛才都是靜止狀態，卻全都保持著原本的動能。

雖然有些會近距離飛過亞莉亞身邊，但所有子彈的彈道都不會擊中亞莉亞。

在一瞬間確認了這件事情的我——

「——嗚！」

立刻將金次版貝瑞塔切換成全自動模式，用盡剩下的所有彈數以連鎖擊彈進行迎擊。但因為事出突然的關係，我沒辦法全數彈開，而必須進行閃避了。

敵方的彈幕在加奈那一側比較少。於是我像跳高運動一樣跳過不知何時會瞬間移動過來的方塊，勉強從槍彈的暴風雨中翻滾到加奈那邊。

「……嗚……！」

然而，這行動在兩種意義上是失策了。

首先，我即使在王者爆發的加持下——

也沒能把緋緋神誘導到這邊，也就是加奈的面前。

然後，在位置關係上……

不同於剛才的夾擊狀態，現在變成緋緋神・我・加奈排成了一直線。

見到這個狀況的緋緋神，果然一如我所擔心地——

「好，就來複習一下吧。」

將亞莉亞的雙手對著我們做出『向前看齊』的動作。

那是……**雷射**……！

是發射前的測距測角姿勢。

就像在證實我的想法似的，亞莉亞紅紫色的眼睛開始發出緋色的光芒。

（——要來了……！）

那傢伙打算一口氣射穿我和加奈。抱著遊戲的心情，打算看我們如何再度攻略她這招。而且恐怕是抱著如果我們辦不到，就直接殺了我們的想法。

一把鐮刀忽然從背後架到我冒出冷汗的脖子前——讓我在別的意義上趕緊往後退下。

取而代之往前踏出身子的，正是加奈。

「加奈……！」

神情透露出不少危機感的加奈，將大鐮刀的刀尖架在自己的胸前中心，將根部對準亞莉亞的右眼。

看來她是透過對手擺出的架式——甚至猜出那是雷射攻擊，而打算利用和我之前用薩克遜劍同樣的手法擋下攻擊的樣子。

但是——沒人能夠保證亞莉亞的雷射和孫的雷射在性能上一樣。

而且那把大鐮刀是組合式的，內部有一部分是空洞。太危險了……！

「哈哈！加奈，妳真是個美女呀。想必不論男女，全世界的人都會迷戀上妳。所以說……好，我就把那戀愛的象徵——把妳的臉給剝下來吧。」

緋緋神咧嘴笑著，亞莉亞的眼睛發出的光芒變得越來越亮。

亮度比孫還要耀眼。毫無疑問，那威力比孫還要強啊……！

「金次，這搞不好是我可以教你的最後一件事了。無論任何對手，在發動攻擊的瞬間都會變得毫無防備。只要攻擊這個弱點，一定就能擊敗對方。你要記住喔。」

……不可以啊，加奈！

我從與孫戰鬥的記憶以及現在的光量估算了一下，加奈那把大鐮刀——一定會被射穿！

「就讓我一雪在香港輸掉的恥辱吧，遠山。」

緋緋神大概也知道加奈擋不下來，而沒有取消攻擊的打算。

光芒又變得更加強烈——已經無法阻止她發射了。我只能以發射為前提做出行動才行！

不管怎麼樣，只要她發射出來，我和加奈一定會有一人被擊敗。

那傢伙一開始盯上的是我。我應該從加奈背後踏出去，讓自己一個人被擊中才對。

畢竟我沒有阻止緋緋神的手段，但加奈或許有。應該要讓加奈留下來。

以零點零幾秒的時間做出這個判斷的我，立刻從加奈背後跳出去——同時有樣學樣地模仿GⅢ的內臟迴避，做出讓雷射可以避開我重要臟器的動作。

——啪——！

貫穿黑夜的緋色雷射——

——果然如我預期，朝我射來了。

（……嗚……！）

然而，在爆發模式的視覺下看到的超級慢動作世界中——

發生了一件與我的預想不同的事情。

本來應該只會直線前進的雷射光——竟然彎成弧線了。

就在我前方大約三公尺的地方，呈現朝右斜下方射穿石板地面的角度。

「……！」

忽然出現在那裡、漂浮在半空中的——是一塊半徑一公尺左右的透明『透鏡』。

那不是擁有質量的物體。恐怕是利用超能力產生的東西。

從透鏡對面的景象呈現扭曲的現象看來，那應該是與緋天．緋陽門不同的未知招式。

不到零點一秒的雷射照射結束，我的時間感覺恢復正常之後……

「……『重力透鏡』是嗎？這個雜碎女，竟也想湊上一腳？」

在雷射產生的熱風中，緋緋神瞪向一臉呆滯的我與加奈身後。

佩特拉就站在那裡——

在寒冬中大汗淋漓地皺著眉頭、急促喘氣，並且將雙手伸在前方。她是為了保護加奈，而使用了那個像透鏡一樣的超能力。然而，那招似乎需要耗費遠比其他招數更多的力量，讓她看起來一下子就變得精疲力盡了。

「——膽敢無聊攪和的傢伙，殺無赦！」

緋緋神就像個遊戲途中被打斷的小孩子一樣——到剛才都相對上比較冷靜的她頓時發飆起來，開始在身體周圍產生出金色的發光粒子。我在香港也看過那招。是油輪劫持事件時猴使用過的視野內瞬間移動……！

然而，對猴來說需要非常集中精神的那招，對緋緋神亞莉亞來說似乎易如反掌。她甚至還能同時拔出漆黑的Government，用手指在槍口前圍成一個環。她這次又想做什麼？

「……嗚……！」

佩特拉面前颳起一陣小小的沙塵暴。被吹起的神社砂粒集中成小型盾牌——阿蒙霍特普的昊盾，漂浮在半空中。五面、十面地形成層層重疊的防壁——

——磅————！

隨著與通常的槍聲完全不同的爆炸聲響，一顆子彈以大概三～四馬赫——以.45ACP彈來說實在不可能達到的超高速度瞬間飛向那些盾牌。我和大哥根本都來不及使出彈子戲法。

啪啪啪啪啪啪啪！在一口氣全被射穿的昊盾對面「嚓！」地一聲——

佩特拉的額頭、被子彈貫穿了……！

「——！」

加奈趕緊轉頭看向連聲音都發不出來便當場倒下的佩特拉，結果就在她眼前——

——啪——！

緋緋神完全無視於剛才的距離，忽然出現了。是瞬間移動！

她手中還反握著亞莉亞的小太刀。

往上揮刀的軌跡一如她剛才的宣告——從下顎一路到額頭，打算削下加奈的臉蛋。

「——加奈！」

就在那個瞬間——

加奈往後跳開，閃避了那一刀。

她其實根本沒把注意力放在佩特拉身上・只是做出把注意力放過去的假動作，引誘緋緋神攻擊罷了。

就在她誘敵成功的這一刻——！

「嗚喔喔喔喔！」

我立刻瞄準亞莉亞的後頭部開槍。

其實我剛才那一連串不殺亞莉亞的發言與戰鬥方式，全都是為了這個瞬間埋下的伏筆。我有確信只要我痛下殺手，緋緋神絕對會避開。畢竟緋緋神甚至把亞莉亞的身體評價為理想的宿主，所以她想必和我一樣絕不能讓那身體受到傷害。

因此唯有這個瞬間、唯有這一次機會，我可以確實誘導亞莉亞的身體。

而我的預測——果然沒錯。

「——哦！」

緋緋神發出感到意外的娃娃聲，同時把身體往前傾，躲開我的子彈。

站在已經架起鐮刀的加奈一百七十七點七公分圈內的她——本來想跳出那個範圍，卻被我的攻擊行動妨礙了。

緊接著……

——唰——

加奈的蠍尾用力揮空。

不，不對。

雖然只有短短一瞬間，但鐮刀的刀背的確用力削過了亞莉亞的下顎，讓震動傳導到她的頭部。

乍看之下好像什麼事也沒有的緋緋神……

「哦……哦……？哦？」

踉踉蹌蹌地往背後退下……「咚！」一聲跌坐到地上。

瞪大圓滾滾的眼睛，雙腳無力地癱直在前。

「……對不起喔，我好像太用力了。原來我也是會有生氣的時候呢。」

說出這種話、睥睨著緋緋神的加奈背後，那些煩人的方塊漸漸縮小消失了。

「終、終究、是人類、的身體呀。如果、換作是、猴的身軀、就不會這、樣了。」

緋緋神她……變得口齒不清。

我在強襲科的徒手格鬥訓練中也看過幾次那樣的現象。是被對手反擊敲到下顎或頭部而引起腦震盪的人會有的腳步動作與症狀。

「雖然我即使靠條理預知也只有推理出一半的可能性啦——不過看來妳就算附身了，神經系統利用的還是宿主身體的東西呢，緋緋神小姐。」

「實在無法、事事如願呀。」

緋緋神亞莉亞——雙眼打轉，「砰」的一聲……

一如亞莉亞本人的氛圍，呈「大」字形倒在地面上了。

緋色的光暈也一口氣微弱下來，變得模模糊糊。

「……妾身的替身好像總是會被射穿額頭呢。上次在台場，蕾姬也是擊中這裡。金次，把你手中的短刀抵到緋緋神前面。快點。」

嘀嘀咕咕地抱怨著、從大樹後面傲然現身的……

是把外套披在肩上、穿著緊身迷你裙的佩特拉。

果然如此。我轉頭一看，剛才被擊中頭部的佩特拉其實是砂人偶……正漸漸被風吹散。加奈就是因為知道這件事，剛才才能做出那個假動作的。

「這、這樣嗎……？」

我照佩特拉所說，把短刀靠近亞莉亞的身體——

佩特拉接著不知道念起什麼東西，結果我那把原本就有點紅的短刀……

……發出了緋色的光芒。

「……嗚……啊……不要、金次、好、好難受……嗚……啊啊……呀……」

被那光芒照耀的緋緋神，裝成亞莉亞表現出痛苦的樣子。

雖然很心痛，但我可不會再上當了。

就在我狠下心腸，把短刀更接近緋緋神亞莉亞的時候——

「——很、好！」

緋緋神忽然「唰！」地撐起上半身，一口咬住我的短刀。

佩特拉和加奈看到這一幕也嚇了一跳，趕緊把亞莉亞的身體從刀子拉開……

「這、這次先這樣、就好。哈哈！那玩意、已、已經不能用了。再、再會啦，金次……後會、有期……嗚……」

緋緋神留下這句話後——

連同亞莉亞一起昏了過去。

緋色的光暈消失……我伸手抱住倒下的亞莉亞……

「總之，現在先……不痛不痛乖~吧，**亞莉亞**。」

總算又重新稱呼這少女為『亞莉亞』的加奈，深深鬆了一口氣。

我背著亞莉亞回到大哥位於乃木坂的公寓後——把因為裙襬被撕破而讓撲克牌花紋的『那個』若隱若現的她，交給佩特拉幫忙換了一套衣服。

後來，躺在沙發上的亞莉亞進入快速動眼睡眠期，「桃饅……」地一邊說夢話一邊張嘴想要咬沙發上的抱枕。

即使是爆發模式已經解除的我也能知道，這就代表亞莉亞的人格已經恢復了。

緋緋神逃走了。為了不要被加奈試探出更多的情報。

她明明自稱是神——卻是個卑鄙的傢伙呢。或許戰鬥能力上可說是名副其實啦，但人格上根本不是什麼神。根本就只是個卑鄙的強化版超能力者啊。

正當我坐在對面沙發上看著亞莉亞的時候……

「你表現得很好喔，金次。好棒、好棒，不愧是我的弟弟。」

加奈笑咪咪地摸起我的頭。

那態度真是讓我不知怎麼應對。明明我們剛剛還在進行一場超人級戰鬥的說。

哎呀，雖然說這樣至少比一進家門就打算開槍射殺我的金一大哥好多了啦。

「不過，既然緋緋神會醒來……就代表你和亞莉亞的關係已經發展到那種程度了。」

嘆了一口氣的加奈——指責我似地輕輕戳了一下我的額頭。

「金次比我想的還要早熟呢。可是，你不可以再跟亞莉亞親熱了喲？要不然緋緋神又會跑出來了。」

「……不、呃、我也沒有在跟她親熱什麼的……」

我雖然紅著臉反駁，但加奈卻當作沒聽到。

怎麼覺得她好像講得我和亞莉亞做過什麼很不知羞恥的事情一樣？

明明事實上只是亞莉亞送我巧克力做為夥伴關係的證明而已啊。

「只要你們切掉『戀愛』這條線，應該暫時還可以放心。畢竟亞莉亞如果不是打破武偵法的規定去進行會殺掉人的戰鬥，刺激就不會強烈到會透過『戰鬥』讓緋緋神開心了。」

「妳的意思是……不用擔心亞莉亞會去進行那樣的戰鬥嗎……」

「雖然沒有絕對的保證啦。但我也不想拘禁亞莉亞，而且在她自己提出『殺了我』的要求之前，我覺得也不可以殺掉她。其他關係人會怎麼想我是不知道啦，可是武偵憲章第四條也有說——武偵應當自立自強。對方沒求援就不該出手干涉——既然是自己的事情，無論最後結果如何，亞莉亞都應該自己對緋緋神的事情做出一個了斷。」

雖然加奈的意見聽起來有點危險……

但至少比宣告期限一到就會成為敵人的玉藻好多了。不過既然加奈還保留著殺掉亞莉亞的選項，今後還是不要隨便向她求助會比較好。

就在這時——

「……這把刀，即使是妾身也無法修復。現在已經是一把普通的短刀了。」

在桌邊調查著我那把蝴蝶刀的佩特拉，把刀收起來交還給我。

「加奈……妳交給我的這到底是什麼玩意？是因為妳叫我要好好珍惜這把刀……我

才會把它隨身攜帶的說。」

看到我把刀亮在眼前，加奈有點慌張起來，「啊哈哈～」地露出苦笑。

「那是從前星伽神社交給遠山家的匕首・色金止女重新打造成的東西。它可以和緋緋色金產生共振，有稍微消除色金力量的效果。如果是質量比較小或是本來就比較弱的色金，甚至能阻止力量發動。有點像是可以迴避跟緋緋色金相關災難的護身符啦。因為我覺得夏洛克應該會很想要得到它，而且要殺掉夏洛克的時候或許有需要——所以才把它交給你保管，藏在你那邊的。」

「果然是跟色金有關的玩意啊……話說，既然是護身符，好歹也發揮一點效果吧。對於老是遭遇色金相關災難的我來說。」

當初拿到這把刀的時候，我還以為是為了降低反射才鍍成紅色的說……但果然如我最近開始產生的懷疑，這把緋色短刀是這樣的玩意啊。

「那是因為你身邊的緋緋色金都太大了。夏洛克、孫、亞莉亞……金次遇到的對象，都是色金殺女等級才有辦法抑制下來的大質量色金呀。」

「色金殺女——這東西跟白雪那把刀也有關係啊？」

「那是利用鍛造色金殺女的時候剩餘的材料，透過比較原始的手法打造出來的東西。它跟幾乎可以無限次使用的色金殺女不一樣，每次產生共振都會讓效果變弱——最後用完只能丟掉，算是前一個世代的色金干擾器。另外，相對於色金殺女是用一直帶在身邊也無害的人工色金鍛造出來的……這把色金止女稍～微含有一點真正的緋緋色金——」

「呃……！」

我嚇得差點把蝴蝶刀掉到地上。

那也就是說，這把根本就是色、色金合金刀嘛。

加奈這傢伙，竟然把這麼危險的東西交給弟弟帶在身上啊！

「不、不用擔心啦。那裡面還有的色金非常微量，是對人體完全不會造成影響的程度。而且金次絕對沒問題的。」

「……那是什麼意思？」

「畢竟金次是武偵，而且又討厭女性，對於戀愛這種事很不擅長，或者說有免疫力呀。對於戀愛感情生疏的孩子，是不會受到色金影響的。」

「……」

被她這樣講，我就無從反駁了。

我是在義務上不允許殺人的武偵，又是個對戀愛極度生疏的人——

加奈是利用我的非戀愛體質，才將這把刀交給我保管的是嗎？

「但是那把色金止女也已經不能用啦。剛才緋緋神把力量一口氣注入其中，讓共振效果完全耗盡了。」

聽到佩特拉這麼說，於是我把蝴蝶刀打開一看——

的確，刀身的顏色脫落了，變得像是一把普通的鋼鐵色、帶有破刃刀背的短刀。

……這把有使用次數限制的武器，就在剛才被緋緋神完全用盡了是吧？

「關於色金……我和佩特拉知道的就是這麼多了。我想夏洛克應該也不知道更多的事情。而目前這種程度的『緋色研究』中……找不到拯救亞莉亞的手段。」

聽到加奈的話，我再度把視線看向沉睡中的亞莉亞——

「如果金次還想繼續為了亞莉亞戰鬥，就只能去拜託比我們更理解色金的人物了。而我——知道有兩個人。」

佩特拉聽到加奈這麼說，有點驚訝地看向她。

「這也沒辦法吧，佩特拉。畢竟在最高法院審判之前，亞莉亞就變成緋緋神了呀。而且金次也已經十七歲，可以讓他去跟大人應對了。」

「……最高法院……？什麼？加奈，妳倒底在說什麼？」

加奈轉回頭，看向皺起眉頭的我——

「金次，你聽好喔？我可以告訴你，但是你聽過之後，就不能回頭囉？」

——加奈露出我至今從未見過的……彷彿是認同我能獨當一面的眼神。

「事到如今還說這什麼話，加奈。我沒打算退縮，就告訴我那兩個人是誰吧。」

「其中一個人物在倫敦。也就是現在最強的安樂椅偵探——梅露愛特・福爾摩斯。」

「……嗚……」

亞莉亞的、妹妹。

「另一個人就是——神崎香苗。香苗是從梅露愛特那裡聽說這些事情的。你只能想辦法讓梅露愛特，或是香苗，或是讓那兩個人都開口才行。雖然我認為無論是哪一邊，都非常困難啦……」

亞莉亞的母親……香苗小姐，原來也知道有關色金的事情？

「你如果想救亞莉亞，就先去和神崎香苗見個面。只要說出亞莉亞變成緋緋神的事情，我想她也沒辦法繼續裝傻了。好啦，話·說·回·來……」

大概是因為不想繼續被我追問她自己也不知道的事情──

「這件針織毛衣呀，很貴呢。是 **Pal'las Palace** 的限定商品，我很喜歡的說。」

加奈忽然用她平常那種輕鬆的語氣轉換話題了。

而且還把她漂亮的手放在那件包覆著不知是什麼構造、我也不想知道是什麼構造的大胸部的縱紋針織毛衣上。

「就是因為某人跟亞莉亞小孩子玩大人遊戲……害我必須臨時穿這件衣服去戰鬥。你看，這裡都破掉了。」

她柔和的語調，讓剛才這段對話的氣氛頓時煙消雲散──

「……對、對不起。」

明白繼續追問加奈也問不出更多東西的我，姑且向她道了一聲歉。結果加納又指著衣服上的確破了一個洞的腋下附近……

「破掉了～」

要是我對姊姊（或者應該說哥哥）針織毛衣底下的身體起了什麼怪念頭，我別說是會自我厭惡到舉槍自殺，甚至有可能自暴自棄去跟緋緋神聯手引發世界戰爭啊。於是——

「知、知道了啦。我會想辦法賠償妳啦。」

我只好說出加奈應該在期待我說出口的臺詞。

雖然加奈是個無欲的人，但既然是武偵受過武偵的幫忙，就不能拒絕支付酬勞了。

「太好了。那我就拜託你喲，**讓我跟克羅梅德爾小姐見個面吧？**」

——呀啊啊！

我當場從沙發上跳了起來。

「遠山金次，你扮成女人其實也是個美女呀。你就再扮一次，然後在妾身眼前和加奈親熱一下來瞧瞧吧。」

……佩特拉……！

雖然我也曾經爆料過大哥＝加奈的事情，所以沒什麼資格講這種話。但妳竟敢把我去臉的祕密告訴加奈！

「那不行！我絕對不做！絕對！」

就算我大呼小叫，加奈與佩特拉依舊在沙發上步步逼近我。該怎麼說，那態度完全是認真的啊。

簡直就像兩隻猛獸看到喜歡吃的獵物在眼前一樣，眼睛閃閃發亮……！

「姊姊我好想要一個妹妹喲～！」

「不是已經有金女了嗎！」

「金女是可愛，克羅梅德爾是漂亮，不一樣！來，加油吧～金次，FIGHT！」

「衣服就讓妾身借給你吧。來，快扮一下呀！嘻嘻嘻！」

不、不妙！再這樣下去——！

我會被若無其事地抱住我、把我拘束起來的加奈，以及不知什麼時候變出一頂長假髮的佩特拉這對變態夫妻——指、指導莫名其妙的大人遊戲啦！

話說，兄弟都扮女裝親熱什麼的，這特殊玩法也太罪孽深重了吧！

啊啊、啊！黑色長假髮被戴到我頭上了！要、要開始了。克羅梅德爾登陸日本，進入倒數計時了！

「……住、住、住手啊……！」

大概是上天聽到了我的吶喊——

「……嗯……休想……逃……克羅梅……呼嚕……」

抱著我的加奈——

就這麼「呼～呼～」地……打呼起來。

太、太好啦，就在千鈞一髮之際——

加奈進入爆發模式後的長期睡眠期了。

她剛才之所以會這麼衝動，大概就是因為知道自己時間快到了吧？

原本似乎期待看到加奈．克羅梅德爾姊妹配對的佩特拉也徹底失去興致，放棄把我變成克羅梅德爾了……

最後剩下剛睡醒的亞莉亞露出「？」的表情，看著頭戴假髮的我。

不、不要看我！亞莉亞……！我求妳了……！

2彈 「或許」・「或許」

因為擔任監督員的關係，我在星座小隊中還算吃得開。要去和亞莉亞的母親——神崎香苗小姐會面時……我找到車輛科的島苺代替因為工作到千葉去的武藤幫忙開車了。

亞莉亞在聽我說明完昨天晚上的事情（什麼戀愛的事情，還有克羅梅德爾的事情就沒提了）後——立刻就安排了隔天傍晚與香苗小姐緊急會面——

「……我雖然被承認是福爾摩斯家的嫡女，但媽媽因為和父親大人離婚的關係，現在是單身。」

我們一進入新宿警察署的拘留人會面室，亞莉亞就忽然對我提起這種相當私密的事情。

「但你要是因為這樣就對媽媽起什麼怪念頭，模樣變得奇怪的話，我就在你身上開洞喔。」

還如此嚴格叮嚀我『不准進入爆發模式』後，我們等了一段時間……

乳白色的鐵門打開——

在透明壓克力板的對面——

那人現身了。

也就是遭高等法院判決拘役五百三十六年，等於實質上終生監禁的神崎香苗。

一頭亮麗而微帶波浪的長髮用髮夾夾起。

長長的睫毛襯托出像黑瑪瑙般漆黑而柔和的雙眼。

和亞莉亞一樣宛如白瓷的肌膚——

「好久不見，遠山金次同學。我家的亞莉亞受你關照了。」

香苗小姐。

妳為什麼會在那裡？

究竟是知道什麼事情、為了什麼原因被關在那裡？

妳受到的判決實在太奇怪了。檢察官那樣支離破碎的主張，為什麼可以通過？過重的刑罰，簡直就像把亞莉亞拚上性命的努力全都化為烏有了。

我一直以來都無條件相信著亞莉亞，認為香苗小姐的罪百分之百是被冤枉的。

然而，妳該不會其實真的犯了什麼罪——或是因為某種理由——才會被關在那裡的？那些罪名會不會都是後來才加上去的偽罪，而實際上是某個甚至能夠干預司法的人物故意將妳關在那裡的？

妳究竟是被牽扯進什麼事情？

什麼我們不知道的事情——

「你幹麼死盯著媽媽看？我剛才不是才警告過你嗎！」

「——痛啊！」

亞莉亞忽然從一旁捏起我的耳朵，害我大叫出來。

「哎呀，亞莉亞，怎麼可以對朋友那麼粗魯呢？」

香苗小姐露出驚訝的表情，像幼稚園兒童的母親一樣指責亞莉亞。

「媽媽……這個悶燒貨，其實是個日本代表等級的花花公子呀。要是放著不管，他搞不好會對媽媽起什麼歪念頭，所以我才在教育他的。」

「哎喲，對我這樣的阿姨還會起歪念頭呀？哎喲喲。若真是那樣，我該怎麼辦才好？我的身體可承受不住那麼有精神的高中男生呢。」

聽到亞莉亞那番胡言亂語的發言，香苗小姐趕緊把雙手放在微微泛紅的臉頰上，扭扭捏捏起來。大概是因為很久沒被當成女性對待的關係，她臉上露出開心的表情，還連同那對與亞莉亞一點也不像的豐滿胸部微微扭動上半身。

香、香苗小姐的確看起來很年輕，而且是個相當漂亮的美女啦……但她對我來說可是同班同學的媽媽喔？

光是年紀就差了一大截，又不是理子喜歡的那種遊戲劇情，我絕對不會對她起什麼歪念頭的……講絕對好像太過頭了，總之我認為不會，應該不會。

不對，我們今天不是來講這種事情的。

畢竟會面時間有限，我就開門見山地說吧。

於是，我端正被亞莉亞弄亂的姿勢……

開口提出我想講的正題：

「香苗小姐，我想這件事讓亞莉亞開口也很殘酷——所以就由我來說了。雖然亞莉亞現在已經恢復正常，但她昨天其實有短暫性地變成緋緋神。」

就在這個瞬間——

「——！」

香苗小姐一改剛才那輕鬆的氛圍，露出彷彿變了一個人似的眼神，沉默一段時間後——

看向亞莉亞，再看向我。

接著……

「——小孩成長自立，真是讓人既開心又寂寞呢。」

她小聲呢喃後，有點嫵媚地……深深嘆了一口氣。同時把手舉到後頭，拿下髮夾，讓微帶波浪的秀髮落到臉頰旁。這大概是為了讓坐在房間角落的監視人員們不會看到自己嘴巴的動作吧？

我們與香苗小姐之間，隔著一塊開有許多小洞的壓克力板——

香苗小姐將臉湊近壓克力板後，忽然壓低聲音說道：

「金次同學，對不起，我萬萬沒想到你會深入到那種程度。我過去實在太小看你了。」

根據刑事訴訟修正法第三十九條，探監中的對話內容原則上是自由的，而且也不會被記錄下來。因為這是對拘留人理所當然的權力。然而，在某些狀況下為了避免拘留人逃亡或湮滅證據的風險，探監也會受到限制。

簡單來講，讓人起疑的對話是會遭到中止的。

我和亞莉亞很清楚這一點，於是一邊引開監視人員的注意，一邊仔細聆聽香苗小姐的話。

「如果是推理小說，像這種時候通常只會提供線索……但會面時間有限，我就直接說答案吧。或許根據對話內容，有可能會讓這場會面遭到中斷，不過我會將我所知道的、我能說的事情全說出來。然而，我並不清楚你們究竟知道到什麼程度，所以為了不要浪費時間，由你們提出想知道的問題吧。」

現在在這裡的亞莉亞——依照理子釋放給公家機關的假情報，表面上還是那個乖巧聽話的模樣。只要警視廳也有收過假情報的話，那些監視人員的長官應該會比較鬆懈，而沒有下達需要特別警戒的命令。

因此應該可以爭取到多一點時間，讓我們問到某種程度才對。

「媽媽——」

亞莉亞挺出上半身似乎想說些什麼，但我制止了她。

不要急，亞莉亞。現在我們不能做出讓人起疑的行為，所以就讓我代替外表上裝得很冷靜、但實際上內心很激動的妳開口提問——

「香苗小姐，請問妳真的是被冤枉的嗎？」

要盡一切可能，問出我想知道的事情。

「——沒錯。」

「那妳為什麼會繼續遭到拘留？為什麼終身監禁沒辦法被解除？」

「我知道梅露愛特推理出來的色金真相，而這件事情被上面的人知道了。上面很想知道那個真相，可是我一直都保持沉默。就是因為保持沉默，所以我才會被監禁的。之所以會求處終身刑而不是死刑，也是為了讓我開口。上面的人會把伊·U的罪名加在我身上，就是在暗示我把關於色金的事情告訴相關當局呀。」

關於香苗小姐口中所說的『上面』這個隱語——

亞莉亞那個白痴雖然真的抬頭望向天花板，不過實際上能夠恣意操縱司法的人物很有限。

換言之，就是某個彷彿在嘲笑教科書上「三權分立」這種謊言、在真正意義上的掌權人物——幹下了這件事情。

香苗小姐之所以沒有指名道姓，一方面代表她本身也不清楚對方的真面目，一方面也暗示我們就算想打倒那個對手也是白費力氣。

「為什麼妳要保持沉默？」

「為了亞莉亞呀。要是我說出來，亞莉亞就會被殺。你應該聽過武檢或零課這些詞吧？」

武檢——武裝檢察官。零課——公安零課。

像這些我和亞莉亞根本無從對付的超人集團，也會在權力之下做出行動。

香苗小姐就是為了防止這樣的事情發生，才會保持沉默的。

不過，這下我稍微搞懂了。那所謂的「權力」是日本國內限定的。上面的人之所以沒有為了讓香苗小姐開口，而在她眼前拷問亞莉亞，應該就是因為亞莉亞是英國貴族的關係。

然而，只要知道了色金的真相——掌權者就能無視那些問題殺掉亞莉亞。這恐怕是跟英國方面的掌權者已經說好的事情。所以香苗小姐才會緊閉嘴巴。

……這話題實在太敏感了。

亞莉亞的性命簡直就像達摩克利斯之劍——僅靠著一根細絲在維持而已。

就在我和亞莉亞因為這段話而啞口無言的時候……

「有問題就快問吧。我想對方已經快察覺到了。只要對方起疑，這恐怕就是最後一次會面的機會了。」

聽到香苗小姐這麼說，我才發現監視人員們的樣子不太對勁。

他們剛才明明坐在椅子上，現在卻都站起來了。原本望著時鐘的視線，也都看向我們這邊。雖然我們對話的內容沒有被聽到，但或許我和亞莉亞緊繃的神情露了餡，讓對方看出我們的對話很可疑了。

「——到、到底該怎麼做才好？要把亞莉亞……從緋緋神手中救出來的話，到底該怎麼做？告訴我們吧！」

我跳開所有多餘的對話，提出自己最想知道的問題後——

香苗小姐面露微笑：

「為了告訴你們那個方法，我要先問亞莉亞一件非常重要的事情。」

「重要的事情……？」

聽到這次恐怕會變成最後一次會面的亞莉亞露出快要哭出來的表情。接著——

「妳喜歡金次同學嗎？」

——香苗小姐提出了這樣一個問題，臉上也恢復她原本輕鬆的表情。

為、為什麼要在這種時候……問這種不符場合的話啦，香苗小姐……！

「這、這、這、呃、呃、啊、啊。」

亞莉亞瞬間臉紅起來，甚至全身都變得火紅而開始當機了。

「告訴我。不過，為了不要讓讓緋緋神開心，妳要試著只把它當成話語說出來。只要這樣就好。來，說吧，說『喜歡』。」

亞莉亞她……害羞得「嗶……」一聲讓雙馬尾呈現放射狀豎立起來……

……嗚……！

「喜、喜歡。」

「好，再一次。」

「喜歡！」

緊閉著雙眼的亞莉亞，讓她的娃娃聲變得更加尖銳地大叫出來。這到底在搞什麼？

「呵呵！」

在瞇起眼睛笑出來的香苗小姐面前，連我都變得面紅耳赤、說不出話了。

「是、是媽媽叫我說我才說的喔！」

吼啊！亞莉亞彷彿要咬碎我似地用力露出犬齒。

「做母親的可以看出小孩撒的謊，也看得出真話。亞莉亞，看來妳是真的喜歡這個人呢。既然如此——」

香苗小姐緩緩閉上眼睛後……

「——妳就跟他道別吧。」

語氣平淡地如此說道。

「如果是因為戀愛而變成了緋緋神，要封印她的方法……就是跟喜歡的人分開。只有這樣了。妳今後不可以再和金次同學見面，然後——忘了他的事情吧。」

香苗小姐她——

去年四月在這裡與剛認識的我和亞莉亞會面的時候……開口第一句就說出了試探我們之間關係的發言。臉上還露出對於亞莉亞把身為男生的我帶來的事情感到驚訝的表情。

那句話……其實是在做確認。確認亞莉亞是否對我抱有情愫。

「妳是獨唱曲。雖然這跟我以前說過的話完全相反，不過——回到獨自一個人吧。就算要找搭檔，也只能找同性的對象。因為妳是『獨唱曲』……所以我一直認為妳不會這樣，而沒有跟妳提過——但是，**妳是不可以戀愛的**。」

「……嗚……」

亞莉亞她——

被母親命令，要和從那個四月開始成為搭檔、一路並肩奮戰的我道別……而露出了不知如何回應的表情。

那臉上除了透露出強烈的動搖——也清楚表現出絕望的神情。

「香苗小姐……！」

我雖然也同樣藏不住心中的動搖，但還是必須繼續問下去。

我確認了一下手錶，會面時間已經剩下不到三分鐘。

或許香苗小姐打算就這樣結束會面，但這可不行。

要亞莉亞和我別離。

即使是再怎麼遲鈍的我……也至少知道這麼做是不行的！

「——只有那麼做是不夠的啊！那種做法……亞莉亞不就要一直活在緋緋神的詛咒中，跟現在有什麼不同！」

「……金次同學，既然你是男生就請懂事點。」

「我拒絕！因為亞莉亞她——亞莉亞她正露出這樣的表情啊！這樣是不行的！妳

不是她的母親嗎？是母親就別讓自己的小孩露出這種表情！是妳要我們問所以我們問了，既然妳說會回答就給我好好回答。我在問的不是那種逃避的方法——而是對抗緋緋神的方法啊！」

「沒用的。緋緋神不是靠人類的話語能溝通的對象。」

面對我的苦苦懇求，香苗小姐依舊冷淡回應。

發現在一旁的亞莉亞開始哭泣起來——

「既然這樣、既然這樣——沒辦法拜託緋緋神以外的神了嗎？既然是神，也許就會願意聽別的神說的話。如果可以，我就去拜託那個神，去向那個神祈禱——！」

我已經變得連自己在說什麼都搞不清楚，還激動得把身體貼在壓克力板上。

被我死纏追問的香苗小姐——這時忽然瞪大眼睛——

「……向神……祈禱……？」

露出似乎想到什麼事的表情。

「對了，金次同學，還有那個方法呀。雖然梅露愛特並沒有跟我說過，但她一定也是想到這件事了。所以她才會對『瑠色的研究』、『璃色的研究』——」

彷彿在腦海中緊急開挖出新的一條路似的，香苗小姐的眼神變得越來越認真。

就在這時，監視人員忽然——

「神崎。結束會面。」

——時間到了？不，應該還沒。他是判斷出我們的對話不妥，而命令我們中斷的。

但香苗小姐並不理會，繼續快嘴說道：

「色金有三個種類，分別是緋緋色金、瑠瑠色金與璃璃色金。既然有掌管緋緋色金的緋緋神，那麼有瑠瑠神與璃璃神也一點都不奇怪。如果那些神真的存在，或許就有拜託祂們的方法。金次同學，多虧你讓我想到這件事了。」

「神崎，中止妳的發言。」監視人員走過來抓住香苗小姐的手臂，但香苗小姐依然奮力抵抗著——

「亞莉亞，妳回去倫敦，去找梅露愛特。那孩子一定還有什麼推理沒有跟我說，妳去把它問出來。金次同學和亞莉亞分開行動，去找出瑠瑠色金和璃璃色金。梅露愛特與色金的神——只要這兩項要素組合起來，說不定就能找到什麼線索了！」

「神崎！」

監視人員用力扭起香苗小姐的手臂。

「——媽媽！」

「亞莉亞……！金次同學說得沒錯。或許妳必須暫時和金次同學分開一段時間，或許妳必須暫時逃避。但妳最後一定要勇敢面對……！這已經不是為了我，而是為了妳自己呀……！」

看著香苗小姐被強硬地從會面室中拉到門外的走廊——

「媽媽！媽媽！媽媽！」

亞莉亞就像從前的那天一樣大叫著。

「——勇敢去戰鬥，亞莉亞——！」

最後留下這句話——香苗小姐的身影便消失了。

消失在對我們來說遙不可及的房門外。

我們搭乘電梯前往車輛科的島等待著我們的地下停車場途中，亞莉亞一直緊閉著她那對眼角尖銳的眼睛。大概是在壓抑激動的情緒，認真思考著香苗小姐說過的話吧？

「……關於媽媽說的事情，稍微再讓我考慮一下。」

從抵達地下二樓的電梯中走出來的同時，眼神中透露出強烈意志的亞莉亞如此說道。但並沒有看向我。

「不要猶豫了，亞莉亞。現在的妳可說是面臨著靈魂上的危機。就照香苗小姐所說的去做吧。」

我身為一個男人，說出了亞莉亞很難啟齒的這個結論。

關於戀愛什麼的部分，雖然我依舊無法完全理解——但既然在我身旁會讓亞莉亞背負著變成緋緋神的風險，那麼我們就只能選擇分開了。

——我和亞莉亞道別。

這應該也包含要解除搭檔關係吧？

雖然要失去一位能夠百分之百信賴的夥伴讓人難受，但這也是為了拯救亞莉亞。

「我們今後就分頭行動吧。妳回去英國找梅露愛特。既然別無他法，我也同意妳應該照香苗小姐所說的去做。」

聽到做好覺悟的我如此說道——

「金次，我也不是什麼都聽從媽媽指示的人偶呀。」

亞莉亞對我露出嚴肅的眼神，臉上帶著比過去稍微成長一些的表情。

「不過，我的確應該去聽聽看梅露愛特的說法。畢竟你哥哥也有提到她的名字，我想梅露肯定知道些『什麼』。」

平常似乎會把梅露愛特簡稱為梅露的亞莉亞如此說著，並交抱手臂。

「所以我會去向她問出來……但我不想帶你一起去。金次說得對，我們現在應該分別行動。姑且不論媽媽說過的戀、戀愛什麼的問題——梅露是個很危險的孩子。如果應對得不好，**光是跟她講話就會被殺掉呀**。」

「……光是講話就會被殺掉？」

「梅露愛特的頭腦異常優秀，同時也是個怪人。對於『唆使別人』這件事，她擁有全世界最強的技術。她將認知心理學中所謂的教唆術發展成了自己獨特的技術，然後會抱著半惡作劇的心態對人使用——光是靠話語就能改變對方的思考、行動，有時甚至連人格也會被改掉。而且目的就只是為了打發自己的無聊。」

要說危險的怪人，這位亞莉亞也不遑多讓……

真不愧是姊妹，看來妹妹也相當嚴重的樣子。

「面對自己不喜歡的對象，她會在對話中穿插進讓那個人變得想自我了斷生命的內容。而且不是在當下，而是隔了幾天的時間後……忽然變得想要自殺。梅露愛特就是能辦到這種事情。哎呀，雖然也是有分成容易被她教唆跟不容易被教唆的人格，對我甚至是完全沒效啦──但你十之八九會中招。畢竟你一副就是很容易被可愛的女孩子用花言巧語牽著鼻子走的樣子呀。」

──太失禮了吧。雖然我心中這樣想，但我在一月的時候就曾經被妹妹靠那方面的花言巧語騙得差點結了婚，實在無從反駁。

「呃……我知道了。那梅露愛特那方面就交給妳。至於我嘛……雖然對超能力領域的事情很不熟悉，而且又沒有任何線索……不過我就去找找看瑠瑠色金和璃璃色金吧。」

聽到我這麼說，亞莉亞點點頭後──

「就算想要把媽媽救出來，現在也已經知道繼續靠審判是無濟於事了。既然媽媽是因為色金的事情被抓，那麼想要救她就必須深入有關色金的事。這也算是一種正面突破的手段，只有這樣了。」

用她小小的手指向自己小小的胸口──埋有色金的部位──並揚起了眉梢。

我們回到駕駛座上的島莓正埋在輕飄飄的衣服與蝴蝶結裡打瞌睡的 Mini Cooper 後……當我和「喂」一聲抓起島頭上的巨大蝴蝶結把她叫醒的亞莉亞坐進車後座

時……

「——亞莉亞女士。」

隨著一聲有點口齒不清、和亞莉亞同等的娃娃聲……

一個原本似乎躲在停車場某處的小不點女孩就像早在等待這個機會似的，忽然入侵車內，把我和亞莉亞往車廂內擠，硬是坐進設計上僅供兩人乘坐的車後座。

這眉毛粗、眼鏡妹又穿風衣的小學女生在搞什麼？

這下包含島在內，狹小的車內擠了三個小不點女孩和我一個人啦。

也許對有些人來說是開心到會哭出來的情境，但對我而言只是麻煩又難受而已。

「——妳是誰？」

因為對方知道亞莉亞的名字，於是我抱著警戒心如此問道後——

「我是外務省歐洲局事務官——錢形乃莉。喂，全身蘿莉塔，把車開到霞關（註1）去。」

小不點撥了一下她綁在左右的兩小撮頭髮，「啪啪」地用衣袖過長的左手拍拍島的頭。

我不禁皺著眉頭看向她的衣襟——的確別有一枚看起來很新的外交官徽章。

註1「霞ヶ関（霞關）」為東京地名，日本行政中樞所在地，後轉為「日本中央政府」或「外務省（最早設置於此地的機關）」的代名詞。

騙、騙人的吧？這傢伙竟然是成年人？憑她這身材？

——鏘——

從錢形被過長的衣袖遮住七成左右的右手傳來微小的金屬聲響。

（……！……）

是槍嗎……應該不是，但她確實有攜帶某種武器。

「——您自己才是合法蘿莉塔的呢！」

感到不滿的島「呸！」地吐了一下舌頭，可是——

「妳、妳為什麼會知道我在省內的綽號！不，現在這不重要，快點把車開出去！要是妳敢拒絕，我就去跟外務大臣告狀，把話傳到武偵廳長官那裡。到時候妳的飯碗就不保啦。」

不只是聲音，連講話方式都很像小孩子的錢形卻如此強迫她。

「好啦，亞莉亞女士，請妳隨我同行一趟。英國大使館和外務大臣政務官都在請妳過去呢。我們過去都幫妳占了那麼多便宜，在這種時候妳好歹也該出面一下吧？」

聽到她的發言，我只能祈禱在表面上被當成是理子假扮的亞莉亞能裝傻一下。但是……

「錢形……我找妳好久了！這個吊車尾！」

心情正差的亞莉亞卻當場發飆起來，冷不防地用雙手掐住了錢形的脖子。

搞……搞砸啦！

妳這下不是在各種意義上都承認自己就是亞莉亞本人了嗎！

「果、果、果然這邊就是亞莉亞女士！我、我看妳腳邊沒有會改變形狀的怪影子，早就在猜想是這麼一回事了！」

花了一百萬經費得到理子的協助，這下都付諸流水，完全被外務省抓包啦……！

「話說，妳竟敢把我叫到霞關去？那不是我現在最不可以去的地方了嗎！虧我還因為中意妳的身高而重用妳的說，這個叛徒！」

從她們的對話來判斷，看來這個小不點大人……就是亞莉亞至今一直當成手腳使喚的外務省負責人了。

但她現在卻背叛了亞莉亞，打算把外務省軟禁中的亞莉亞再次抓回去的樣子。

「這、這是外務大臣政務官的命令！要是不把妳帶過去，我會被大臣狠狠修理的呀！」

「反正妳每次都會被修理，也不差這一次啦，這個廢物！」

砰！砰砰！

亞莉亞不斷對錢形的下腹部使出衝擊波彷佛貫穿背部的強勁膝蓋踢。

唔、嗯……被暴君亞莉亞役使原來是這麼恐怖的一件事。

平常我都是站在主觀的立場，但是像現在這樣客觀來看，讓我再次體認到了這點。

「還有，錢形妳這傢伙！關於讓金次回到巴斯克維爾小隊的事情妳也在偷懶對吧！」

「公務員可是很忙碌的！像我這種在國考一級中以首席成績合格的超級菁英，就、就更不用說了！我哪有時間去處理那種像垃圾一樣的工作！」

……像垃圾一樣的工作……

「人家也是有各種苦衷的呀！我可不想再寫反省書了！」

當時我們與鏡高組發生鬥爭時，幫忙滅火的人應該也是錢形吧……

但現在這種狀況下，她似乎已經不算自己人了。既然如此——

「——亞莉亞，我也來助陣！」

我隔著亞莉亞的身體抓住錢形的雙腳，像推手推車一樣打算把她從Cooper上推出去。

「我是不知道原來外務省也會收實習生啦，但是區區一個小學生別想來找武偵的麻煩！」

「什！什……！我已經二十四歲了！對你們來講是大姊姊了！」

「少騙人！」

「我才沒有騙人！」

對著我大聲嚷嚷的錢形接著又大叫一聲「最終確認！」，並用她的小手一把抓住亞莉亞的胸部。

「果然這邊才是真正的亞莉亞女士！峰理子就算再怎麼擠壓，也不可能縮到這麼小的！」

下一瞬間……

「——嗚啦啊！」

亞莉亞發出美少女角色絕對不可以發出的怒吼聲，同時使出力道足以粉碎一臺小型車的肩部撞擊。

錢形當場被撞出車外。島見狀後立刻大叫「出發的呢！」並緊急發動車子。

「島，快一點！那傢伙還有厲害的同伴呀！」

亞莉亞的叫聲與Cooper燒胎的聲音互相交錯。

明明有其他同伴卻只有錢形一個人來，代表亞莉亞出現在新宿的情報洩漏後，應該還沒有經過太多時間。

想必是警視廳在我們與香苗小姐會面的這段期間聯絡外務省的吧？

亞莉亞叫島快一點的指示非常正確。外務省方面還沒排好陣形，我們要逃要躲都要趁現在。之前在醫科研醫院不是只有像錢形那種廢物，我還感受到了強者的氣息。要是被那些人包圍，我們就會變成甕中鱉了。

「要出發了呢～！」

用大紅色的光澤厚底靴彌補短腳的島深深踏下油門——

「等等！等等呀！亞莉亞女士！」

可是錢形卻緊抓住還敞開的車門，「唰唰唰！」地全身在地面上拖行跟著我們……！這女人也太有毅力了吧……！

「真難纏！」

「再見啦，大姊姊！」

亞莉亞和我使出雙人合踢，才總算把她踢下車——

島接著讓 Cooper 車輪一甩，以僅差幾公釐的距離避開其他停在停車場中的車子，載著我們逃跑。

我透過後照鏡一看，赫然發現豎起粗眉毛的錢形竟站起身子，打算用雙腳衝刺追上我們，可是又踩到自己的長風衣而當場摔倒了。誰叫妳個子那麼矮還穿那種衣服？亞莉亞，妳也要引以為戒啊。

面對亞莉亞一擊就能把灰熊打昏的打擊，竟然能夠承受兩擊還站得起來的錢形，看來是個耐久力超越人類的傢伙。怪不得外務省會安排她負責對應亞莉亞。

「我一時氣壞就搞砸了。這下和外務省也是敵對關係啦。可惜了這個便利的組織。」

在回到地上的 Cooper 中，亞莉亞的嘴巴凹成了「ㄟ」字形。

「剛才那是錢形不對。連逮捕權都沒有就想拘留別人，會遭抵抗也是理所當然啊。」

「別看她那樣，她可是個菁英官僚。不是你那種道理可以說得通的對象。」

所謂的國家公務員——

基層人員姑且不論，但地位越高，就越能獲得行政方面的便利。既然是外務省的菁英，萬一遇上警察介入的時候想必也能讓狀況變得對自己有利。

霞關的那群官僚，就是能以此為後盾為所欲為，在某種意義上可說是無法之徒——或者說友法之徒。

雖然與棘手的對象為敵的狀況對我來說已是家常便飯了啦……

不過這下好了，我們有辦法順利脫逃嗎？

即使成功開車逃了出來，但在市區內隨時遇上交通堵塞都不足為奇。尤其新宿一帶，這可是徒步走路經常會比開車還要快的地區。

然而，我的擔心其實是多慮。島一路上都挑選了車流量少的道路，讓Mini Cooper順利駛上明治大道。接著又急馳南下，就在我們通過新宿御苑與代代木車站之間的時候——

忽然傳來「嘰——————！」地一陣單汽缸引擎尖銳的聲音。

「——亞莉亞女士！」

一輛座位高度只有六十六公分的迷你機車——本田MONKEY從後方的交叉路口飛馳出來。

乘坐在上面的，正是身高應該只有一百三十多公分的迷你大人錢形乃莉。

她在兩段式右轉的時候我看到了，那輛MONKEY掛的是以『外—』為開頭的外交官用車牌。

小不點騎小車，讓人聯想到馬戲團小熊雜耍的錢形——一邊追著我們的Cooper，一邊「唰——咻！」地用握在左手的鐵鍊投石帶不知道擲出了什麼東西。還像個小女孩一樣，讓兩小撮頭髮跟著彈跳。

——噗！隨著一聲中彈聲響後，Cooper的輪胎開始發出「喀啦喀啦喀啦……」的異常聲音。怎麼回事……？

「她丟的是五元銅板，刺在輪胎上了。要不是防彈輪胎，應該早就爆胎了。」

動態視力優秀的亞莉亞從裙子下拔出白銀Government如此嘀咕的時候——

咻！哐啷！

錢形擲出的第二枚銅板擊破了Cooper的後車窗。

「……對、對不起的呢～！這輛車因為預算上的問題，只有前擋風玻璃是防彈的呢～！所以說所以說，嘿！」

島大叫一聲後，扭動右手把方向盤用力一打——隨著「嘰嘰嘰！」的聲音，Cooper在同一條車道上大轉一百八十度。她同時又用左手把車子打入R檔，竟然就這麼倒車駕駛起來。還扭轉上半身，看著現在已經變成前方的車尾。

即使是倒車，島也一點都沒有讓原本就很快的車速慢下來。真不愧是車輛科，武藤的強勁對手。

路上的一般車輛和計程車發現這樣異常的行駛方式，紛紛把道路讓了出來。真是不好意思啦，各位駕駛朋友。

「金次，別鬆懈了。錢形原本可是專門從事戰鬥的事務官——呀！」

亞莉亞將雙手撐在後座上，用類似後滾翻的姿勢——「砰！」一聲往正上方使出直衝天際的袋鼠踢。

持續倒車疾馳的 Cooper 掀頂式的車頂當場被踢開，飛向後方車道。錢形「嗚哇！」地縮起脖子避開的同時，在後車座面朝後方站起身子的亞莉亞射出 .45ACP 彈，命中 MONKEY 的前輪。

然而——對方的車輪也沒爆胎，是防彈的。而且輪胎明明都大幅失去平衡了，錢形竟然「哼呀！」一聲踹向路面，重新立起 MONKEY。

這傢伙也太誇張了吧？乾脆調職去公安警察外事科算了。

「嗚……島！」

透過路牌察覺到行進方向狀況的我，頓時臉色發青。

Cooper 正駛向北參道交叉路口——五叉路，而且是紅燈。

根本不知道有輛時速近一百公里的倒車行駛車輛要入侵交叉路的駕駛人們，紛紛從右方、左方、斜方開車駛進路口。另外還有大量行人，就算是島也絕對避不開的！

「無須擔心的呢！看我的呢！」

Cooper 的車輪又「嘰嘰嘰！」地發出聲響——以教人難以置信的直角轉彎衝向一條寬度根本容不下汽車通過的飲酒街小巷。

因為那驚人的轉彎方式，四個車輪中左邊兩個當場懸空……讓車體以傾斜的兩輪行駛狀態衝進了小巷。兩個右輪在人行道上、兩個左輪貼著牆，倒車行駛的 Cooper 就這麼急馳在這個時段還沒有行人的小巷中。

「金次礙事！」

亞莉亞踏在傾斜的車座與啞口無言的我頭上，往車子的上空使出兩段跳躍。越過爵士酒吧突出牆壁的招牌，空翻的同時——「砰砰砰！」地用.45ACP彈擊碎了一塊介於MONKEY與Cooper之間的拉麵店·天下一品招牌的支架。

於是那塊巨大的招牌……「哐啷！」一聲落在地面上——

變成宛如一塊『禁止進入』的道路標誌，堵住狹窄的小巷。

「——亞莉亞女士！妳是逃不掉的！」

面對在招牌前緊急剎車、憤慨得豎起粗眉毛的錢形……

亞莉亞「呸～」地在空中吐了一下舌頭，然後靠慣性法則回到了車上。就在我接住亞莉亞，讓她坐回座位的同時——穿出小巷的Cooper也「咖鏘！」一聲恢復四輪行駛狀態。

（好，這下就能逃掉了……）

我心中才這麼一想，就從空中……啪啪啪啪……傳來不太妙的聲音。

是直升機的引擎聲。上空照下來的探照燈也追著疾馳在裡原宿的Cooper。

看來用直升機監視著我們逃跑路徑的外務省那群人——

——已經搶到我們前面了。

一輛外交官車牌的英國車——充滿運動風格的Jaguar F-Type從我們的行進方向前方出現。

「啊啊，真討厭！的呢！」

島用左右雙手打著方向盤與排檔，用雙腳操縱油門與離合器，把車頭甩回前方——方向一轉，心想反正對方可以從空中監看，就乾脆再往大道路上尋找退路。

然而，大概是因為她這樣亂來的駕駛方式……Cooper 的速度忽然變得有點慢。有一個後輪爆胎了。雖然用的是防彈輪胎，但硬幣攻擊卻是出乎預料——卡在輪胎上的那枚硬幣，因為剛才車子從兩輪回到四輪行駛時的重量負荷而傷到輪胎內部了。

克里斯汀・迪奧、巴寶莉、路易・威登、亞曼尼……Cooper 來到世界各國高級品牌店林立的表參道上，Jaguar 也抱著逆向行駛的覺悟出現在我們前方。

從 Jaguar 的副駕駛座車窗中，一名手持黑色華爾瑟ＰＫＫ的金髮男子探出身體。

「——那男人，是ＭＩ６……！我在倫敦有看過他。」

ＭＩ６——英國情報局祕密情報部。

雖然表面上是隸屬英國外交部的機構，但實質上是直屬於英國首相底下的諜報組織。

以強韌、冷酷著稱的冷戰時代前輩們所鍛鍊出來的現役世代，可說是世界首屈一指的武鬥派諜報員集團。雖然被派到日本負責這種任務的傢伙，應該只是當中地位最低的人，但依然還是讓人可以感受到強者的壓迫感。

華生也曾經說過，那些人——有不將英國以外的人當人看待的傾向。他們恐怕是打算以治外法權為後盾，以英國貴族（亞莉亞）遭到誘拐為由槍殺我們吧？首先的目標，就是駕駛座上的島。

避開 Jaguar 並回轉、開始逆向行駛的島——

「……嗚！」

忽然用力踏下她那件輕飄飄花紋長裙下穿著厚底靴的腳。Cooper 緊急剎車，害我和亞莉亞當場摔成一團。

在 Cooper 前方一百公尺的地方，MONKEY 正橫越表參道並設下長釘板。那是可以將大量的尖刺插入輪胎，讓對方強制停車的陷阱、封鎖線。

我們後方則是又出現兩輛 Jaguar，打橫車身急停在路上。

是將車身直接當成路障堵住出口的陣形。

「……看來這下被對方將軍啦。」

我們這次的對手是公權力，也就是國家。而且還是日本和英國兩個國家。

被國家前後包夾的狀況下，光靠個人的力量根本無濟於事。

雖然我們現在還只是違反交通安全和器物毀損，以武偵的身分多少可以找到藉口逃掉，但如果繼續將事情鬧大，警察想必也不會坐視不管了。警察是錢形——也就是官僚的朋友，我們只會被當成壞人遭到逮捕、關進看守所。

到那時候就萬事休矣。而且武偵執照運氣好是被扣押，運氣差就會被撤銷了。

「……妳快逃吧，島。」

亞莉亞如此指示，並將 Government 換上新的彈匣──

「住手，亞莉亞。就算妳仗勢槍械的力量……現在的對手是國家，一旦戰鬥就完蛋啦。」

就在我伸手制止亞莉亞的時候……

「──既然這樣，就靠國家對抗國家吧！哥哥。」

明明應該沒有人坐的 Cooper 副駕駛座上，忽然傳來充滿精神的聲音。

這……這聲音是……

「金、金女？」

我叫出了這個名字後，「啪」地一聲──脫下光曲折迷彩外套的金女就出現在副駕駛座上了。臉上戴著半透明的特拉納，露出天真爛漫的笑容。

「像這種時候，就依靠比日本、比英國**更強的國家**吧～！」

她讓水手服的領巾彈起來、「哦～！」地將拳頭舉向天空……

隨著一陣往下吹颳的風，巨大的聲音漸漸從上空接近過來。

混在外務省直升機的引擎聲中傳來的那個聲音，是雙引擎‧四旋翼的──UH─60黑鷹直升機的降落聲。看來金女是從那上面降下到這輛失去車頂的 Cooper 上的。

我和亞莉亞抬頭仰望冬季的天空──

發現變成透明而讓人看不見輪廓的直升機打開艙門後，伴隨「轟！轟轟！」的噴射音，有某個東西降下到 Cooper 與逼近而來的 Jaguar 之間。

砰鏘！

隨著激烈的金屬聲響降落在明治大道上、將應該是著陸用的背囊型噴射包「噹！」一聲丟棄在車道上的……那玩意是……

「……機、機器人……？」

正如眨著眼睛的亞莉亞所說，那是個只能形容是機器人的巨大鋼鐵物體。

目測全高兩公尺四十公分。

被漆成黑藍色的金屬機身實在稱不上圓滑，一看就知道是陸戰用兵器。背上還裝有黑色的斗篷，應該是機能停止中的光曲折迷彩裝置。

然而，那玩意並不是什麼機器人。

從它的關節位置與人體相同的特徵，以及將呈現螢光綠的單眼攝影機轉向Jaguar車群的動作來看——應該有人在裡面。

這傢伙與其說是機器人，應該說是穿著尖端科學兵器鎧甲的戰士才對。

——砰磅磅磅磅磅！

載有MI6的Jaguar冷不防地撞開那傢伙——不，是被撞開了。

身穿尖端科學鎧甲的戰士只伸出一隻右手，就把車子推了回去。

「——擊貫椿！」

不知道為什麼透過外部擴音器大喊招式名稱的機器男——是成年男性——的前臂忽然發出爆炸聲響。靠火藥的爆發力從前臂鎧甲射出讓人聯想到衰變鈾棒的樁子，輕易就貫穿了車子的引擎。

從變得無法發動的Jaguar上，MI6踹開車門翻滾下來。緊接著「轟！」一聲，從近距離對鎧甲男射出一發榴彈武偵彈。

雖然爆炸濃煙一瞬間籠罩了那兩人，不過當煙霧被風吹散後……我看到MI6的探員已經帶著駕駛後退，而鎧甲男則是用裝在左前臂的一塊形狀像一片比薩的盾牌擋下了炸裂彈的衝擊。

「電動關節馬達——出力百分之八十。敵方車輛——豪邁大破。我方沒有損害。OVER。」

挺起機械裝甲胸部、用英文講話的男子，接著單手舉起幾乎有2噸重的Jaguar，搬到車道邊。大概是不想阻礙到交通吧？

將收成卷軸狀的磁力推進纖維盾從裙襬下冒出來的金女，開心地把手放在嘴巴吹起口哨……

亞莉亞則是指著那個機器男看向我，彷彿在問『那是你的同伴？』似地歪了一下小腦袋。我也只能對她搖搖頭了。

「你……你是誰！」

似乎跟我們抱有同樣疑惑的錢形乃莉在Cooper後方如此大叫。

結果被詢問的那位鎧甲男……

「——I'm U. S. A.」

回了一句相當壯大的回答。

「日本啊，英國啊，看在我的面子上，退下吧。」

面對如此說道的 Mr. U. S. A.，MI6再次舉起他的華爾瑟PKK——

但就在金女笑著小聲呢喃的同時，MI6身上的長風衣忽然「啪啪啪！」地從近距離下被宛如鐵串似的刺針貫穿了。

「……真不合理。」

在失去平衡、跪下一隻腳的探員身邊——嘰嘰、嘰嘰——隨著一陣電子聲響……出現了一名紅色領帶、酒紅色襯衫、紫色西裝外套打扮的黑人男性。

在一頭天然捲的髮型底下，他的臉有一半被繃帶包著——從縫隙間露出來的耳朵和嘴脣上，裝有大顆鑽石的飾環閃閃發亮。

「……嗚……」

MI6探員看到黑人男子從繃帶縫隙間對著他張開的嘴巴，頓時放下槍口，陷入沉默了。因為那黑人的口中，有發射刺針的武器。

（那傢伙是……！）

這時我才總算回想起來。

那個繃帶男，我在去年十一月為了拯救金女前往品川火力發電廠時曾見過。

——是GⅢ的部下。

「呼哇哇哇……要是和美國鬧出事情，我會被外務大臣像小貓一樣拎起來丟進反省室的……！會遭到退休為止都在省史編輯室寫反省書巨塔之刑的……！喂～大使館，你們也快點撤退呀！」

錢形全身發抖到眼鏡都歪了，趕緊跨上MONKEY，一溜煙地逃向代代木方向……

「——是GⅢ同盟（GIII league）嗎？和你們作對並不是什麼聰明之舉啊。」

而留在現場的MI6也用英語對黑人男如此嘀咕後，脫下被刺針釘在地面上的風衣，露出收納有備用槍、彈匣、格鬥刀等等東西的西裝背心，朝後衛的Jaguar撤退了。

（……）

轉眼間，不知為何來到日本的GⅢ一黨就讓外務省勢力嚇得撤退，暫時收拾了這個場面……

然而，那群傢伙絕對會重整陣勢，再度來襲的。

對方可是擁有公權力。是一群對於把亞莉亞從武偵醫院蠻橫搶走的這種卑鄙手段也不感到羞恥的傢伙。

這次騷動的責任歸屬，他們應該也會用某種形式推卸到我們身上。光是讓我們引起騷動的這件事情本身，對外務省來說就已經是收穫了。該死！霞關真的有夠難對付。

「——金次，亞莉亞，你們沒事吧？」

似乎是GⅢ部下的科學鎧甲男將單眼攝影機轉向我們——

不知不覺間……島已經逃到La Foret原宿購物中心一帶，混進跑來看熱鬧、身上打扮跟她很像的女生人群中，讓人分辨不出來了。先姑且不論服裝品味，她好歹也是個武偵，就算丟著不管應該也能自己逃回武偵高中吧？

「哥哥，我們是不是來得正是時候呀？來，摸摸人家的頭吧？」

金女轉身把膝蓋跪在Cooper的副駕駛座上，將頭越過椅背伸到我面前……

畢竟他們的確拯救了我們的危機，於是我伸手摸了摸她的頭。

「嘿嘿嘿～好，那就合理性撤退吧。我們其實是被金三委託，要把哥哥帶過去呢。」

金女一臉羞澀地讓磁力推進纖維盾像條尾巴似地搖來搖去，然後把從直升機垂下來的梯子交到我手上了。

讓我、亞莉亞、金女、鎧甲男和綳帶男坐進兵員艙的黑鷹直升機，上升了100m左右後，才解除光曲折迷彩——轉向東北北行進。

「久未問候了，遠山大人。因為今日道路壅塞，我們經空路前往巢鴨吧。Ⅲ大人正在等候您。」

半老的白人——安格斯在駕駛席上將原本就已經扭曲的身體扭過來望向我……看到他那僵硬的笑臉，亞莉亞微微皺了一下眉頭。

即使穿著三件式西裝掩藏，還是可以明顯看出他的脊椎扭曲得很嚴重，手腳也不直。不過他好歹也是GⅢ的駕駛兼執事，操縱技巧相當好……交給他應該不會有問題。

「——嗨！遠山金次！好久不見！」

鎧甲男脫下頭盔後，豎起拇指笑著對我露出潔白的牙齒，向我表示握手之意。

或許他並沒有惡意，不過還真愛裝熟啊。雖然我們以前在品川有互相見過面，但並沒有講過話吧？

年約二十的他雖然是個帥哥，不過個性相當鮮明。

一看就是個美國人，而且還是白人菁英支配層．保守派（ＷＡＳＰ），體育會系的那種感覺。

他快手快腳地把肩甲脫下來後……

「真是的～亞特拉士，這個Personal Arsenal Armour（ＰＡＡ）的氫電池快要沒電囉？要記得經常更換才行喔～？」

把手放在脫下的肩甲上，用英文的人妖語調……？對他搭話的，是那位包繃帶的黑人。

「哦哦！謝謝，柯林斯！這真是好險啊！豪邁地感謝你！」

鎧甲男亞特拉士笑著對繃帶黑人柯林斯露出潔白的牙齒。

再加上把牛奶糖拋起來用嘴接住、有點沒規矩的金女……

GⅢ一黨無論好壞，每個都充滿個性呢。

不過想想巴斯克維爾小隊和星座小隊，也沒什麼資格說別人就是了。

（雖然這狀況總覺得不是偶然，不過……）

老弟GⅢ，你來日本的時機也太巧了。

如果是GⅢ……

如果是那個活躍世界各地的男人，在我們現在這種麻煩事漸漸擴展到日英國際規模的困難局面中，想必也能非常可靠吧？

雖然我不清楚他為什麼會來日本，但我就跟他見個面——商量一下亞莉亞的事情吧。

在降落到航空法第八十一條規定的最低高度以下時，安格斯用光曲折迷彩隱藏起直升機的機影——讓大家在我老家的庭院下機後，飛向GⅢ的私人直升機棚了。

「……金次。是千奈美．東村打來的。」

爬著繩梯一落到庭院，手機就忽然響起的亞莉亞——

用手摀住手機的麥克風，小聲對我說了一聲後，又恢復嚴肅的語氣繼續講電話：

「……我知道了，Mrs.。我接受妳的條件，但妳可不准要求警方逮捕金次。」

從她的口氣聽起來，她應該是在和外務省的誰進行交易……我馬上用手機查了一下她告訴我的名字——

她通話的對象，是東村千奈美，現任內閣的外務大臣政務官，是政治家。

還真狠啊，錢形，竟然已經報告到那麼高層去了。說到大臣政務官，可是外務省的第三號人物，上面就只有大臣和副大臣而已。

「還有，我是很想向你們要求賠償啦。在形式上留下由妳們道歉的紀錄吧。」

面對那樣的大人物，亞莉亞雖然依舊講話強硬——

不過……要是再不聽大人的話，應該會很麻煩。

大概是考慮到跟我同樣的想法，亞莉亞通完電話收起手機後……

「我就直接說結論吧，金次。我在事實上遭到強制遣返——雖然名義上是自主歸國啦，但總之就是必須回英國去了。飛機明天起飛。」

她的表情比我所想的還要乾脆得多。

剛才那段通話……聽起來很像是她一味地在保護我。

我不禁因此露出尷尬的表情，不過——

「沒關係，反正我剛好要回去找梅露，這條件對我來說一點都沒損失。我只是裝成自己接受得很勉強，好提出交換條件保障你的安全。另外還得到了一些附加好處，反而可以說是一場有利的交易呢。」

亞莉亞對我露出堅強的笑容。

原、原來是這樣啊？

亞莉亞真了不起，竟然連眾議院議員都被她玩弄在掌心中。在交涉談判中，她是面對高位的人比較強的類型呢。

雖然這下確定我和亞莉亞的搭檔關係必須暫時解散了——但即使不太情願，我們本來也是這樣打算的。我們就把能拿的好處全拿，和外務省&英國大使館和解吧。

我們一行人浩浩蕩蕩地進入遠山家後……

「──金次，亞莉亞，Ⅲ大人在這邊。」

在屋外迴廊上，抱著FN P90──按照人體工學設計的衝鋒槍──的一隻非人類狐狸女九九藻現身了。看來她負責守衛的樣子。

在腰部護具上的洞露出一條尾巴的九九藻帶路下，我們走進我的房間──

「……GⅢ……！」

正坐在榻榻米上咬著整顆番茄的GⅢ……受了很嚴重的傷。

不過那些傷似乎已經有一段時間，現在正用石膏或醫療膠帶固定療養中。

因此，他總是會穿在身上的護具有一部分被脫下，同樣被拆下來放在一旁的左手義肢還換成了又重又充滿機械感的舊型。身上也沒穿披風。

「──喲，老哥，你又沒死成啦。」

「你似乎也半斤八兩。順道一提，我已經死過兩次了。」

用非常有遠山一族風格的方式和我打招呼的GⅢ──

雖然現在沒戴在身上，不過身旁還放著一臺攜帶式的供氧機。看來他的傷勢嚴重到連自律呼吸都會有問題的樣子。

「你是被誰打敗的？」

我在他面前盤腿坐下後──

臉上畫得像歌舞伎臉譜的GⅢ對著我吊起眉梢：

「我才沒被打敗，這只是擦傷而已。」

「折斷一隻手臂又必須靠供氧器，你擦傷得還真嚴重啊。」

雖然我在戰鬥時也有這傾向啦——就是疼惜部下的GⅢ總是喜歡自己打頭陣。

而那樣的傢伙在剛剛卻沒有出陣，原來是因為受傷的關係。

GⅢ因為覺得受傷很丟臉而不願透露，但究竟是哪個傢伙？竟敢把我家老弟打成這樣！正當我默默感到生氣的時候——

「仔細看看，確實跟金次長得很像呢。」

對這種程度的傷勢毫不在意的亞莉亞小姐，竟看著GⅢ輕輕笑了出來。

就在這時……

「哎喲，不只是金三，連金次都跑去打架回來啦？」

「有啥關係？火災和吵架就是江戶的特色啊。」

端著親手做的稻荷壽司過來的奶奶與拿著番茄過來的爺爺，都一派輕鬆地做出The遠山家的反應。我快受夠這家族了。

「……你是被鋼鐵人揍的嗎？還是被魔鬼終結者打的？」

等爺爺他們回去客廳之後，感到擔心的我如此詢問GⅢ。結果他不知道為什麼露出有點開心的苦笑——

「哎呀，差不多啦。」

看來參加打鬥的雙方人馬都是像美式漫畫英雄的傢伙。

「告訴我那傢伙的名字，我去幫你報仇。不說我就揍你。」

我一邊吃著奶奶做的稻荷壽司，一邊抓住GⅢ的頭髮凶了他一下後——

「……就是美國國家安全局（NSA）的馬許・羅斯福啦。是使用比我們的尖端科學兵器還要新的超尖端科學兵器的怪物。」

他總算願意向哥哥告狀了。

我是不管什麼NSA還是NEC啦，只要讓我找到，我一定會把他揍到毀容。

——能把我家老弟打到半死的敵人，戰鬥力就和我或孫同等級了。

既然是戰鬥國家老美，會有這種人物也不奇怪。想必是個像綠巨人浩克一樣的怪物吧？不過就算那傢伙是再怎麼虎背熊腰的豪傑，我還是決定把他跟妖刕靜刃一樣列入絕不原諒清單中了。

「為什麼你會跟那傢伙槓上？我記得你過年時有說過要去內華達州的什麼基地吧？」

看到我打破砂鍋問到底的樣子，金女和亞莉亞有點異口同聲地說著「哥哥真是的」「太寵弟弟了吧」之類的話。

「空軍基地方面，我本來是預定要去內華達州的五十一區和加州的愛德華基地打擾啦。後來查出五十一區，所以就進攻那裡了。」

「東西？什麼東西？」

「就是色金。我是為了搶色金，到五十一區去的。」

——從GⅢ的口中冒出了『色金』這個關鍵詞彙。

GⅢ會跟色金扯上關係已經是我知道的事情了。這傢伙想要利用色金帶來的超超能力，讓從前因為意外身亡的莎拉博士起死回生。

不過……我沒想到原來在美國也有色金。

「畢竟我知道你的目的……所以保險起見警告你一聲：要是你敢對亞莉亞做出什麼可疑的行動，我會阻止你。與亞莉亞為敵，就等於是與我為敵了。」

「那邊的緋緋色金我已經放棄啦。所以我才會想說就算不好搶也沒關係，改去搶別的色金，只是在途中遭到對手迎擊了。話說，你們才是為了色金的事情在煩惱吧？雖然這件事我是沒跟部下講啦。」

聽到GⅢ的發言——

「……為什麼你會知道？」

我稍微瞄了一眼，亞莉亞的眼神也變得銳利起來。

「——是前伊·U的佩特拉從加奈的家打電話來要我『幫得上忙就盡量幫忙』，然後告訴了我很多事情。所以我才會到日本來的。」

……原來如此。

佩特拉現在幾乎可以說是遠山家的女人了。而且她也知道以前盯上伊·U的GⅢ一直都在追查色金的事情，所以才會要他看在家族的份上幫個忙啊。

面對似乎已經知道大致狀況的GⅢ……亞莉亞立刻問道：

「美國的色金是什麼顏色？」

「藍色的。是瑠瑠色金。」

「那是什麼樣的玩意？把你知道的都告訴我們。」

看到緊接著發問的我表現出對色金的話題很在意的樣子——

GⅢ挺起胸膛，漸漸恢復他平常那副自大的態度：

「雖然還沒親眼看過啦，不過我也靠自己的管道調查過空軍保管的瑠瑠色金。據說那玩意很大的樣子。而且我也知道色金引發超超能力的強度會與其質量成正比。所以說，只要以色金對付色金……雖然我不知道方法啦，但應該會有效吧？只要拿到內華達州的瑠瑠色金，想對付那顆緋彈也……」

又咬了一口番茄的GⅢ——

……根本就是在引誘我們去美國啊。

「——好啦，既然結論已經出來了，我們就一起去美國吧，老哥。現在馬上。」

「什、什麼時候結論已經出來了啦！」

我對把右手放到我肩膀上的GⅢ吐槽了一句後……

「老哥，你腦袋還是這麼差啊。咱們不是利害一致嗎？我想要拿到色金，可是既然老哥很寶貝亞莉亞，我就不能對她出手。所以說，我要去搶內華達州的瑠瑠色金。而老哥你也想要解決亞莉亞的緋彈——緋緋色金的問題。既然要想辦法解決——除了把色金拿來調查一番，難道你還有其他手段嗎？」

「呃……」

「比緋彈還要大的色金，而且目前知道所在地的就只有五十一區的那顆而已。還是說，你現在才要開始去找其他更大顆的色金嗎？畢竟老哥是個笨蛋，我就姑且先告訴你：色金可不是路上隨便找一家超市就買得到的玩意喔？」

「……」

亞莉亞的母親——香苗小姐要我去尋找的色金——在美國也有。

只要把它弄到手之後，透過某種方法使用它，或許就能把亞莉亞從緋緋神的詛咒中拯救出來。而那所謂的方法，亞莉亞的妹妹梅露愛特或許會知道。

或許。或許。雖然這條路都是『或許』，沒有任何確信——

但既然沒有其他路可走，就只能這麼做了。只有這一點絕對不是『或許』。

很巧的是，我家老弟和亞莉亞的妹妹——

現在各自都握有鑰匙。能夠打開『色金』這扇門，通往未知的另一側的鑰匙。

「……喂，你們先出去。」

GⅢ對著房間內的部下如此命令後……

剛剛一直默默聽著我們對話的白人亞特拉士、黑人柯林斯、九九藻與金女……都退出我的房間，到屋外迴廊去了。

接著，GⅢ把視線微微從我身上別開——

「剛才關於佩特拉的那段話，其實前後順序是相反的。雖然她的確有來拜託過我，不過……我來日本是為了要拜託老哥。因為通往五十一區的那條路，實在很難突破。」

他有點害臊地如此說道。

「──老哥，把你的力量借給我吧。」

面對再度把視線轉回來注視我、對我如此拜託的GⅢ──

「……哎呀，畢竟我剛才也說過了，會『幫你報仇』啊。」

我有點小聲地嘀咕了一句，並站起身子。

然後對開心得睜大眼睛的GⅢ輕輕舉起手掌：

「不過我要先警告你：我目前和極東戰役中隸屬眷屬的霸美──鬼之一族是敵對關係。而你因為和加奈約定而成為了師團的成員，又曾經對還是眷屬時的孫出手過。要是你和我聯手，就會跟著我一起背負打破極東戰役停戰協議的汙名囉？」

「哈！誰管他？那種小孩子遊戲，我才懶得管。」

我就知道他會這樣說。畢竟他基本上是個天上天下唯我獨尊的傢伙。

就在我不禁嘆了一口氣的時候……

「──亞莉亞啊，聽說妳要是又變成緋緋神，這世界就會陷入危機的樣子是吧？好像會引發第三次世界大戰什麼的。」

似乎因為能和我合作而變得有點興奮的GⅢ，對亞莉亞開起玩笑：

「而我的興趣就是拯救那樣的世界危機。雖然其實只要把妳殺掉就沒事了，但是在老哥面前，我就放過妳吧。」

「哎呀，還真是謝謝你喔。」

雖然額頭上冒出青筋，不過在驅亞結界——也就是在我老家會比較乖巧的亞莉亞也只是苦笑著回應他的玩笑。

反正亞莉亞也要去英國了——

就算我自己一個人留在日本盲目亂闖也無濟於事。而且即使亞莉亞有幫我警告過外務省，但是已經被對方盯上的我要是在日本因為別的事件被逮捕，一切就結束啦。

既然如此，我暫時到美國去或許也是件好事。等於逃亡國外等待風聲平息就是了。

——我到美國，亞莉亞到英國。

好巧不巧，香苗小姐要我們『分開』的指示就這麼實現了。

不過，這樣做或許的確比較好。

無論是有關色金的問題，或是我們彼此的心意，如果這些都是真的。那麼——

「不管怎麼說……我們似乎真的要分開一陣子才行啦，亞莉亞。」

「看來是這樣沒錯。」

去年四月以來，共同面對過各種激戰的我和亞莉亞，沒有再多說什麼——

只是交換著感慨萬千的視線，無聲無息地解散了我們之間的搭檔關係。

3彈　前往世界的中心

亞莉亞為了回國的準備而回到武偵高中——

我則是留在老家過夜，並向武偵高中報告了要前往美國的事情。在資料上只要當成我接受了GⅢ在美國的公司所提出的委託，應該就沒問題了。

我之所以會這樣說，是因為不同於校外教學Ⅲ是只規定『最少三天』，無論實際花了幾天時間得到的學分數都一樣——透過委託的海外任務是會根據任務執行日數給予基本學分數。

所謂的基本學分數，在設定上就是成績平均的學生，在武偵高中正常上課所能獲得的學分數。

而且學校不會檢查任務是否順利完成，也就是不會在背後進行確認工作。因為很難在國外做這種事。

講得極端一點，學生其實只要在日本接受過期中、期末測驗，而且沒有不及格……就算其他時間都接受空頭公司的委託，然後到國外大玩特玩，在東京武偵高中依然是可以勉強進級的。

要說這是制度上的漏洞也的確是漏洞，但靠這種手段蹺課鐵定會成為一名沒用的武偵，遲早會殉學或殉職。而且一直留在國外不工作的話，簽證會到期，錢也會不夠用。因此通常不會有人這麼做的。

另外，只要向學校這樣報告，透過校內網路就能查到我在美國的事情。

雖然這樣會變成我沒有事先向大家說過就跑出國，不過在極東戰役停戰期間行動可疑的我……最好還是不要和師團的成員們進行太多接觸比較好。而靠這個方法，就能減少這方面的風險。反正就算有人懷疑我怎麼不在，只要稍微查一下就能知道我出國了。

就這樣，完全不給我準備時間就擅自決定為前往紐約出發日的隔天早上——

「老哥，這尊木雕熊給我吧。這很有藝術感啊。」

「哥哥，我想要這張銀天使點數卡！我已經收集到四張了！」

面對擅自從我的私人物品中翻找來日紀念品的白痴弟&白痴妹，吝嗇的我回了一句「熊兩千元，天使點數卡五百元」。並且將現有的全部子彈都帶在身上，走出了房間。

然後對從廁所回到走廊上的爺爺只說了一句「我去一下下美國」之後，便拉開大門玄關的拉門……

「嗚哇……！」

「……」

對於表現吃驚的我也不做出任何反應、身穿水手服打扮的——蕾姬，就站在門外。

因為她讓人完全感受不到氣息就忽然出現在我面前，害我真的被嚇到啦。這個對心臟不好的女人。

照狀況看來，雖然不清楚是什麼時候來的……不過蕾姬似乎從剛才就一直站在那裡等我出來的樣子。

肩上背著狙擊槍的女孩子一直站在門口的畫面要是被鄰居看到，真不知道會傳出什麼謠言……

「妳跑來做什麼，矢田薄荷？」

有點不開心的我就用去年蕾姬來遠山家寄宿時被取的這個丟臉假名叫了她一聲。

然而，蕾姬果然不為所動……

「我也要同行。」

仍舊面無表情、語氣平淡地對我如此說道。

於是我伸手指向浩浩蕩蕩跟在後面的GⅢ一行人……

「就算是妳，看到這狀況應該也能猜到吧？我們可不是要去什麼遊樂場或便利商店。畢竟妳也是個不理會規則的傢伙，我就跟妳說清楚，這可是打破停戰協議——」

講到一半的時候……

「——風，在焦急。」

用一雙杏眼看著我的蕾姬忽然打斷了我的話。

……出來啦，『風』。

雖然因為新幹線劫持事件之後就沒什麼動靜，讓我變得有點大意了，但那玩意對蕾姬來說是像神一樣信仰的對象。她盲信的程度甚至是對方如果要她死、她就會去死的等級。

風與蕾姬自從秋天時因為我的行動而結束關係之後，到最近似乎又再度開始進行電波通訊了——

「它叫妳跟我來是吧？」

「是的。風想要與金次同學即將前往之處的某個存在見面。」

「那妳去轉告風，想見面自己去見。」

「……我是一發子彈，子彈沒有人心。故不會思考……」

這首詩也好久沒聽到啦。

蕾姬只要變成這樣，就絕對不會改變心意。這一點我在高一第一學期就已經明白了。

而且——根據之前在京都聽白雪與風雪說過的話——雖然與緋緋色金或這次我準備去搶的瑠瑠色金不同，不過蕾姬似乎曾經是類似璃璃色金巫女的存在。

我一直以來都不想去在意這種事啦，但其實蕾姬也是**色金的關係人**。

而她在暑假最後一天曾警告過我『你和亞莉亞同學不能結合』……可是我……不敢說自己沒有無視她這句話。畢竟我和亞莉亞之間還是結下友誼、結下羈絆、結下了搭檔關係。

如果她對我的警告是正當的——

那麼就是因為我擅自把它斷定是胡說八道，才導致了現在這個狀況的可能性也不是沒有。

雖然這種事無法確認，不過既然如此，我就有必要對蕾姬賠罪了。

（……）

我瞥眼瞄了一下，GⅢ他們似乎也很歡迎S級武偵的狙擊手加入我們的隊伍。

「……蕾姬，妳會講英文嗎？」

最後自暴自棄的我，用不得已只好答應帶她去的態度如此詢問後——

「Yes, little bit.（是，會一些。）」

很有可能十幾歲出頭時在中國或俄羅斯當過職業殺手的蕾姬，用連音變化比我少的標準英文如此回答我。

到頭來，我和亞莉亞的班機都是今天早上起飛。

亞莉亞似乎會稍微比我早一步搭民航機離開日本的樣子。

昨晚接到亞莉亞的電子郵件知道了這件事的我，來到成田機場第二航廈三樓後——在國際線出境大廳決定與GⅢ一黨及蕾姬分開行動了。

「我去為亞莉亞送行。」

聽到我這麼說，金女不知道為什麼笑咪咪地讓額頭冒出青筋跟了上來，於是我只好帶著她橫越莫名寬廣的大廳。

發行英國航空機票的報到櫃檯位於三樓的南端。我在那裡很快就發現了粉紅色頭髮非常顯眼的亞莉亞……

……咦？在她身邊，還有一名穿著武偵高中水手服的女生？

那個身高比亞莉亞矮，雙馬尾也比亞莉亞短的傢伙——是亞莉亞的戰妹。在我來說就像風魔一樣，簡單講就是小妹角色的間宮明里。她被亞莉亞抓來提行李呢。

另外，我還看到一個不太想見到的小不點——穿著寬寬大大的風衣、看起來心情很好的錢形乃莉。這邊……應該是在護衛亞莉亞吧？真是教人火大。明明昨天還想逮捕亞莉亞的，現在亞莉亞願意乖乖回國，她就變臉變得這麼快。

讓間宮為自己做牛做馬把行李交給櫃檯，亞莉亞發現我的身影後……

「金次。」

頓時露出了有點開心的表情。就在我覺得那突如其來的笑臉很可愛而不禁傻了一下的時候——

「早安，遠山金次武偵先生。我從武偵高中那邊聽說了喔～？您好像今天開始要到美國工作的樣子是嗎？」

錢形一臉愉悅地插進我們兩人之間。那表情一副就是總算可以暫時放下危險又麻煩的『亞莉亞負責人』工作而心情爽快！的感覺。

「昨天真是非常失禮了。來，這是我們的一點心意，當作賠罪。」

看到錢形遞出一個褐色信封……我本來想推回去的。

但亞莉亞用眼神示意我『你就收下吧』，於是我姑且確認了一下——信封裡裝的是用英文寫著『茲請各國有關機關對本狀之持有人允予自由通行進入美利堅合眾國之權利』的文件，上面還有蓋上外務大臣的官印。

這……看來是因為不想要我很快又在日本與亞莉亞再會，而打算讓我更方便進入美國的樣子。還真親切。

哎呀，要是在這邊拒絕對方的好意，我與外務省之間結下的梁子就會變成決定性的事實了。雖然我沒依靠他們的打算，但還是做做樣子收下來吧。

我將那信封塞進口袋後，就完全無視於錢形的存在——關心了一下搭檔的安全：

「——亞莉亞，我記得妳以前在英國逮捕了九十九名的犯罪者吧？當中應該已經有人被保釋或假釋出來了。妳身邊不帶保鑣沒關係嗎？」

「我會帶明里過去。」

迷你女高中生亞莉亞用拇指比向身旁那位微米女高中生間宮明里。

「……什麼？」

她看到我皺起眉頭——

「放心吧，這孩子很強的。現在或許連金次都贏不過她呢。」

「少胡扯，就算我在偵探科實力變鈍了，也還不至於輸給一年級生啦。」

「那你就試試看呀。來，明里，跟他打一場。」

亞莉亞咧嘴一笑，抓著間宮的一根馬尾，把她拉到我面前。

「咦？請問是要我和遠山金次……學長交手嗎？在、在這邊？」

用圓滾滾的大眼睛交互看著我和亞莉亞、身高一三九公分的間宮——

——似乎才一年級就經歷過不少危險局面，讓人可以多少感受到一些力量。

然而，一年級終究只是一年級，我即使不是爆發模式也不覺得自己會輸給她。反正是我們共同的主人下達的命令，我就稍微測試一下她夠不夠格當亞莉亞的保鑣吧。

於是我瞥眼瞄了一下站在英國航空櫃檯的大姊後……

「畢竟在機場，我不想隨便掏槍……我就稍微摸妳一下就好。只是如果妳應對得不好，我的手或許會戳到妳的眼睛或下顎，讓妳很痛喔？」

先宣告了一下自己會瞄準她的臉部……

「啊！對了，我記得上次好像在偵探科聽佐佐木說過，妳……」

然後搔搔後腦杓，完全不表現出攻擊的打算繼續講話——

——啪！冷不防地瞄準間宮腳下的帆布鞋，用腳絆了她一下。

普通的一年級生光是這招就會當場跌坐到地上，接著只要對位置變得比較低的延髓使出一記下段踢就能解決掉了。可是——

「哇呀！」

沒想到間宮雖然發出驚訝的聲音，卻還是讓自己的腳配合我踢出來的腳，將我踢她的力道加上自己的跳躍力，「啪！」地一聲翻起短裙，扭轉空翻地越過我頭上。

就在間宮落到我背後的聲音傳來的同時，我快速拔出剛才騙她說不會拔的手槍，轉身瞄準間宮——

（……？）

奇怪？我的槍怎麼這麼輕？

彈匣竟然被拔掉了。

「……請拿去。」

彎腰屈身的間宮站直背脊，並且把貝瑞塔的彈匣交還給我。

看來她是在剛剛跳起來的瞬間，從我外套底下的槍套中把它偷走了。

同樣的招式華生也會使用，而間宮的等級就跟華生一樣。真了不起。

我將收回的彈匣裝進手槍，把槍收回懷中……發現槍套上留下了像是被刮傷的痕跡。是被間宮的指甲抓傷的。從這一點我就看出來，她這招是——

（遠山家的、『井筒奪術』……？）

也就是我在初次見面那天被亞莉亞摔出去的同時摸走她的備用彈匣、可以偷走敵人身上武器的招式。手指的軌跡和這招非常像。

然而，老爸教我的井筒奪術是雙手招式，可是這抓傷痕跡只有單手。

（不對，這是『鳶穿』……！）

我想起這個招式名稱，忍不住瞪大雙眼。

老爸教我『井筒奪術』時有說明過，那招是遠山的金先生，也就是遠山金四郎——的父親，遠山景晉從別的流派偷學來的劣化版招式。而純正原版招式的名稱，就叫『鳶穿』。

不同於井筒奪術只能偷走對方帶在身體表面的東西，鳶穿這招可以瞄準內側的東西。也就是可以從嘴巴或肚臍眼將手指戳進身體裡面，拔走對手的腸子或腦幹等等致命性的器官，可說是相當血腥的必殺技。

而當時使用鳶穿這招的，是遠山景晉的部下，專門取締偷渡品的公儀隱密——也就是忍者。

那個隱密的名字，就叫間宮林藏，與間宮明里同姓。這應該不是什麼巧合。

不過，這方面的事情……我還是別說出來好了。

「……知道了，就拜託妳啦。」

我也將剛才用井筒奪術從間宮身上摸來的衝鋒槍彈匣還給她，並如此說道。

結果間宮也露出有點鬆了一口氣的表情。

「在倫敦還有我的戰妹。雖然她對我就像你對風魔一樣放任，不過遇到關鍵的時候就是個可靠的學姊。戰鬥力也有S級的保證。」

亞莉亞說著，對我拋了一個媚眼。那位學姊・亞莉亞・間宮組成戰姊妹的三姊妹是吧？那樣我或許就不需要過度操心了。

「亞莉亞……」

「金次，現在因為錢形在場，我不能說太多，不過我就跟你明講了：我們雖然要離開日本，但這絕對不是在逃避，而是要挺身面對。」

——挺身面對緋緋神的意思是吧？

我知道。亞莉亞，妳說得沒錯。

「所以，不是『再見』，而是『路上小心』喔。」

「說得也是。我在去年被妳選為搭檔，而我雖然當時只是順勢接受，但既然接受，就代表我也選擇了妳。武偵對自己選為搭檔的武偵是不說『再見』的，那是只有死的時候才說的臺詞。」

「謝謝你，金次。如果遇上什麼事，我會叫你的。」

「那我就算要在地球上挖洞也會趕過去。」

「呵呵，總覺得那種事你應該也能辦得到呢。」

在對話的同時，我最終確認了一下亞莉亞的樣子——

嗯，她很鎮定。這樣應該不會有問題。

即將各分東西的現在，我心情也看開了。哎呀，反正既然都在地球上，就是在同一個地方嘛。管他是在隔壁車站還是隔壁國家，只是使用的交通工具不同，本質上是一樣的。

「路上小心了，金次。」

「妳也是，路上小心。」

好，走吧。

準備轉身離去的我……雙腳卻遲遲不肯動。

（但是，亞莉亞。我和妳——）

這次就是一輩子離別的可能性依然存在。

這是事實。

抬頭看著我的亞莉亞，與望著亞莉亞的我……

默默不語地……讓時間不斷流逝。

「……」

「……」

「……你快走。」

忽然，亞莉亞將她那雙紅紫色的眼睛從我身上別開。

說出口的娃娃音微微顫抖……眼眶也溼潤起來。

「要是你不走，我會哭出來的……！」

我被她輕輕推開的胸口——

閃過一陣難受的痛，女人的眼淚真是卑鄙。

看到那種東西，身為男人就無法反抗了。還是走吧。到此為止了。

就在我下定決心的同時……

「好，OUT～！哥哥！不要再繼續插旗了，快走吧！」

「亞莉亞學姊！聽說在飛機上可以看免費電影對吧！真是期待呢！」

金女．間宮各自伸手抓住了我．亞莉亞。

我被充滿彈力的觸感嚇得看了一下自己的手臂，發現隔著一件水手服、金女最近明顯成長的胸部從左右夾住了我的手肘～前臂！到底是誰教她這種蠻招的！雖然我猜大概是白雪或理子啦！

話說，這情境應該不太妙吧……！

「──金次！你、你為什麼要對自己的妹妹露出那麼色的表情！」

看吧！果然！

「我才沒有！」

「要、要是你敢趁我不能監視你的時候對妹妹做出什麼奇怪的事情，下次見到面我就把你全身開洞，讓你變成網子人！」

「人體有厚度，不會變成網子啦。」

就這樣，我和亞莉亞之間──

到剛才明明還是感人的離別場面，最後卻在金女&間宮這對神祕同盟的陰謀下，變成吵架道別了。

「哥哥，今後我們就自家兄妹好好相處吧♪」

在美國長大的金女明明在大庭廣眾之下卻「啾」地親了一下我的臉頰……結果我就聽到亞莉亞頭上像是血管「噗哧！」一聲爆開的聲音……

「嗚啦啊啊啊！開洞膝蓋曲！」

——轟轟轟轟！大概有我剛才對間宮使出的那記絆腳踢兩兆倍威力的亞莉亞下段踢，不知道為什麼竟朝著我踹過來——

不只是金女和間宮的裙子，連錢形的風衣都被亞莉亞的腳產生的風壓當場吹起。同時，那記殺人踢就這麼「砰磅磅磅！」地命中我的雙膝了。

大家都知道本來只能彎向同一方向的『膝蓋』卻變得自由彎曲的我，利用大腿以上還能動的部位……一拐一拐地用奇妙的跑步姿勢逃離亞莉亞面前……

「哥哥～買那個給我～」

而且還把笑咪咪地指著機場販賣店中牛奶糖的金女，像隻小海豹一樣夾在腋下運送過來了。畢竟我很怕她會被亞莉亞槍殺掉啊。

話說，該死的亞莉亞！剛才要踢也應該是踢金女，不是我吧！還有，所謂的『膝蓋曲』應該是從對方背後踢膝蓋的後面才對，像妳那樣從正面踢斷膝蓋應該要叫『膝蓋折』才對啦！而且前面的『開洞』兩個字根本就沒有關係啊！

遭受這種充滿吐槽點的最後虐待的我，利用遠山家的整骨術將彎向＞側變成逆向關節的膝蓋扳回正常的＜側之後……

跟著在出關口的GⅢ一黨＆蕾姬通過了保全莫名鬆懈的優先通道。這是什麼特別待遇啊？簡直比頭等艙乘客還要優待。

我雖然還是拿出金女幫我從第三男生宿舍拿來的護照，正常接受了出關審查。不過——

「機票在誰手上？」

聽到我這麼一問，身上穿著一套滿滿都是金絲刺繡的喇叭袖襯衫、打扮實在很瘋狂的GⅢ竟笑著回我一句：「老哥在騎自己的腳踏車時，難道也要買車票嗎？」

……也就是說，要搭私人飛機是吧？怪不得剛才的保全檢查會那麼鬆。畢竟沒有人會劫持自家用的飛機嘛。

「難道是要搭B—2轟炸機改（加利恩）？」

「那不是已經被老哥你毀掉了？」

在一邊進行著遠山兄弟對話，一邊通過珠寶飾品與香水等免稅商店前的我們身後……

GⅢ一黨的成員們也浩浩蕩蕩地跟了上來。

穿著一身像白色立領制服的打扮、金髮碧眼的高大白人．亞特拉士。

七彩西裝搭配臉上包滿繃帶的黑人人妖．柯林斯。

雖然把尾巴藏在像女國中生穿的深藍色無袖連身裙底下，可是頭上那對像狐狸耳朵的獸耳卻完全露出來的狐狸女，大概是日本出身的九九藻。

加上不在這裡的駕駛兼執事老爺爺．安格斯。我記得之前在品川還看過左右眼不同顏色的長銀髮女人，以及臉上有彈痕的魁梧男子。

（包含隊長在內，真是一群外觀花俏……或者說多采多姿的傢伙們啊。）

白人、黑人、黃種人、狐狸人，健全者、身障者，特殊性向者，男女老幼，各種人物都有。

我向GⅢ提到這個話題……

「只要是有用的傢伙，無論人種、身分、年齡、性別還是過去，我都不會過問。但相對地，如果是沒用的傢伙，管他是將軍還是總統我都會捨棄掉。」

結果他回了我一句徹底實力主義的答案。原來如此。

不過，這群顯眼的傢伙總是在吸引機場中來來往往的日本人群的目光，我個人倒是很希望各位能用光曲折迷彩把自己藏起來。

畢竟雖然是事實，但總覺得別人都把我當成這群傢伙的同伴，而對我也投以異樣的眼光啊。

（在這種狀況下，希望不要讓我遇上什麼朋友。）

明明朋友就很少，還在擔心這種事的我……這時忽然聽到……踏踏踏！

「——遲澳啊遲澳啊～！」

一名背著背包、身穿武偵高中水手服的小不點衝過我們身邊，朝聯合航空・65號登機門奔跑而去。

那個和間宮也有點像的女孩子，正是平賀同學。最近我周圍的小不點女孩還真多。

「哦哦～？遠山同學！嗯嗯奧啊惡安耶依偶呃啊～！」

口中咬著一片吐司的平賀同學原地踏步、對我說了些什麼。我因為跟她認識久了所以聽得出來，她是在講『文文要搭這班飛機走的啦』，至於剛才在叫的是『遲到啦遲到啦～』。

居然在成田機場演出少女漫畫中常見的咬吐司衝刺，真不愧是發明家，充滿創意啊。

「我也是要去美國，有事時多關照啦。」

對苦笑回應的我比了一個『V』後，平賀同學就用撲壘包的動作滑進正在進行最終搭機確認的65號登機門中了。班機目的地是——華盛頓杜勒斯國際機場。

平賀同學已經確定要到華盛頓武偵高中的裝備科進行交換留學。

而她這次應該是要過去做事前準備的。祝好運啦。

「老哥，這邊。」

看到我停下腳步目送平賀同學離開的樣子，感覺有點吃醋的麻煩老弟就拉了一下我的袖子。

於是我只好跟著大家再度走在南航橋中，並搭手扶梯來到一樓的機場貴賓室。

在那邊有一名中年男性恭敬鞠躬迎接我們，正是穿著三件式西裝的安格斯。是GⅢ的專屬駕駛。

「Ⅲ大人，金次大人，久候大駕。就由屬下帶各位到X—19C吧。」

安格斯如此說著，帶領我們走出貴賓室，坐進一輛小巴士後……

開著小巴士行進在機場滑行道旁，前往似乎不需要透過空橋就能搭機的GⅢ自家用飛機。

正當我的注意力被近距離起飛的波音747驚人的魄力吸引過去的時候——

「到囉，哥哥。」

金女戳了一下我的肩膀。小巴士也停了下來，於是我們一行人就以GⅢ為頭、陸續下車來到柏油路面的停機區域。結果我赫然看到……

「——嗚……V—22魚鷹……嗎？」

一臺外觀是深灰色、感覺介於飛機與直升機中間的航空機停在那裡。

V—22——魚鷹(Osprey)是可以將旋翼朝上進行垂直起降，也可以轉向前方進行水平飛行的**傾轉旋翼式**航空機。

像直升機一樣不需要滑行道，又可以像固定翼飛機一樣進行高速長距離飛行。是一種甚至被形容成『改變了人類飛行方式』的夢幻交通工具。

可是，眼前的這玩意……卻擁有我在資料看過的規格將近兩倍的尺寸。包含引擎在內的全寬足足有四十公尺。排列在主翼上的螺旋槳也不只兩具，而是四具。是一架QTR（四傾轉旋翼）機。整體外觀真要說起來反而比較像C—130運輸機。

「是X—19C人馬座（Sagittarius）啦，剛才安格斯不是說過了嗎？你至少也把X飛機全部記起來吧！」

跟在對我如此大吼的GⅢ後面，他的部下們也陸陸續續從機身側面的艙門坐進機內。蕾姬也接著搭上去後……

「好冷喔，快點進來啦～」

金女在門口對我招招手……但是我看到那一點都不像普通客機的外觀……要坐進去實在需要一些勇氣。雖然光看外表是很帥氣啦。

不過站在外面的確也很冷，我只好硬著頭皮坐進去了。

果然是沿用了AC—130機身的人馬座機艙相當寬敞。大概是因為GⅢ的興趣，內部被改裝得像高級飯店的總統套房。

用珍貴的古巴桃花心木雕刻裝飾的牆面上，掛有羅馬圓形競技場的油彩畫。背對那幅畫蹺著腳的GⅢ屁股下坐的，是酒紅色的底搭配大量金絲刺繡的凡賽斯沙發。腳下的波斯地毯非常柔軟。

「本機將在阿拉斯加上空進行空中加油後，直飛J・F・甘迺迪機場。」

「好。」

安格斯將扭曲的手臂放在胸前如此報告，而正在挑選唱片的GⅢ回應了一聲後……

我看到安格斯走進操縱室，於是也跟在後面瞧了一下駕駛艙。

「雖然我已經見識過你駕駛汽車跟直升機的技術，但你連這種玩意也能開嗎？呃，希望我這樣說你不會生氣……不過你手臂的可動範圍看起來應該比健全者狹窄。傾轉旋翼機的操縱應該很困難吧？我常聽說這很容易發生事故啊……」

「請您放心，本人駕駛人馬座的總飛行時間大約有一千小時。雖然巡航時會跟亞特拉士交班，不過他也有三百五十小時的飛行經驗了。」

戴上對講機坐到另一個駕駛座上的亞特拉士，臉上看起來莫名開心。

不過因為他的表情肌有一部分很僵硬的關係，我搞不清楚他是在微笑還是在奸笑就是了。

「……你在開心什麼？」

「沒事。只是昨天跟今天，我拜見到了很棒的畫面。」

「很棒的畫面？」

我疑惑地歪了一下頭後，安格斯便把頭轉向我：

「那位事必躬親的Ⅲ大人，竟然會去拜託金次大人——會拜託別人。這是非常珍貴的畫面。」

他雖然有點像在講悄悄話，但似乎還是被耳尖的GⅢ聽到……

「才不是那樣！是因為老哥要是被放著不管就會找不到工作，我才看在兄弟的份上給他事情做啦！」

結果GⅢ「砰砰砰！」地踱著地板生氣起來，還變得面紅耳赤。

「原來是這樣。Ⅲ大人的心地依舊是如此善良呢。」

……看來安格斯的興趣是調侃GⅢ的樣子。還真是不要命啊。

「GⅢ才不心地善良吧。你以前不是也跟他打過嗎？結果……讓身體變成那樣。」

畢竟是自家老弟幹的事情，我稍微關心了一下安格斯後……

「不不不，他當時也是很善良的。」

「哪裡善良了？」

「因為他沒有殺了我。明明我在CAG接到上級要我單獨強襲的命令，而抱著殺了他的打算出現在他面前的。」

聽到安格斯的發言，我不禁瞪大雙眼。

這傢伙，原本是CAG——第一特種作戰分遣隊三角洲部隊隊員啊？

而現在居然是GⅢ的專屬駕駛。

所謂的三角洲部隊，是被稱為世界最強的美國特殊部隊。既然會從當中被挑選出來執行單獨暗殺GⅢ的任務，可見他的實力強得跟惡魔一樣。

然而，那樣的實力還是敵不過據說能夠獨力毀滅一個小國的人間兵器是嗎？

（這樣看來……）

現在在我身後用爽朗的笑臉從機室端來一片肉派的亞特拉士，以及哼著歌探頭看向香檳冰桶挑選飲料的柯林斯，我大概都可以猜到來歷了。應該是綠扁帽或海豹部隊吧？雖然我並不覺得跟金女一起用手持式伴唱機開始唱著三缺一 Perfume 的九九藻會是什麼陸自中央應變集團（CRF）出身的人物啦。

人馬座利用直升機狀態從成田機場起飛，一分鐘後轉為遷移飛行——

接著便進入跟常見的渦輪螺旋槳機一樣的巡航飛行了。安格斯的駕駛技術堪稱一流，比隨便一輛巴士還要平穩。

……總覺得傾轉旋翼機其實坐起來並沒有想像中的恐怖嘛。

蕾姬蹲坐在地上變成了等身大公仔。亞特拉士正在用黑莓機 Curve 8530 和母親聊天。似乎是個穆斯林的柯林斯把身體縮在地上詠唱著「Allahu akbar（真主至大）……」的讚辭。金女和九九藻則是拿出羽子板在機艙內玩起板羽球了，超礙事。

吃完用微波爐加熱的密封料理，飛行了幾個小時後——

「——除安格斯與亞特拉士以外，全員就寢。北美東部時間１４４５預定抵達ＮＹ。到達後立刻移動至據點清點整備武裝。完畢，ＭＯＶＥ（行動）！」

雖然還沒到想睡覺的時間帶，GⅢ還是在機上如此下達命令。

部下們於是「Ｊａ（是）！」地回應後，將折疊式的床或墊被鋪在機體後艙門附近。

有過時差經驗的我可以知道，這是先讓身體睡飽的預防方式。

即使平常採取放任主義，腦中還是不忘要管理部下們的身體狀況。Ⅲ大人還真是有領導能力呢。

……在只有點亮紅色常夜燈的昏暗機艙內……

我攤開借來的三折式軟墊，躺在上面休息。

不過……像這樣無事可做，就讓我開始在意起亞莉亞的事情了。

那傢伙現在應該朝著英國，飛在俄羅斯上空附近吧。

在地球上與我朝著相反的方向。

她在做什麼呢？身邊的事情是不是都交給間宮去做呢？身體沒問題吧？應該不會又發作了吧？

（……）

就這樣……睡不著覺的我不斷胡思亂想著……

忽然聽到最後還醒著的柯林斯把西裝收進衣櫥的聲音。在昏暗的光線中仔細一看，他臉上的繃帶也拆掉了。

只剩一件無袖襯衣包覆的瘦壯黑肌膚上——全身都可以看到被利刃……不，應該是被人徒手撕裂過的傷痕。臉上也是。簡直就像手塚治虫筆下的黑傑克一樣。

「柯林斯，你那是被GⅢ弄傷的嗎？」

「討厭啦，好色。」

被我叫了一聲、發現我正在看他身體的柯林斯忽然像個女人一樣用手遮掩身體。

「什麼嘛，不可以用那種眼光看喲。我只是為了不要嚇到別人才遮起來的，但其實我自己很喜歡這些傷痕呢。畢竟這些都是我和我的王子大人戰鬥過的人生紀錄呀。」

柯林斯望著在沙發上像個戰國武將一樣交抱手臂睡覺的GⅢ，然後用女孩子的坐姿坐到我的軟墊上。

他的視線始終朝著GⅢ，並對我開口說道——

「……你很擔心亞莉亞的事情吧？」

「……嗚……」

冷不防被看穿心事的我，微微紅起臉來。

「很難受對吧？過去總是認為彼此在一起是理所當然的對象，現在卻要各分東西。我也曾有過那樣的感受呢。」

柯林斯閉上眼睛，「哎呀，雖然我的情況都是悲戀就是了」地自言自語了一句後……

「不過呀，並非總是黏在一起才叫愛喔。世上也是有離開對方、委曲求全的愛法。」

他面露微笑，輕輕用手掌摸著我的頭。

雖然我過去一直都避諱那樣的話題所以不是很清楚，也沒什麼興趣，不過……原來也是有那樣的想法啊？我是萬萬沒想到會被一個人妖教導這種事啦。

「……什麼愛不愛的，我不懂啦。」

我撥開他的手、把臉別到一邊，結果柯林斯就「哎喲～真可愛」地說著，躺到我的背後。

「而且呀，金次，稍微分開一段時間也是一種戀愛技巧喔。稍微小別之後可以讓感情變得更深，有時候甚至可以讓兩人跨越過去沒能突破的愛情難關呢。」

「我、我和亞莉亞才不是那樣……！」

「噓～大家在Ⅲ的命令下正在就寢，安・靜・一・點・喲。」

雖然被講話技巧似乎比我高好幾階的柯林斯敷衍過去了，不過……

的確，自從把被軟禁在醫科研醫院的亞莉亞搶回來之後，總覺得我們之間的羈絆變得更深了。

只要解決了這次緋緋神的問題，我們想必會變成一對更好的搭檔吧？

……一定會。

（到時候，亞莉亞對我的開槍次數會不會也減少到一天只有五次左右呢……）

想到這樣的事情而心情變得有點複雜的我，把X—19充滿安定感的引擎聲當成搖籃曲，漸漸睡著了。

如果按照麥卡托投影法的地圖，從東京到紐約的最短距離看起來是橫越太平洋。但因為地球是圓的，所以實際上並非那樣，而是應該繞向北邊。

人馬座在我睡著的期間，在阿拉斯加上空完成空中加油，然後從加拿大進入了美國領空。

對下面只有一片森林的景色看膩的我，在機上的漱洗間刷牙時，忽然聽到金女說了一句「看到了，曼哈頓。」，而探頭看向窗戶。

金女像個電車上的小孩一樣把膝蓋跪在椅子上看著窗外，我則是隔著她的肩膀——

——有生以來第一次看到了紐約。

美利堅合眾國最大的都市——紐約。其中的中樞地區曼哈頓島，是一座南北向的細長川中島。世界的中心，就位於那座哈德遜河河口附近八十一平方公里大的島嶼上。

從北側上空鳥瞰紐約給我的第一印象是……綠色的區塊比想像中的還要多。因為曼哈頓島的中央有一座巨大的公園，那應該就是電影中會看到的中央公園了吧？

不過，在公園南方林立的，是多到數也數不清的高樓大廈。與香港不同的是，那些大廈群給人一種越往中心越高的印象，乍看之下很像一座山。但那些其實是把可以生產出好幾億美元、甚至好幾兆美元的大廈聚在一起的世界最強經濟裝置啊。

被黃金色光芒閃閃發亮的河川圍繞的曼哈頓中，可以微微看到不知是霧氣還是排放廢氣形成的煙霧。正當我們飛越那上空的時候——

「本機即將進入遷移飛行，五分鐘後降落於甘迺迪機場。」

從駕駛艙傳來安格斯的廣播聲。

當地時間是下午三點半。這裡雖然緯度比東京高，但太陽的位置並不會讓我感到有什麼不對勁。做為金次流的時差對策，我在調整手錶的時候故意不去看日本現在是幾點。我必須要跟著時間一起，把意識從日本切換到美國才行。

人馬座被當成私人包機待遇，正常降落在位於曼哈頓東南方的J・F・甘迺迪機場的直升機坪了。讓我驚訝的是，在那更東南方甚至還有專用的機庫，而我們是從那裡搭巴士到第一航廈的。

天花板又寬又高的航廈中，與香港國際機場、戴高樂機場以及史基浦機場同樣昏暗。全世界來看，燈光明亮的羽田、成田似乎反而比較稀奇的樣子。

在聚集了來自美國內外觀光客的航廈中……日本國籍的我與蕾姬，以及拿偽造日本護照的金女，排在與擁有美國國籍的GⅢ他們不同的入境審查隊伍中。

大概是因為需要壓指紋和拍大頭照的關係，等待審查的隊伍呈現蛇行不斷延伸……

在我們後面也排了很長一列從其他班機來的乘客。

光看一眼就可以發現，入境者並不是只有觀光客而已。有為了商務工作來的西裝上班族，後面還有一群女性黑人在談論來外地賺錢的事情。搭巴塞隆納班機前來的一對打扮奇特的情侶，似乎是打算來紐約靠技藝成名的樣子。

將這裡視為新天地的人們，各個都充滿了幹勁。雖然不知道他們是否都能順利……不過紐約就是懷抱希望與夢想的人們聚集的城市。

等了十五分鐘後，總算輪到我們——

提著ZERO Halliburton行李箱的蕾姬與故意用日本腔調講英文的金女，都花不到三十秒的時間便順利通關，接著就輪到我了。

一邊吃著零嘴一邊拿走我護照的肥胖白人女職員——將我的護照號碼輸入終端機的瞬間，畫面忽然變了一個顏色，讓她的眼神頓時銳利起來。她接著停下正在吃東西的嘴巴，嚴肅地看向我。

「──入境目的是？」

呃……看來就跟英國一樣，美國也把我列入準危險武偵的名單中啦。

哎呀，這也不意外。畢竟我平常的表現並不算太好。

於是我對著感覺有點警戒我的女性職員──

「公務啦。」

遞出錢形給我的『賠罪品』，也就是外務省的入境要求書。其實我真的是現在才想到有這玩意，不過還是表現得好像從一開始就打算要拿出來給她看的態度。

那位職員眼睛盯著我、收下那封信後……

「……」

仔細閱讀那封信，甚至讓我對排在隊伍後面等待的人感到不好意思的程度……思考了好一段時間後，才用下巴對我示意櫃檯上發出黃綠色光芒的指紋讀取機，然後用看起來很廉價的數位相機拍下我的臉。

她同時詢問我寄宿地點與滯留時間，於是我回答了一句「住我的弟弟家，工作結束就會回去了。」之後──她就將護照與信件交還給我，並馬上把視線別開，對著我的後面叫了一聲：「Next.（下一位。）」

看來是入境ＯＫ的樣子。

我微微苦笑了一下，來到大家在等待入境審查廳深處後──

「來，哥哥，這是welcome drink喔。」

金女遞給我一瓶罐裝可樂。我因為緊張的關係剛好有點口渴，真是太感謝了。

「謝啦。」

在排列著商店與郵局的入境大廳中，我喝了一口道地的可口可樂……

嗯……跟日本的味道一樣嘛。哎呀，我想也是。

外面的氣溫雖然比東京低，不過今天因為有太陽照射的關係，讓人還可以忍受。

但是怕冷的九九藻身上就穿了兩層大衣、圍巾、毛織手套與帽子，全身變得很臃腫。我、蕾姬與金女穿著有防寒性的武偵高中冬季制服還覺得沒什麼關係，其他GⅢ一黨身上花俏的薄衣服倒是感覺很冷。

我們吐著白氣穿過柏油路面，進入停車場後……

「老哥，你要哪一臺？」

出、出現啦～！GⅢ的興趣，超級跑車。

造型像動畫一樣充滿流線感的車子，整整有五輛排列在眼前。

我因為聽汽車宅的武藤聊過，所以多少可以認出那些車型。具有變形機制，能以時速400km左右奔馳的布加迪 Veyron。大紅色的法拉利 Enzo。感覺很適合在賽道上跑的海藍色帕加尼 Zonda。彷彿將迷你四驅車直接放大、像黑色蝙蝠車風格的神祕車。純白色的勞斯萊斯 Phantom 看起來反而最正常，簡直太恐怖了。

「只要能跑都可以啦。」

聽到我的回答，GⅢ頓時露出極為火大的表情，於是……

「……坐這種高級外國車對心臟不好啦。沒日本車嗎？」

我只好挑選著這幾輛自己真的不想坐的車子。結果——

「這臺就是日本製啦。光岡大蛇。」

GⅢ把我拉進了那輛外觀設計最中二的巨大版迷你四驅車。

「……這是光岡汽車的喔？聽你這麼說的確有點像啦，可是這根本就沒留下原型吧？車尾左右兩邊的洞又是什麼啦？」

我不得已地在副駕駛座繫上安全帶後……

「那是火箭加速器，跟NOS並用絕對可以衝上零點五馬赫哩。」

為什麼要裝那種玩意啦……話說，我還是第一次聽到有人用馬赫形容車速。

不過，看來咱們兄弟倆隔著大海也依然很有緣分呢。

跟我的手甲同樣的大蛇，老弟也用別的形式養了一隻啊。

坐進右駕式駕駛座的GⅢ看起來相當愉悅，「轟——！」地催了一下應該是改裝過的V12OVER引擎。

「抱歉啦大蛇，讓你載這種一點都不性感的傢伙。」

面對像是在自言自語的GⅢ……

「Don't mind, 3rd.（不用在意，Ⅲ大人。）」

正面儀表上忽然有螢光綠色的棒狀圖顯示器上下波動，並發出男性的電子聲音。

感覺就像據說將來 iPhone 會搭載的語音祕書功能（Siri）一樣。

「這車會講話啊？」

「是的，金次大人。關於您的事情，我有聽Ⅲ大人提過。非常榮幸能讓您搭乘。」

被像是霹靂車的人工智慧一樣的機能嚇到的我……與在旁邊一臉得意的GⅢ，跟在安格斯駕駛的勞斯萊斯後面。金女、蕾姬乘坐的布加迪，九九藻駕駛的帕加尼，以及亞特拉士與柯林斯搭乘的法拉利則是跟隨在我們後面，一起開上 Van Wyck 高速公路。這畫面簡直就像什麼超跑遊行隊伍，真是太丟臉啦。

「這光岡大蛇，其實原本也是想來殺掉我哩。就憑他區區一個人工智慧，哈哈！」

「當時真是非常抱歉。」

就連對手是程式軟體都能拉攏為同伴、無論到哪裡都能發揮領袖氣質的GⅢ——似乎因為回到故鄉美國的關係，感覺很放鬆的樣子。

貞德之前在法國也是一樣。無論是誰都有屬於自己的故鄉。

（亞莉亞……現在是不是也在英國放鬆自己呢？）

寫有清楚英文字的標識與招牌，零星散落在高速公路左右兩側、用焦褐色磚瓦建成的矮公寓。正當我帶著旅行的心情眺望著這些景色的時候——

公寓的高度變得越來越高，外觀較新的建築物也漸漸變多、變密集，車流量也緩緩增加，然後……

「現在正通過的是布魯克林大橋。只要越過這條東河，就進入曼哈頓了。」

正如大蛇所說，我們的車子開上了一條左右各三線道的巨大橋梁。

在橋上因為褐色的鋼筋遮住的關係，讓人看不太清楚，不過當我們出了橋之後，前方的視野豁然開朗——

——這裡已經是曼哈頓了。

我現在就在好萊塢電影中看過好幾次的紐約。

親眼見識這座美國的心臟、都市中的都市、世界首都的日子終於來了。

（這樣一想……還真是教人興奮啊。）

從沿著河岸鋪設的FDR大道抬頭往上看，曼哈頓下城的大廈群並沒有像香港那樣密集，外觀嶄新的建築物也很多。給人的感覺……與巴黎、阿姆斯特丹或九龍都不一樣。硬要形容的話，還比較像東京。然而，先姑且不論走在人行道的路人全部都是美國人這件事……我總覺得這裡和東京有某種決定性的不同。到底是什麼？

正當我疑惑地歪著頭的時候，GⅢ把摩托羅拉手機用藍牙接到車上——

「——喂，安格斯，路走反啦。往北。」

『哎呀，屬下搞錯了。』

透過車內的通話器與前方帶路的 Phantom 通話。

「在紐約即使是當地人也會迷路嗎？」

「安格斯不可能會在NY迷路啦……那傢伙是故意在繞遠路，想帶老哥觀光罷了。喏，你看看吧，那就是 Statue of Liberty（自由女神）。」

聽到我的詢問，GⅢ用拇指比向車窗外。於是我看到在曼哈頓南岸的自由島上——世界最有名的女神像，正高舉著耀眼的黃金火炬。

——青綠色的側臉對著我的自由女神——

正在與別的女神……也就是危害著亞莉亞的緋緋神戰鬥中的我，還真希望她能保佑我在這個國家的戰鬥能夠平安。我就拜她一下吧。

GⅢ一黨的車隊接著行經華爾街與 Ground Zero（世貿中心原址），以及在電子看板與巨大螢幕照耀下的時報廣場。

關於這些出名景點的解說，都是大蛇以電子語音一一向我介紹的。

就在我因為這些好萊塢電影中看過的景象而大受感動的時候，車隊開進百老匯大道——繞過偶爾傳來歡呼聲的洋基體育場，又回到了曼哈頓中城的摩天大樓群中。

在帶有歷史的超高層大廈群之間穿梭著……

（原來如此，是這麼回事啊。）

我總算理解了剛才感受到的紐約與東京的不同。

東京同樣有高樓大廈，但並沒有像紐約這樣一路延伸到盡頭。就如同我從上空看下去會覺得像山那樣，這裡的大廈群擁有遠遠凌駕於東京之上的『體積』。感覺就像整座城市全部由新宿的高樓群構成的一樣。

（這景象……可以讓人感受到老美的經濟力量啊。）

只要將視線望向宛如大地龜裂般的大廈間縫隙……

看到的就是一片能量滿溢、屬於紐約客的世界。

人潮毫不止息地持續流動，到處都是光鮮亮麗的店家展示櫃與辦公室。雖然不太看得到什麼便利商店，但取而代之的，像小雜貨店的店家散布在各個轉角與十字路口，融入城市的風景中。

另外——這地方果然也是貧富差距懸殊，看起來也比日本不衛生。大馬路之間可以看到應該是失業男子們聚集的髒亂比薩店。所謂的網咖、1$網路店窗內的情景也並不乾淨。

從似乎有稍微在換氣的車內空調中，飄進了廢氣與番茄醬的味道。這部分就頗符合我的印象了。

「GⅢ，你等一下就別責備安格斯了。這趟兜風我逛得很開心。不過，畢竟我不是來這裡觀光的。接下來要怎麼打算？」

「我們在紐約有好幾個據點，但老哥是VIP，就直接招待你到大本營吧。」

「那還真是感謝。」

「我們就在那裡準備裝備。在美國根據各州或是更細的行政區域，親我派和反我派就像馬賽克一樣分布。我之所以會進入中間派比較多的紐約，一方面也是考慮到這點。從這裡通往五十一區的途中，也可以避開正在通緝我的地區——更重要的是馬許。既然要跟那傢伙再鬥一次，就有必要調整好我所有部下的武裝與身體狀況。老哥也是一樣。而我也會稍微用紅藥水擦一下身上那些擦傷啦。」

——美國國家安全局的馬許・羅斯福。超尖端科學兵器的怪物。

個性一向莽撞衝動的GⅢ，居然會如此警戒——

可見對方一定是個強者。從「超尖端科學兵器」這個詞來推斷……難道是像亞特拉士在表參道穿的那套強化外骨骼的大型版……像鋼彈一樣的傢伙嗎？

不過，管他是超時空要塞還是福音戰士，我都拚啦。

為了得到在他背後——據說是在美軍基地中的瑠瑠色金。

赤松中學

緋彈的亞莉亞 XVIII

Aria the Scarlet Ammo

星條旗的霸道

尖端出版
www.spp.com.tw

4彈　紐約男

車隊最後在電影《金剛》中大猩猩爬上的那棟帝國大廈……旁邊另一棟彷彿在與之競爭般直衝天際、外觀上比較新穎的高樓大廈前停車了。

哥德式的玄關大廳入口上方，雕刻有將『G』與『Ⅲ』的文字組合而成的巨大標識。

「這裡……該不會是……」

從光岡大蛇改下車的我，指著那個標識看向GⅢ。

「我的大廈。」

果然……！

「你竟然在曼哈頓有大廈啊……！」

「反正這一帶有這麼多大廈，當中有一棟是我的也不奇怪吧？」

「你那種想法就已經很奇怪了啦。真的是個天上天下唯我獨尊的傢伙。」

「我喜歡那句話。」

就這樣，帶著部下們的GⅢ和我並肩走進大廈。在入口上方，還可以看到星條旗與日之丸旗隨風飄盪著。不用問也知道，那一定是在GⅢ的命令下，留在這裡的部下為了歡迎我而掛上去的。

（這麼說來，我和GⅢ雖然是兄弟，可是國籍卻不同啊……而且大嫂又是埃及出身，遠山家也變得很國際化了呢。）

邊走邊想著這種事情的我後面，金女拉著蕾姬的手，「好久沒來GⅢ大廈了～」地輕快走進果然是叫那個名字的大廈中。

在天花板莫名地高，空間也很寬敞的玄關大廳中——

沿著牆邊的地板上，鑲有好幾枚青銅手印。

從刻在手印旁的名字與簡介看來……這些似乎是與GⅢ關係友好的美國英雄們留下的手印。我家老弟在超人業界的人脈真廣啊。

「哦！是火野・伯特的手印。GⅢ你認識這個人喔？」

火野是在美國最有名的武裝偵探之一。雖然因為是個蒙面戰士，沒人見過他的長相，不過他的前妻是個日本人。女兒則是就讀於東京武偵高中強襲科一年級，是蘭豹很中意的學生。

「是啊。在那邊有手印的，都是我評價為即使是我也不敢斷言可以打贏的朋友們。」

「為什麼你不管對誰的態度都那麼高高在上啦……呃、等等！這塊地板……」

Kinji Tohyama——連我的名牌也有！雖然沒手印啦。

「你等一下留個手印吧，老哥。我讓你身為英雄，把名字永遠留在這裡。」

「別說笑了！我想要的不是這樣，而是成為一名普通的武偵啊。把名牌給我拆下來！」

就在我對著弟弟開始說教的時候……

「歡迎回來，Ⅲ。看來你的傷勢復原得差不多了。你不在的這段期間，NSA和CIA的人有來調查過這一帶喔。」

——被一名少女插嘴進來的聲音中斷了。

我轉過頭去，便看到同樣曾經見過的GⅢ部下……左右眼顏色不同、瀏海剪成妹妹頭的銀髮少女。

「守備任務辛苦妳了，洛嘉。跑來調查的一定是馬許的手下啦。雖然我們的方針是隨對方高興，但總覺得很討厭呢。」

走進室內才總算把圍巾拿掉的九九藻搭話的那名白人美少女洛嘉……長長的後髮也和瀏海一樣修成等長，左右各戴有一副蝴蝶型的髮飾。脖子上戴有同樣是蝴蝶造型的項圈首飾，雙層式的短喇叭裙，內襯印有少女風格圖案的及膝風衣……

整體上看起來是個很會打扮的女孩子。雖然表情很陰沉就是了。

「——陰沉應該是你的代名詞才對吧？」

洛嘉那對藍&紅的雙眼忽然瞪過來，讓我不禁呆了一下。

我剛剛……有把心裡想的事情說出口嗎？

……除了去整理車子的安格斯以外，跟在這位讓人有點毛骨悚然的洛嘉後面的所有人，一起走進了大廳深處的電梯間。

在那裡可以看到一幅GⅢ交抱著手臂開腳站立的肖像畫。GⅢ還真是有夠自戀，居然還把這種將自己美化的圖畫掛在牆上。我家牆上掛的可是被人上傳到Facebook上的jpg檔案放大後的照片啊，而且還是穿女裝的。

GⅢ大廈大部分的樓層都租給了各種企業，據說光是租金就是一筆龐大的收入。有錢人就是像這樣變得更有錢的。

而大廈最上層的一百一十三樓到一百一十五樓全部都是這群『GⅢ同盟』的住處。總房間數五十二間，加上屋頂甚至還有GⅢ專用的閣樓。簡直太誇張了。每間房間都是充滿各自特色的總統套房，天花板高得讓人心情靜不下來。

就在多達三間的餐廳其中一間——

「Yay～！」

金女與九九藻像小女孩一樣用英文異口同聲地歡呼，奔向餐桌。在桌上有應該是洛嘉買來的漢堡、吉事漢堡、大麥克、四盎司牛肉堡等等堆積如山的麥當勞食品。還有像水桶一樣的LL號可樂、奶昔、像蛋糕一樣的餅乾、蘋果派……

女生們一坐上位子，就一口氣把那些東西塞進嘴巴。

（……這個國家最欠缺的，大概是食育的觀念吧……）

默默把大了日本兩號的大包薯條吸進肚子裡的蕾姬，看來早早就受到老美的壞影響了。

「老哥也快吃吧。An army marches on its stomach.（肚子餓了可打不了仗）啊。」

在隨後現身的安格斯拉開的椅子上一屁股坐下的GⅢ，也開始吃起 Big N' Tasty 這個當地限定漢堡。

「呃，我是喜歡吃麥當勞啦，但你可別三餐都吃這個喔？對金女的教育不好。」

嘮叨一句後，的確也肚子餓的我拿起大麥克咬了一口——果然還是跟日本吃到的味道一樣。雖然缺乏道地的感覺，不過反而讓人有種安心感。真是安定的麥當勞啊。

即使是吃速食餐也站在GⅢ旁邊隨時侍奉的安格斯，明明塊頭很大食量卻很小的亞特拉士，因為宗教上的理由會先確認包裝紙上有清真食品標示再吃的柯林斯……這些傢伙只是吃個一餐也各自充滿個性呢。

「然後呢？我們什麼時候要出發去搶瑠瑠色金？」

我喝著安格斯用虹吸式咖啡壺泡出來的香醇黑咖啡，並如此詢問GⅢ後——

「全員的休息及調整身體狀況，準備武裝及維修人馬座，大概再三天吧。老哥用的護具只要今晚初始化，也是三天後就能裝備了。」

GⅢ用手指彈了一下雖然已經省略大半、但肩膀上依然有裝備的尖端科學鎧甲。

那玩意……我也要穿喔？有點不想啊。

就算別人說不想也不會輕易放棄的GⅢ，在吃完飯後，便帶著我和蕾姬這對新人組進入了安格斯的房間。

用很有品味的骨董家具統一風格、看起來像間辦公室的那間房間中……

「這雖然是Ⅲ大人的備用裝備，不過兩位真不愧是兄弟，應該只需要稍微調整一下就能使用了。」

我被套上像靴子一樣的腳部裝甲，以及像平賀同學製大蛇一樣的前臂裝甲。

用宛如一流裁縫師的動作幫我測量手腳與身體尺寸的安格斯，看來是個能夠同時負責武偵高中所謂車輛科與裝備科工作的人物。

話說回來，這套護具……還真是厲害。

穿起來像羽毛一樣輕盈，而且不會妨礙動作，又是完全防彈的。

我稍微測試過用９ｍｍ魯格彈射擊手甲，也只是感覺像被拍了一下而已。

防彈制服的原理是利用呈現極細微彈力構造的ＴＮＫ纖維分散中彈時的衝擊力道。而看來這套護具的分散效率比防彈制服還要好的樣子。

「怎麼樣，老哥？」

「太不公平啦，原來你一直都穿這麼高檔的玩意啊。」

「老哥的存在本身就不公平了吧？」

看到我對護具表現出還算中意的態度，ＧⅢ頓時變得愉快起來。

「不過在隱密性上就……這沒辦法穿在衣服底下嗎？」

因為我不太喜歡這個像金屬英雄的角色扮演服，而對安格斯提出了有點強人所難的要求後……

「——我明白了。不過，這樣在強度上就會稍微變弱了。」

安格斯按了一下工程用計算機，做出願意幫我想辦法的回答。

「大概會變弱多少？老哥會使用和我的『流星』一樣的招式，能夠承受得住嗎？」

聽到GⅢ從一旁詢問，安格斯抽動臉頰咧嘴一笑。大概是在苦笑吧？

「屬下要試試看才知道，不過至少可以保證承受到兩馬赫左右。」

已經很強了啦。櫻花也才一馬赫而已說。

「畢竟老哥會做出一些腦袋有問題的行動。要讓它變薄沒關係，但你要盡最大可能讓性能不要掉了。」

即使面對GⅢ這個比我還強人所難的要求，安格斯依舊「遵命」地鞠躬回應。

真是個能幹的男人啊，我都想收他為部下了。

「……話說，蕾姬，或許妳很中意那裝備啦，但拜託妳脫下來吧。妳一穿上它就真的會讓人找不到在哪裡，很不舒服啊。」

我對著房間內的虛空如此說道後——嘰嘰、嘰嘰……

伴隨一陣熟悉的聲音，身穿雨衣的蕾姬現身在牆角邊的觀葉植物旁邊了。

「……」

她雖然依舊沉默不語，用頭罩下的那對茶褐色眼睛看著我……

不過看來她非常喜歡安格斯給她的那件雨衣式的光曲折迷彩——也就是GⅢ一黨最

愛用的隱身裝備。

據說那件光學式吉利服使用的再現性投影技術（RPT）原本是日本開發出來的技術。我擊墜的那架加利恩也使用了同樣的技術，簡單來說就是在表面塗上奈米機器級的細微發光器，然後隨著背景變化顯示出相同影像的服裝。

真要說的話，就是變色龍・蕾姬。只要穿上那玩意，本來就已經沒什麼存在感的蕾姬會變得完全消失。只要有這東西，蕾姬說不定就可以報復綠松校長了。

不過，要是她有事沒事就消失↓出現，會讓人感到靜不下來而且對心臟也不好，於是我從蕾姬手上沒收了那玩意，暫時禁止她穿上了。

脫下護具、從安格斯的房間被解放的我——

因為要睡覺還嫌太早，於是決定試著去和這次要同生共死的GⅢ一黨相互理解一下了。

然而，因為我不知道他們誰住在哪一層的哪一間房間，只好隨便找房間開門。

結果我首先找到的是——

「哦哦，金次！豪邁地 good evening 啊！」

真・鋼鐵人，也就是穿著P・A・A戰鬥過的那位白人男子——亞特拉士。

他的房間簡直就像健身中心一樣，到處都是健身器材。

身穿短褲・T恤在跑步機上跑步的亞特拉士全身肌肉、塊頭大、皮膚又白，給人一種像美式足球或橄欖球選手的印象。

雖然他不是什麼壞人啦……但我實在不太喜歡這種體育會系的傢伙。

「可以打擾一下嗎？」

「豪邁地歡迎你！歡迎來到我的房間！來，金次也來跑步吧！」

「呃，跑步就免了……這張制服照片是你嗎？」

我拿起放在小櫃子上的相框一看——

照片中是比現在稍微年輕一些的亞特拉士露出跟現在一樣熱血得要命的笑容。他手上拿著一個裝在盒子中、寫有1st on the list（首席畢業）的獎牌。跟他一起映在照片中、應該是他父親的老人還拿著一個拳擊比賽的校內冠軍腰帶放在亞特拉士的腰前。

「沒錯！我從West Point（美國陸軍官校）畢業後，成為陸軍少尉，被分發到特殊作戰司令部底下的第七特殊部隊。我就是在那裡擔任小隊指揮官的時候，與GⅢ相遇的。真是豪邁地讓人懷念啊。」

露出莫名整齊的牙齒咧嘴一笑的亞特拉士——原來是從以日本來說等於是防衛大學的西點軍校（West Point）畢業的啊？而且還是首席畢業，那不就跟道格拉斯・麥克阿瑟元帥一樣，是菁英中的菁英了。

他被分配到的是陸軍特殊部隊（綠扁帽），而且在處理麻藥相關困難任務的第七部隊，南美作戰群中擔任小隊指揮官——既然是比現在更年輕的時候就擔任了，代表他在陸軍中可說是跳級升官的。

而他剛才稍微強調語氣所說的『相遇』……

應該就是指他接到殺害命令，前往處分GⅢ的意思吧。

大概是因為GⅢ總是以自己的興趣在摧毀麻藥組織，所以感覺被搶了工作的第七特殊部隊才對他發出暗殺命令的。

「你和我家老弟的『相遇』是什麼樣的狀況？」

「那真是豪邁地精彩啊！我和他當時是在厄瓜多的叢林地帶戰鬥，可是我不管開了多少槍，子彈都對他無效，所以我就提議用拳擊一決勝負。結果他竟然大笑出來，接受了我的提議。」

也太蠢了吧……！不管是亞特拉士，還是GⅢ……！

「後來我被他打得沉入血海之中。那是我出生以來第一次的完全敗北，讓我經驗到挫折的滋味。那時他對著倒地的我問了一句『要死還是要當俘虜，挑一個吧。』於是我回答他『殺了我。』之後——他就說『合格了。我就殺了你。』——然後一拳揮到我的頭旁邊，把大地都刨了起來。」

「……你沒被殺……而是被抓成俘虜了？」

「不，在某種意義上我的確被殺了。當時GⅢ對瞪大雙眼的我說——『昨天為止的你已經死了。然後現在，你重生了。我認同你的實力，做為我這個超級英雄的部下的實力。』——並且握住我的手，對我露出笑容。我大受感動，心想：怎麼會、怎麼會有這麼帥氣的一個人啊……！這樣！」

蠢到家啦……！雖然我爆發的時候也會對女性說些肉麻的臺詞，所以沒資格講什麼。但GⅢ的那句話讓我的雞皮疙瘩都豎起來啦。

不過，那的確是會讓一路來活得很正經的男人當場動容的臺詞。

亞特拉士就這樣叛逃到GⅢ底下，放棄了前途看好的菁英軍人之路是嗎？真是很抱歉啊，都是我家老弟害的。

不管怎麼說，從剛才那段故事以及在表參道戰鬥的情景判斷，這位亞特拉士……是被那個GⅢ認同實力而收為夥伴後，在GⅢ同盟中擔任了前線位置。

他是個攻擊力、防禦力都非常高，耐打而可以削弱敵人的個體。

只要讓亞特拉士穿上P・A・A這樣的重武裝，就算敵人幸運打倒他，自己也會被消耗得很嚴重。這時如果再遇上GⅢ，敵人根本無從招架。

我當時在品川……要是被亞特拉士和GⅢ以這種兩段式手法對付，搞不好就會被打敗了。

正當我回想起去年那場死鬥的時候——

「Boy.（兒子呀。）」

一位金髮的胖婆婆忽然走進房間，如此叫了亞特拉士一聲。她是誰啊……？

「媽媽！」

原本表情就很開朗的亞特拉士頓時變得更加豪邁爽朗，快步跑向那位戴厚眼鏡的老婆婆面前……豪邁地將身穿花紋長裙的她公主抱了起來。

「哦哦，兒子，你在民間企業（GⅢ同盟）的工作很辛苦吧？來，我做了你最喜歡的肉派來給你吃了。」

「哇！謝謝妳，媽媽！」

那位就是……亞特拉士的母親嗎？也就是說，她應該是老年得子的吧？

大概也因為這樣，亞特拉士從小受到溺愛，變成了一個戀母情結的傢伙。

「另外，我還幫你找了相親的對象喔。來，我把照片放到手機上給你看看。這位姑娘你覺得如何？是個非常漂亮的金髮女孩呢。」

「別、別這樣，那對我還太早了啦，媽媽。」

看著露出苦笑、對老媽很沒抵抗力的亞特拉士——

對自己的母親幾乎沒有記憶的我不禁抱著有點羨慕的心情，退出了房間。

「……你是美國海軍特戰隊（海豹部隊）出身的嗎？」

「討厭啦，為什麼你會知道？」

身穿愛心圖案西裝的柯林斯面對著一張縱橫並列好幾臺螢幕的黑玻璃桌子，對我如此回答。

這傢伙的房間——雖然是很新潮啦，但男性用香水的氣味還真噁心。

「你在做什麼？玩股票？」

「YES&No。雖然也是有投資基金，不過這個主要是在進行信貸違約掉期（C

DS）喔。」

「我是聽不太懂啦……不過做那種事有錢賺嗎？現在的美國不是因為次級貸款風暴之類的金融不安而問題很大嗎？」

「也是有不景氣的時候反而能賺錢的交易呀。今天大概是三百六十萬進帳吧。」

「你、你在這麼短的時間內……就賺了三百六十萬日圓？」

「是三百六十萬美元。換算成日圓大概三億多一點。小孩子就別多嘴，交給身為特許金融分析師（CFA）的我吧。」

戴著閃閃發亮的鑽石耳環、明明在室內還戴著香奈兒太陽眼鏡的柯林斯——不但同時使用著那副太陽眼鏡中內藏的視線輸入系統（ETS），左右兩手還各自敲著不同的鍵盤。看來他能夠隨時掌握好幾臺螢幕中每分每秒都在變動的金融商品報表，進行買賣，還同時跟我講話的樣子。

而且他還是個前海豹部隊隊員，戰鬥實力有保證。怪不得GⅢ會把他收為部下。

「……柯林斯還真是個能幹的男人啊。」

「Ⅲ大人比我還要能幹喔？他只是因為嫌麻煩，才把財務管理都交給我負責的。」

對於腦袋很好的這群人來說……金錢這種玩意，只要像這樣在閒暇時玩玩遊戲就能到手了。哪像我是在便利商店做牛做馬，時薪才六百四十日圓而已。

為了不要打擾柯林斯，我閉上嘴巴……在腦中整理了一下GⅢ同盟的狀況。

GⅢ負責統籌全體。由文武雙全，而且擁有領導者氣質的人物擔任領袖。這是理想的小隊最重要的一項要素。

安格斯身為隊長的執事，照顧其生活起居，同時也擔任小隊的運輸工作。先前在巢鴨的護衛工作是九九藻負責的。那傢伙應該是玉藻的亞種，所以大概也兼任色金相關問題的顧問吧？

亞特拉士擔任前線，柯林斯負責支援他同時兼任資金調度的工作。

從去年在武偵高中的行動來判斷，斥候、巡邏與破壞工作應該是金女負責。另外，她也有點像是小型版的GⅢ，遇到萬一的狀況時應該也能代理領隊的工作。即使有活命限制——在健康上抱有問題的GⅢ發生了什麼事而將命令權移交出來，小隊也不會馬上全滅。

雖然那個金女後來跑到我這裡來了，不過現在的GⅢ只要吃那個特殊的番茄就能活得好好的，所以在這點上也不成問題。

（GⅢ同盟……可說是萬全啊。）

就算想要組織一個比他們更強的小隊，想必也辦不到。

雖然現在不在這裡，不過我繞了一下這個樓層的感覺是應該還有其他的成員才對。只靠極少數的人構成一個迷你軍隊——有點像各兵種聯合部隊的隊伍。成員們各自有自己的強項，彼此有機性地組合在一起，正確發揮機能。

這和對身為前隊長的我頤指氣使、平常都是一群沒用傢伙的巴斯克維爾小隊可說是天壤之別啊。

不過……唯獨那個叫『洛嘉』的少女，讓我感覺有點難以捉摸。

她雖然好像負責後衛的守備工作，但看起來又沒有很強壯。

我想她總不可能是GⅢ的情婦什麼的，所以應該是擁有什麼能力才對。

既然今後要攜手合作，這部分我也必須要確認清楚才行。

我敲了一下裝飾得相當夢幻、上面寫有『Комнате от Луки』這種我看不懂的文字的一扇門……

但柯林斯告訴我應該住在這裡的洛嘉，卻對我的敲門聲毫不理會。

然而，似乎沒有關好而半掩的門板另一側……可以感受到有人的氣息。

那傢伙，打算無視我嗎？

（畢竟她好像不太喜歡我的樣子。）

好，既然如此——做為她剛才說我陰沉的報復，我就擅自進去吧。

反正我有從蕾姬那裡沒收來的光曲折迷彩服嘛。

於是我套上那件按鈕位於內襯的透明雨衣，在寬敞的公用廁所裡用鏡子確認自己的身影消失之後——

侵入了那間滿滿都是白色與粉紅色到讓人想吐的程度、又充滿女孩子甘甜氣味到同樣讓人想吐的房間中。

話雖如此，要是我吐出來就會因為聲音穿幫，而且還會讓洛嘉看到嘔吐物彷彿從異次元空間忽然轉移出現、足以讓人留下心靈創傷的恐怖畫面。就算是報復，我也沒打算過度攻擊到那種地步，只好靠鬥志硬是把湧上喉嚨的漢堡又壓回胃袋。

這間牆上與櫃子中陳列著大概是蒐藏品的各國手錶與懷錶的房間……有用很多隔間板與門板分割成好幾個小房間。

成為透明人的我，進入深處好像有聲音傳出來的房間一看——

（……！……！……！）

……在千鈞一髮之際，好不容易把差點發出來的尖叫聲忍下來了……

在那間擺有軟綿綿的天篷床、感覺應該是臥室的房間中——

「九九藻，為了不要讓線條跑出來，肚臍下的緞帶可以拿掉喔。那是可拆式的。」

「我是聽說過穿好的胸罩可以讓姿勢也變優美，原來是真的呢。」

「像這樣，從腋下集中到胸前，收到罩杯裡面。只要高舉雙手的時候不會被擠出來就ＯＫ了。嗯，好可愛好可愛。」

洛嘉（珍珠粉紅）、九九藻（珍珠黃）、金女（珍珠白）、蕾姬（珍珠綠）……！

大家、全都是、只穿內衣。

因為長相年幼的關係，看起來平均年齡只有十四歲的四位女生，正把肌膚年齡大概也是十四歲左右的水嫩身體幾乎完全裸露出來。Ｗｈｙ！

從似乎有很多衣服的洛嘉看起來很寬敞的衣櫃室來判斷，她們大概是因為這幾天將會有穿晚禮服的機會，而正在從內衣開始試穿的樣子——理由不重要啦！現在我要盡快把血流壓抑下來才行！

（2、3、5、7、9，9不是質數……！啊啊……撐住啊……！）

要是我在這裡爆發試試看。除了我以外所有男生想必都曾夢想過的『如果我變成透明人』這個假設所能想到的所有事情都會發生啦。對著四名無辜的美少女們。而且其中一人還是自己的妹妹！

因為害怕而開始警戒的我——

視野竟捕捉到五顏六色的女生內衣被亂丟在床上，簡直就像一座花圃……！

雖然類似的花圃我在香港的內衣店也看過，但眼前的這些花朵卻比當時的裝飾有更多荷葉邊而顯得輕飄飄，像小女孩會穿的東西。這還沒什麼問題，但重要的是這些花比放在店裡販售的花還要活生生，因為——那四位美少女、就是正在試穿那些內衣啊……！

換言之，那些花朵都是不知道有沒有被穿過的超級危險物品。

話說，無論是蕾姬的便宜內衣、金女的條紋內衣還是九九藻那像束胸帶的內衣，各種標準內衣也全都綻放在床上。太、太糟了吧！

光曲折迷彩衣頭罩內側的螢幕也有紅外線偵測的機能，讓我可以判斷出剛脫下來還帶有餘溫的花朵……另外還有幾件散落在床上。

那也就是說，她們現在穿在身上的內衣——也有可能會脫下來啊！

——快逃！

「咦？房門半開著呢。」

九九藻忽然把手伸向我背後的退路房門。

透明的我趕緊做出像YMCA中C的姿勢，在千鈞一髮之際躲開——但這下九九藻把門關上，讓我想出去也沒辦法出去了。

（完、完蛋啦……！）

雖然已經變成透明所以講顏色沒什麼意義，不過臉色發青的我……旁邊，穿著檸檬色內衣的九九藻——接著又「哼？」地嗅著鼻子，歪了一下小腦袋。

似乎內藏狐狸耳朵的頭髮突起部位也微微跳動著。

「……總覺得、有股味道……嗯嗯……？好像遠山金次……？」

九九藻，嗅覺真好啊。

「那是因為金次同學就在那邊的關係，九九藻。」

好，換蕾姬上場。我以前中了理子的計而不得不躲在置物櫃中偷窺的那段讓人懷念的橋段，在紐約又重現啦。

「……呃……我道歉，但妳們聽我說，我絕對不是故意——」

當然不願意聽我辯解似而狠狠瞪向我聲音來源的洛嘉……

……唰……

等長的銀髮忽然飄散開來。

原本有一邊是藍色的眼睛，也變成和另一邊一樣的紅色。

雖然我目擊到宛如王蟲憤怒的恐怖現象，讓爆發性血流頓時消下去了啦，可是——

——砰磅！砰砰砰砰砰砰！

我的頭部，緊接著胸口與腹部，連續遭受到有如中彈般的打擊！

好痛！痛死了！洛嘉明明一根手指都沒碰到我啊！這是怎麼回事！

被揍飛到牆角、讓光曲折迷彩的雨衣半脫下來的我——面對將纖細的手臂扠在腰上生氣的洛嘉……

「不要因為手臂纖細就瞧不起人。」

——我的思考被看穿了。

（這傢伙，是GⅢ同盟中的……超能力者角色……！）

看來她不需要透過接觸，就能像以前教導亞莉亞練習什麼念力的超能力搜查研究科時任茱莉亞學姊一樣『看穿別人的想法』。而且大概是只有在她把意識放到對方身上的時候。

「是那樣沒錯，但你應該也已經知道不只是那樣而已吧？我是在十二歲就讀莫斯科綜合大學超心理學學院的時候，接到俄羅斯聯邦安全局——前KGB的命令與Ⅲ戰鬥。當時可是把他逼到現在這些部下當中最接近勝利的地步呢。」

十二歲的意思就是跳級升上大學了。洛嘉好厲害，妳根本是天才！而且又是個美女！上天竟然同時賜給了妳兩項天賦啊！

「就算你故意那樣想，我也會知道你是故意的。」

……那我到底該怎麼做啦？

「只要服從我就行了。喂，遠山金次，因為你是Ⅲ的兄弟，我才對你睜一隻眼閉一隻眼的，但那也有個限度呀。」

看似冷酷但我發現個性實際上是亞莉亞系的洛嘉——

將因為雨衣半脫而部分呈現透明、看起來相當詭異的我……碰也沒碰就像小貓一樣拎到半空中，開始懲罰時間。

「這、這裡明明還有你的妹妹呀！這個——禽獸！」

內褲上緣露出的狐狸尾巴用力豎起來的真禽獸・九九藻——朝我的臉踹了一記上段踢……

「哥哥好色！想看的時候就跟我說想看嘛～！」

露出莫名開心的笑容捏起我臉頰的妹妹金女，若無其事地讓我瞄到呈現愛心形狀的磁力推進纖維盾……

「……」

視線冰冷地看著我的蕾姬默默無言地責備我……

「我給你的懲罰是命運去勢刑——給你一個惡運，從你的人生中奪走一次和女性親熱的機會。相對地，為這次的作戰帶來一次幸運。」

洛嘉雖然眨眨眼睛不知道對我施了什麼咒術，但那種事情對於遠山金次業界來說

根本不是處罰而是犒賞，所以我才不在意哩。笨蛋～笨蛋～

大概是我的想法又被看穿，結果我最後被她從像自動門一樣打開的夢幻房門——「砰！」一聲頭下腳上地丟到房間外了。

雖然已經有在人馬座上補過眠，第一天果然還是難敵時差。畢竟東京與紐約的時差是負十四個小時，幾乎可以說是日夜顛倒了。

因此，我與GⅢ一黨的成員們交流之後，來到寬敞的客廳……

「哥哥你臉很紅喔？」

「是因為被踢啦。」

一邊如此閒聊，一邊與金女和蕾姬玩飛鏢５０１遊戲強忍睡意。

但是，這其實一點都不好玩。蕾姬理所當然地以１８０（20T　20T　20T）、１４１（20T　19T　12D）最少的九投完成比賽，老是瞄準中心點的金女也差不多。就只有我很悽慘地要投到三十投。

到了紐約時間晚上九點——

蕾姬連一句「晚安」也沒說就在窗邊睡著了。手中抱著德拉古諾夫，一如平常的蹲坐睡姿。看來蕾姬體內時鐘還有時差修正功能的樣子。

我則是放棄了一點都不好玩的射飛鏢，靠簡易分解保養貝瑞塔來忍住睡意。

結果金女彷彿是在撒嬌似地跑來幫我的忙了。

「哥哥的貝瑞塔一直都是用92改呢。不換成93R嗎？」

「那種槍在日本幾乎沒有流通啊。不管手槍本身還是專用零件的價格都很高，槍檢間隔期間短，隱密性又有點差。而且在外界的實戰數少，所以信賴性跟這把透過改造全自動化的槍沒差多少啦……呼啊……」

正當我打著呵欠講話的時候──

長相和我很像、但肌肉比我發達的男子忽然現身了。

「老哥，該睡覺啦。因為這裡是只有同伴才能進入的樓層，沒有客房，所以你就睡我的房間吧。」

啊，原來是GⅢ。

因為他把臉上的塗妝都卸掉，頭髮也放下來的關係，害我一瞬間沒認出來啦。

在有如羅浮宮美術館中的一間房間似地擺滿雕刻與畫作，讓人一點都靜不下來的閣樓中──

我雖然借了一件像斗篷的睡衣，不過GⅢ倒是只穿一條黑色三角褲就睡了。

因為睡意已經到了最高點，而且床也大到連大象都睡得下，所以就算弟弟睡在旁邊，我還是能一夜熟睡……

……當我被鍋鏟敲打平底鍋、讓人很不愉快的『妹妹鬧鐘』吵醒的時候，已經是早上十點了。

「早安～哥哥！」

被身穿水手服的金女拉起身子的我，睡眼惺忪地讓她幫我換穿衣服的時候——

「你起得太晚了吧，老哥。The early bird gets the worm（早起的鳥兒有蟲吃），美國也有這句諺語哩。」

朝陽照耀下，GⅢ正用手指倒立在花崗岩地板上進行著伏地挺身。

因為他上半身全裸的關係，可以清楚看到肩膀與左手義肢之間的接縫……而他這應該是兼顧調整左右手平衡的體操吧？

他被馬許打傷的部位雖然還沒有痊癒，但也恢復得差不多了。不愧是遠山家的男人，真耐打。

在寬敞的房內，牆邊還有另一個人影。是抱著GⅢ換穿衣物的九九藻。

那個九九藻昨天明明就踹過我，可是現在盯著GⅢ半裸身體的視線卻一點都不客氣。

而且還「呼噺——！」地用鼻子喘著氣，眼睛也呈現愛心型呢。

「今天是禮拜天。雖然我們都已經去過回來了，不過老哥你不用去教會嗎？」

「教會？」

「我是天主教，亞特拉士是新教，洛嘉是俄羅斯東正教，安格斯是猶太教，柯林斯是伊斯蘭教，九九藻是神道。」

「我嘛……這樣一問反而搞不清楚了，算是神道與佛教的混合吧。不管怎麼說反正信仰也沒很深，就別在意了。大部分的日本人都是這樣。」

「這部分還真讓人搞不懂。日本果然是個奇怪的國家啊。」

GⅢ說著，只靠手指輕輕跳起來……「砰」一聲站直了身子。

九九藻同時快步跑過去，用毛巾幫他擦拭汗水。

在宗教方面也是一樣，GⅢ一黨的成員——真的就像美國的縮圖，是個大熔爐啊。東洋系的GⅢ，西歐系的亞特拉士，非洲系的柯林斯，中東系的安格斯，東歐系的洛嘉。在人種上也湊齊了黃種人、白人、黑人和其他（狐狸）呢。

「哦，老哥，你穿我的便服也很好看嘛。」

讓九九藻幫忙穿上護具的GⅢ，對我豎起拇指如此說道……

「？」

於是我看了一下映在窗上的自己……嗚喔！好刺眼！我差點就昏倒在床上了。

金女在不知不覺間幫我穿上的，竟然就是GⅢ在成田穿的那套——白、金雙色閃閃發亮，活像個超級明星的服裝。

「這、這是什麼啦！別開玩笑了！把我的制服還來！會穿這種衣服的只有你和歌手錦野旦而已啦！」

「那套原本是約翰·屈伏塔穿的衣服啊。老哥，你今天穿那件會比較不麻煩喔？像等一下要讓你去做個工作的時候。哦哦對了，老哥的防彈制服現在安格斯正在清洗，明天還給你。」

「去做個工作……做什麼啊？」

「哥哥很帥喔！噗哧！」

「金女妳笑了吧！」

就在我用穿著白色喇叭褲的雙腳對金女使出飛踢的時候，GⅢ離開了房間……

於是我只好想著「哎呀，反正這衣服很溫暖，就算了吧。」自暴自棄地走到客廳。

結果在窗外——陽臺上，我看到蕾姬站在那裡。

她彷彿是在和什麼人進行心電感應似的，朝曼哈頓的天空閉著眼睛……

「……妳在做什麼啊？雖然我對妳的怪異舉動已經習以為常了啦，但妳總不會是站著在睡覺吧？會著涼喔。」

論打扮同樣很怪異的我，因為很冷的關係，只打開一半的門如此詢問她。

「我在聽——風的聲音。」

轉身看向我的蕾姬，對我身上的服裝依舊是No Reaction。

這毫無反應的態度，反而讓人精神上很難受啊。如果換成理子應該就會指著我噗哧大笑，那樣反而還比較好受呢。

好啦……

自從在東京車站告別之後，似乎與蕾姬又再度開始交流的『風』。

雖然因為是我不擅長的話題，所以之前在池袋或巢鴨我都當作沒聽到。不過就算是我，也已經大致猜到一個底了。

畢竟這趟紐約行是通往色金之路的途中，我就趁現在把它搞清楚吧。

根據白雪和風雪在京都說過的話，蕾姬是璃璃色金的巫女。

在春天，她還受到風的遠距離操縱時，她明明是個S級武偵，卻接受了監視我、亞莉亞或是白雪──也就是色金關係人──這種很廉價的鷹眼任務。

從這些事情半猜想地判斷……

「妳所謂的『風』……是璃璃色金對吧？」

聽到我的詢問──

蕾姬點頭了。

（──果然。）

根據這個情報……我把過去在爆發模式時一點一滴察覺到的事情在腦中串聯起來。

在星伽分社，白雪她們說過『璃璃色金不喜歡人的感情』。

這和『喜歡戀愛與戰爭的緋緋色金』是完全相反的性質。

蕾姬之所以一直活得缺乏感情，是因為身為巫女要配合璃璃色金。

亞莉亞之所以會讓緋彈覺醒，是因為她那熱情的個性與緋緋色金產生了共鳴。

在這方面，也存在著類似的對稱性。

……恐怕……

璃璃色金與緋緋色金在某種意義上，會以某種形式互相排斥。就像磁石一樣。

我在離開東京的時候也有回想過，蕾姬在暑假最後一天──拆散了在偵探科屋頂

上兩人獨處的我和亞莉亞，並命令我『不可以結合』。

在單軌列車車站，她不惜用刺刀殺掉亞莉亞也要拆散我們。

她甚至為了讓自己代替亞莉亞與我結合，而搞出了搶婚的戲碼。

然而，就結果來說……

我讓蕾姬的情感萌芽，讓她背叛璃璃色金，不惜做到這種地步也要繼續和亞莉亞的搭檔關係。而蕾姬也認同了。她說過『就算最後會發生什麼事也一樣』——真要說起來，是以一種放棄的態度。

——最後的結果，就是緋緋神亞莉亞的出現。

蕾姬早就知道事情會變成這樣。身為反抗緋緋色金的璃璃色金管理者。

而告訴她這件事的，是『風』。

到這邊為止應該都是無從懷疑的事實。也就是說……

（風——璃璃色金有自己的意志。而且是與緋緋神對立的意志。）

雖然我還不清楚那是什麼樣的意志，不過從緋緋色金與緋緋神之間的關係來類推……想必璃璃色金也有所謂的璃璃神。

既然如此……

我們現在準備要去搶奪的第三個色金‧瑠瑠色金也同樣有瑠瑠神的這項神崎香苗小姐的假說——

根據蕾姬剛才的證詞，可說是變成相當有力的說法了。

（圍繞在我們周圍的眾多謎團，其實這也是色金，那也是色金，是嗎？）

『命運』──我回想著大哥在乃木坂說過的話，在曼哈頓與蕾姬對望著──但是……

「……」

因為我這身誇張的打扮，總讓人覺得畫面欠缺嚴肅感啊。

哎呀，或許這種程度比較適合我，所以沒差啦。

遇到這種時候總是帥得不徹底，也有點像是我的命運吧。

吃早午餐的時候，我收到了亞莉亞寄來的電子郵件。

她似乎順利抵達倫敦，在信件中還附加了一張她在貝克街地下鐵站驕傲地挺起平坦胸部的照片。牆壁上畫有十九世紀英國的國民英雄，同時也是亞莉亞曾祖父的夏洛克・福爾摩斯的圖案。感覺她有點在炫耀呢。

不過看到她很有精神的樣子，還是有點鬆了一口氣的我──

中午過後，便跟著GⅢ去做他所謂的『工作』了。而且是穿著那套錦野服裝。

GⅢ穿著一套像超時空戰警的英雄服裝已經不足為奇了，不過今天其他部下也各個都穿得很誇張。

安格斯穿的是蝴蝶結配燕尾服，亞特拉士裝上一部分的科學鎧甲，柯林斯身上的鑽石也比平常多。洛嘉的長風衣換成銀色，金女則是套著洋基隊的外套，頭戴鴨舌帽，口中還嚼著牛奶糖口味……？的泡泡糖。

「為什麼大家要穿成這樣啦？」

我看著在大廈前分別坐上超跑車隊的那群人，如此詢問GⅢ後……

「因為咱們是美國人，要有點服務大眾的精神啊。」

「……？」

「老哥，這是非常重要的工作。可以說是身為英雄最重要的工作。」

坐進大蛇改的GⅢ看起來並不像在開玩笑，表情很認真。

他似乎對於這個有如變裝遊行的行為真的抱有一種責任感的樣子。

然後，我還以為是要坐車到多遠的地方去，沒想到其實才五分鐘就到達目的地了。

也就是位於計畫城市正中心的巨大公園——紐約中央公園。

（為什麼要坐車啦？用走的不就可以到了。）

就這樣，我們看著車外在寒冬中努力表演的街頭藝人以及賣熱狗的攤販，進入公園內。在路邊停下車後，一旁的小廣場上……

一群表情看起來似乎一直在等待GⅢ他們到來的小孩子們，跑來歡迎我們。

那群很有精神地一邊歡呼一邊聚集過來的小孩子們——

光看一眼就能發現，其中有一些人沒有手、沒有腳或是拄著拐杖。而且大家看起來都很貧窮。

而就在那群小孩子面前——

「讓你們久等啦，孩子們！GⅢ回來啦！」

GⅢ用右手抱起一名撲到自己身上——戴著助聽器——的黑人少年，將他扛到肩上。

同時還「啪嘶！」一聲像金剛飛拳一樣用壓縮空氣把左手射出去……幫一名戴著厚重眼鏡仰望樹頭的小女孩把掛到樹梢的氣球拿了下來。

將利用耐熱繩索連接的左手接回義肢後，對孩子們豎起大拇指的GⅢ——

接著又在小孩子們的要求下，好玩有趣地說起他在世界各地打擊壞蛋的故事。

「在蘇門答臘島上有一間偽裝成洗髮精工廠的毒品工廠。當我們去破壞的時候，當地的黑手黨竟然派出餓著肚子的蘇門答臘虎攻擊我。但動物是無辜的，而且老虎又是瀕臨絕種的動物，所以我就靠徒手空拳跟牠打鬥啦——」

……雖然是充滿暴力性的故事，不過小孩子們還是都露出閃亮亮的眼神，用很像美國人的誇張反應專心聽著。哎呀，小孩子就是喜歡這種故事嘛。

而且GⅢ還順便教導毒品的壞處與保護自然的觀念……

看著圍繞他的那群小孩開心的模樣，不需要別人說明我也明白了。

明明自己也少了一隻手臂，卻毫不在乎地在世界各處戰鬥的GⅢ，正是這群身體有障礙的小孩們心目中的英雄。

即使是我家的笨老弟，在這裡也是像帕拉林匹克運動會選手一樣的希望之星呢。

「喏，那個穿白衣服的人是Ⅲ的新手下嗎？」

忽然，一名坐在輪椅上的男孩子指著我如此問道。於是——

「不是喔～這傢伙可是我的老哥啊！他是為了跟你們見面，從日本過來的！」

GⅢ用相當誇張的動作介紹我給小孩子們認識。

結果……

「Ⅲ的哥哥？」

「帥呆了！」

「真的耶！他穿的衣服和Ⅲ好像！哥哥你是在哪裡戰鬥的？」

呃……原來就是為了這樣，GⅢ才會讓我穿這種閃亮亮的衣服啊。

「我之前是在歐洲戰鬥，再之前是香港啦……不過平常我都是在日本戰鬥，主要是跟一個粉紅色頭髮、沒什麼理由就會攻擊我的凶惡女英雄喔。」

聽到我這麼回答，小孩子們當場「嘩——！」地將我認定為跟GⅢ同樣的英雄了。

原來如此，所謂的工作——

就是要在這群小孩面前假裝自己是什麼超級英雄是吧？

「既然是哥哥，那你比Ⅲ還要強囉？」

換成圍繞到我身邊的小孩們提出這樣的問題後——

「是啊，我和老哥在悲劇的命運引導下，以前在東京上空戰鬥過。可是，即使是我GⅢ——也沒能贏過徒手空拳就能把導彈揍飛的這個超人・『Enable』老哥啊。」

聽到GⅢ的發言，小孩子們紛紛『Enable好強啊啊啊！』地睜大眼睛歡呼起來。

對小孩子，尤其是男孩子來說，似乎是越強的對象越受歡迎的樣子……於是我後來又是把小孩們背到肩上玩，又是在忽然開始的棒球比賽中擔任第四棒，過著忙碌的時間。

看著故意對小孩子投出來的球揮棒落空三振出局後豪邁大笑的亞特拉士，開心地上場擔任救援投手的金女，以及呆呆站在外野守備的蕾姬……

正在等待上場打擊的我，用日文問了一下旁邊的GⅢ：

「這些孩子是從哪裡來的？」

「住是住在紐約，不過學校是讀那間。」

GⅢ伸手指向——中央公園旁邊、隔著我們停車那條路的對面。他這麼一說我才發現，雖然跟日本的學校印象不同……不過那棟大廈的一樓好像是一間特教學校。

「……上面寫的是『GIII Memorial Elementary School（GⅢ紀念小學）』，是你蓋的嗎？」

「不是啦。只是因為那學校感覺快倒閉了，所以我看在鄰居的情誼上借了些錢給他們而已。結果他們竟然就取了那種名字，受不了。」

GⅢ雖然感到害臊地用力搔著頭……不過其實在美國經常會有把某件事上有功績的人名取作場所名字的例子，應該不是什麼稀奇的事情。

——而GⅢ所說『學校倒閉』的事情，在美國也不足為奇。我在新聞上是這麼聽說的。

跟只要被視為公共性很高的設施，政府就會拚命撥錢的日本不一樣，美國是個凡事對錢都很嚴酷的國家。

因此管他是學校還是醫院，只要預算不足就會毫不留情地被迫關門。救護車也是付不出錢的人就別想坐。甚至連監獄都會因為預算不足而關門大吉，把犯人都釋放出來。要是學校不見了，不難想像小孩子們的下場會如何。

「不，學校取那名字也沒關係吧？反正你真的像個老師啊。」

「……我才沒那麼偉大啦。我不是什麼教師，只是……因為不能讓那些小孩子覺得自己什麼都做不到，所以我才會偶爾像這樣告訴他們相反的事情。告訴他們：既然我做得到，你們一定也做得到。就只是這樣。」

「哼～哦～我就當作是這麼回事吧。」

「你那是什麼眼神？不要笑，小心我揍你！」

「要是讓小孩們看到我們兄弟打架，對教育不好喔？」

雖然GⅢ被我調侃而紅著臉咬牙切齒起來，不過……

看來即使是身為美國人的這傢伙，體內還是流著遠山金四郎──正義夥伴的血呢。

老爸跟大哥也是這樣，大家都是對小孩子或弱勢者無法放著不管的老好人啊。

明明在戰鬥的時候就跟鬼一樣恐怖，可是面對部下和小孩子卻很會照顧人。

對比自己弱小的人很照料。他在這點上或許比我還要像老爸吧？

「不管怎麼說，總之！這是我的、呃、就是、主義！我是因為主義才這麼做的。所謂的主義就是——『教育應當賦予任何人』的主義，而且是正經的教育。畢竟要是教育糟糕，就會讓一個人也變糟糕。」

「是啊，這點我也贊同。」

因為就讀武偵高中這所全日本教育最糟糕的學校而變成現在這副德行的我，不得不表示同意。

而GⅢ也是那群為所欲為的美軍創造出的人工天才——接受過在內容上最高等、最難，但是在意義上卻最差勁的教育，因此更是會這麼認為吧？

「……不過最近，那所學校換了個老師，之前那個老太婆退休了……嗚……！」

GⅢ說到一半，忽然露出有點難受的表情看向學校的方向……

「？」

於是我也跟著他看過去……

發現從GⅢ紀念小學走出了一名光看打扮就知道是修女的金髮女性。

長相溫柔的修女來到公園後——快步走過來……到GⅢ的面前。

「——Ⅲ先生，您又來陪小孩子們玩耍了是嗎？真是感謝您。」

在胸前劃了一個十字的修女，看起來真年輕。雖然感覺年紀比我們大，但應該也還是十多歲吧？而且即使沒有化妝，也依然是個美女。

說曹操曹操到。這位應該就是新老師了吧？從小孩子們親近的態度可以看得出來。

然而，這時在我旁邊的GⅢ卻忽然發生了奇妙的現象。

「呃……不……不是啦，瑪麗亞修女。呃～是剛好，我們剛好閒著沒事，經過附近而已……啦！」

平常那麼凶暴又強硬的GⅢ……

竟然把視線往下別開，慌張起來。而且還做出遮住左手義肢以及本來就已經用彩繪遮起來的臉部傷痕了？

「原來是這樣，那還真是非常幸運的事情呢。不過……Ⅲ先生，您的手臂和盔甲看起來好像跟之前不一樣……您是不是又和誰打鬥了？」

面對露出責備表情的瑪麗亞修女，GⅢ變得畏縮起來。

「……不，這是、呃……要那樣講也沒錯啦，可是，呃……」

啊～原來如此。這傢伙跟我一樣，對年長的女性很弱啊。

光是同年就已經不知該怎麼應對的『女生』這種存在，要是換成更年長的對象——就真的會完全搞不懂該怎麼面對了。有其兄必有其弟啊。

「我一直都會為您祈禱，願上帝保佑您。不過，我也明白您從事的活動有時候會傷害到您自己。光是想到這樣……我就會抱著有如深淵的黑暗般不安的心情呀……」

——就在瑪麗亞小姐露出非常擔心的表情凝視著GⅢ的時候……

「因為瑪麗亞修女最喜歡GⅢ了呢！」

一名黑人女孩子忽然笑容滿面地如此說道。

結果瑪麗亞小姐整個人當場跳起來，滿臉通紅地用力揮動雙手。

「怎、怎麼會！不可以說那種話呀——這、這位先生可是比我還要、還要偉大許多的人物……！」

哇……太明顯了吧？她不但聲音都變了，還變得有點喘氣過度，讓看的人都覺得害羞呢。

似乎被對方單戀的GⅢ徹底畏縮得低下臉……

我忽然感到有某種殺氣而轉過頭去，竟看到在外野的九九藻耳毛都豎立起來，狠狠瞪著瑪麗亞修女。啊啊～我都看不下去啦。話說，看來跟我在地球另一側的GⅢ似乎也有女難之相。這點也是有其兄必有其弟了。

我們回到GⅢ大廈，到了晚上——這次我又被換上一套搭背心的黑色西裝。另外還增添了一件黑色皮大衣，以及一頂黑色的紳士帽。

和同樣打扮的GⅢ站在一起，簡直就像禁酒令時期的黑幫成員。

安格斯穿的是男士禮服，亞特拉士與柯林斯則分別是白色與紫色的西裝……

「這次又要去哪裡……？」

「去英雄工會的派對。哥哥，要好好守護我喔。」

原來在美國連英雄都有工會啊？還真是開放。

哎呀，這點倒是不重要啦。重點是抱著我手臂的這個……

「——金女，妳那件V領晚禮服的胸口會不會開太大了？」

「討厭啦～哥哥在用色色的眼神盯著妹妹的乳溝～好悖德喲～」

嘴上在責備、身體卻把胸部壓過來，然後又被我推回去的金女——身上穿的是一套晚禮服，而且是受年輕人喜愛的紐約品牌，日本人設計師庄司正設計的長禮服。明明還是個國中生，竟然把這種充滿光澤、像個高級夜總會女招待員的禮服穿得這麼性感。

看來昨晚就是為了這時候舉辦內衣試穿會的金女、九九藻、洛嘉與蕾姬這四個人——另外還穿著唐娜．凱倫啦、妮可．米勒等等的流行設計師設計的晚禮服。雖然禮服顏色搭配每個人各自的髮色看起來很有趣啦，但每一件都是露出肩膀的無袖設計，背後也是全都裸露到臀部上方……

「……我說妳們，不要穿那種禮服吧？現在是冬天，會很冷吧？」

我忍不住對讓人眼睛不知往哪裡看才好的四個人如此抱怨後……

「這個鄉巴佬，反正有禮服外套可以套，不穿這樣是不行的。在晚上六點以後舉辦的派對上，女性要穿會讓肌膚露出來的禮服才叫正式服裝。不能有袖子，胸口和背後都要露出來。裙襬要長。素材必須是蕾絲或色丁布。另外用寶石或珍珠佩飾增加光彩。這是常識呀。」

洛嘉對一旁九九藻身上的服裝一項一項用手指著解說，從羽毛迷你帽下方抬起眼睛瞪著我。

順道一提，這位愛打扮的洛嘉還在自己房間開業的洛嘉美容院，幫四位女生都化

好妝了。大家原本就都是美女已經讓我很頭痛，現在變成超級美女更是讓我頭痛了。為什麼女人只要化妝就會讓美女度像界王拳一樣加倍提升啦？

位於百老匯大道與時報廣場近處、熱鬧的曼哈頓中城——九號街。

我們在一棟看起來像高聳白牆、名叫『Hudson New York』的前衛飯店下車後，跟著光靠臉就能進場的GⅢ一起進入彷彿在牆上開了一個洞的入口手扶梯。

這時因為金女要求我要守護她，害我必須讓妹妹挽著手臂進場了。有夠丟臉。

順道一提，九九藻雖然也在GⅢ身邊強烈暗示著『請守護我』可是GⅢ卻絲毫沒有察覺，自顧自地一個人走了進去。真是不夠體貼，連我都不如啊。

另外……在派對會場的入口處，有個從正下方吹風讓女生的裙子輕輕飄起來的機關。這是在向瑪莉蓮．夢露的電影『七年之癢』致敬，用小意外娛樂來賓的機關。提出這個企畫的傢伙給我站出來，我要狠狠揍他一頓。

「……」

即使裙子被吹起到相當危險的高度，也唯獨蕾姬表現得一點都沒事……其他女生們則是雖然臉紅卻也露出笑容。在會場的其他英雄工會的大人物們也各自開朗地笑著。這到底是什麼美式幽默？我完全不能理解。

派對的會場除了間接燈光以外，還有透過霧玻璃地板下的燈光進行照明。招待來賓的是五顏六色的調酒、紅酒以及啤酒等等各國美酒。牆邊還有特別設置的廚房，看起來很有一手的廚師們不斷送出多到數不清的料理。

雖然我剛抵達的時候就已經知道這個國家的貧富差距也很大了，不過——

（這所謂『富』的一方還真是豪華。）

我是不清楚這裡的工會會費需要繳多少美金啦，不過他們竟然可以把曼哈頓的前衛飯店包場下來大吃大喝。

這就代表GⅢ身為弱勢團體夥伴的同時，也是強者的一員。

而那些所謂的強者們……光看一眼就能知道是一群不簡單的人物。

會場中的真實美國英雄們幾乎所有人的身材都很健壯，長相也很精悍帥氣。當然，戰鬥力感覺也是高得很可怕。以武偵高中來講就有點像教務科的氛圍。對於希望過平凡人生的我來說，實在是一群不想扯上關係的傢伙。萬一跟他們混熟，絕對會被捲入什麼要命的正義戰鬥中。

然而，GⅢ卻——目送那群社交能力很高的部下們分散會場各處去打招呼之後……

「在這裡的，都是一群在實力上、實績上、活動內容上通過一定標準的武裝職業菁英。S級武偵也是隨便找都有，老哥你也去跟他們打好關係吧。」

他也推薦我加入這個英雄工會。

「恕我全力拒絕。很巧的是，我也認識某兩位S級的武偵，多虧這樣讓我壽命縮短了整整二十年啊。」

「我總覺得老哥你好像跟日本政府的關係不太好。要是你被趕出日本，美國會幫你準備新的戰場。畢竟在這裡的大家，總是隨時隨地在玩大戰爭遊戲啊。」

明明就在我旁邊、卻一點都不聽我講話的GⅢ，難道自己不用去打招呼嗎？竟然一直在跟我鬼混。雖然我也管不著啦。

「火野・伯特在那邊，我去跟他要個簽名。」

我說著，逃離GⅢ身邊……請真的在會場的知名武偵在武偵手冊上簽名後，就變得無事可做了。

仔細一看，九九藻在甜點區拿了一個像花瓶一樣巨大的百匯聖代……洛嘉端著一杯叫灰姑娘的調酒，亞特拉士則是拿著一杯跟他魁梧的體型一點都不相襯的牛奶，各自都在和來賓們用誇張的動作談笑著。

似乎很喜歡參加派對的柯林斯在會場深處的跳舞區完美重現著麥克・傑克森的舞蹈，金女則是拿著麥克風幫他提供歌聲。

……該怎麼說？還真是比上次在巴黎的化裝舞會還要有活力的派對呢。

這與其說是因為活動性質，感覺更重要的原因是國情特色。在美國就是推崇活潑有朝氣，認為充滿活力是最好的一件事。真是個現充理論的國家，我完全跟不上。

說到底，就算我會講英文，『派對』這種需要跟素不相識的對象聊天的活動本身——就很不合我的個性了。如果是只邀請熟人的日本式宴會還另當別論。

就在我感受著這種不自在的感覺時……

哦！找到了，另一個完全無法融入氣氛的人物。

就是蕾姬。

她一個人乖巧地坐在椅子上當壁花呢。

念在同是孤單人，於是我走到蕾姬身邊──

「……」

她雖然一如往常地像個假人或是裝飾品……但是……

因為那套露肩露背、胸口上三分之一也露出來的晚禮服，讓她看起來相當性感。

薄薄的絲綢禮服在設計上緊貼著身體，讓她身材的曲線表露無遺……而且看起來感覺比我以前看到的還要充滿女人味。

另外，平常都不太打扮的蕾姬，今天臉上卻化了妝。她原本臉蛋就長得不錯，再加上間接照明的效果──

看、看起來還真是個美女啊。不，她其實本來就是個美女了啦。

不符個性地從蕾姬身上感受到『女人味』的我──

「……蕾、蕾姬，妳不吃點什麼東西嗎？這裡好像可以吃到飽，太客氣會很吃虧喔？」

為了隱藏自己有點緊張的心情，而提出了這樣一個話題。

「不。」

微微把頭轉向我的蕾姬，耳朵上的蒂芙尼耳環閃耀著光芒……

那樣充滿女人味的部分又讓我的心跳了一下。

雖然這並不是什麼爆發性的感覺，只是因為在漂亮的女孩子面前變得有點緊張而已，危險性算是很低……不過站在這裡感覺也很不自在啊。我就是很不擅長面對所謂的美女嘛。

「今晚需要攝取的營養，只要吃這個就足夠了。」

啊，她不知從哪裡變出了一條卡洛里美得。這方面就很像她的作風，讓我安心不少。

不過聽她這麼一說，我仔細環顧四周……姑且不論又拿了一個巨大百匯聖代的九九藻，在場的英雄們好像多半都不太拿東西來吃的樣子。

美國的一流武裝職業人士，即使在派對場合也會嚴格管理飲食是吧？

他們即使言行舉止充滿朝氣得像個笨蛋，也是行住坐臥、隨時都抱著身在戰場似的緊張感在過生活。

不過，我倒是不會客氣了。

想吃的時候不吃想吃的東西，到頭來也只會累積壓力影響到身體。美食當前的時候就更不用說了，而且還全部都是免費的。

和那個手下會上繳好幾億經費的老弟不一樣，我可是處在慢性缺錢的狀態啊。

……於是，我丟下蕾姬來到料理區……

準備透過胃袋與山珍海味們進行一場交流。

從動作就可以看得出來，這裡的廚師各個都是一流。裝在金色盤子上的冷盤肉拼盤、用魚子醬點綴的生鮭魚片、義大利餃、鮮蝦沙拉等等，每一道料理看起來都閃閃發亮呢。

然而，對於吃到飽高手的我來說，吃這些外觀亮麗的前菜就填飽肚子是最愚蠢的一件事。

真正應該進攻的目標，從一開始就是中心、中央、主食——

（——就是這裡……！）

找到啦，我的第一目標。

美國道地的丁骨牛排。

姑且不論我『說到美國就是牛排』這種貧乏的美國觀，不過牛排這種料理正因為簡單，所以更顯深奧。

牛排是一種幾乎在享受素材本身味道的料理，因此無從掩飾。可說是從挑選素材就已經開始在料理，而且切肉的手法也會徹底影響到吃起來的口感。是考驗廚師綜合實力的終極料理之一。

想當然，這裡使用的肉一定是最高級的 prime 牛肉吧？

當中這道更是丁字型骨頭的右邊是沙朗、左邊是菲力的最高級牛排肉啊。

「……」

首先，我用比戰鬥時更認真的態度仔細觀察牛排師傅。

而察覺到我認真程度的黑人廚師，髮型是爆炸頭……這點不重要，重要的是他的目光非常銳利，是真正高手的眼神。

「——來一份，我要最好的。」

「——那當然。我的工作就是透過料理——提供你們這些英雄們守護世界的活力。換句話說，我也是守護世界的英雄啊。」

……真是專業。從講出口的話語就能感受到他對這份工作的自豪。

用粗手指捏起肉塊的爆炸頭——

因為這裡是重視娛樂事業的國家，於是在我眼前開始煎起牛排。

——來啦……切成一口大小，牛油的香味不停飄散出來。

這絕對是像我這種平民一輩子都不知道能不能吃到一次的終極牛排，不會錯的。

接著，爆炸頭將放到金邊盤子上的牛排——在冷掉之前就宛如讓花苞綻放般用刀子切開。太完美了。

「我就不客氣了。」

「好好享受吧，兄弟。」

我接過盤子，與爆炸頭帥氣地豎起打拇指道別後……

將盤子放到一張鋪有純白桌巾的圓桌上，優雅地拿起刀叉。

「呼……」地抬頭仰望天花板，鬆開脖子上的領帶——

「——The time is commin'.（時刻到來了。）」

人生中最棒的一餐，就在此刻——！

我這樣想著，將視線放回桌上……

咦……？

不見了……！我的牛排，連同盤子！

「哇～好好吃！哥哥做得好！」

「嗯～這個使用的是A級肉呢。」

我轉頭看向聲音來源……

嗚啊……！

金女……和九九藻……從她們搶走的盤子上，一左一右地把我的菲力和沙朗一口氣吞進肚子裡了！

（難道我天生註定吃不到美味的東西嗎……？像上次在藍幫城也沒吃到滿漢全席……）

因為是稀少部位而數量不多的丁骨牛排，在金女與九九藻的宣傳下頓時變成搶手料理，讓庫存瞬間被秒殺。

結束工作的爆炸頭也帶著充實的表情退到後臺去了。

雖然與會的大家以為是什麼表演節目而相當捧場，不過就在真的動怒的我對金女和九九藻各使出二十發後背摔的過程中——會場的料理也幾乎都被吃完了。

剩下的只有一些下酒菜。我稍微用湯匙挖了一口來吃，可是魚子醬單獨吃根本一點都不好吃，連迴轉壽司店的鮭魚卵軍艦壽司都不如。

像鬣狗一樣啃著盤子上剩下的丁骨也膩了……

我已經想回去啦。

正當我表現得無精打采的時候……

「……嗨，GⅢ。」

一名兔女郎……不對，是穿著有點像兔女郎的裝扮並披著一件黑斗篷，頭上還戴著一頂像多龍芝女王面具的少女跑來向我搭話了。而且還不斷梳著自己的瀏海，露出有點緊張的笑臉。

因為這場派對的會場中到處可以看到這種像美國漫畫人物一樣打扮的正義夥伴——所以我對她的服裝並不感到驚訝，只是忽然被人搭話而不禁皺起眉頭。

「咦，搞錯人了。搞什麼嘛，長得這麼像。你是誰？」

「……GⅢ的哥哥。」

「哦～原來他有哥哥呀？然後呢，GⅢ在哪裡？」

迷你多龍芝東張西望地找著GⅢ，於是我也找了一下……

「咦？好像不在。」

「……呿！」

咂了一下舌頭鬧脾氣的迷你多龍芝……看來是真的很想見到GⅢ的樣子。他還真受歡迎啊。大概那傢伙很有女人緣吧？雖然他本人感覺好像很木頭啦。身為哥哥真擔心他會不會在不知情的狀況下傷害到女人的心呢。

因為這個迷你多龍芝應該也是會帶來女難事件的類型，所以我沒告訴她……

但其實我大概已經猜到GⅢ跑去哪裡了。

畢竟身為老哥多少也會知道老弟的想法。他打從一開始就不太熱中於參加這場派對，而且還把場子都交給部下們自主應對，自己則是早早就消失了。

好，那我也開溜吧。

我一個人悄悄搭著黃色的手扶梯下樓，出了Hudson酒店後——

「——我就知道你會來，老哥。」

看來身為老弟也多少知道老哥的想法，GⅢ正背對著霓虹燈招牌的燈光站在那裡。

而我身為老哥，另外還知道老弟隱瞞了兩件事情，於是——

「你這傢伙還真是個老好人啊。」

我綁緊大衣的腰帶，吐出白色的氣息。

「……你在說啥？」

「第二點我等一下再說，不過你老好人的第一點，就是這場派對。你是想要讓部下們去拓展將來要重新找工作時的人脈對吧？你總不會是又覺得在這次瑠瑠色金的任務中——自己會戰死了？」

「……哎呀……既然是老哥我就實說了，答案是YES。因為馬許比我還要強啊。」

這次的敵人，是讓這個GⅢ……都會形容到這種地步的強者嗎？

不過，我身為老哥還是要這麼說：

「別擔心，有哥哥跟著你啦。」

反正我也已經騎虎難下了。我現在必須要透過瑠瑠色金找到與亞莉亞的緋緋色金有關聯的某種存在才行啊。

我對攔下一輛計程車的GⅢ拍拍背，兄弟倆一起坐進車後座——

穿梭在五顏六色的英文字霓虹招牌間，在百老匯大道上轉進八十三街，最後抵達的場所是……

「——老哥知道這地方嗎？」

「知道，我在『電子情書』中看過。太帥了，簡直就跟梅格·萊恩和湯姆·漢克斯相遇的場景一模一樣啊……！」

上西城的 Cafe Lalo。

那是一間不知道的話就會不小心錯過的法式古典咖啡廳。

「那當然，畢竟電影聽說就是在這裡現場拍攝的。」

大概是從金女那邊聽說我喜歡看電影的GⅢ，推開位於幾階樓梯上的門，進入店內。

「那部電影的場景也是在冬天，真有風情啊。」

因為我喜歡演員所以也有買DVD的那部電影中的舞臺……

沒想到我真的可以來到這裡，太感動啦。

「就是這裡，湯姆．漢克斯就是坐在這裡。喂，GⅢ，快幫我用手機拍張照。」

「老哥還真是個追星族啊。」

端著可樂和兩個杯子坐到梅格．萊恩座位上的，很可惜，是自己的弟弟。

不過，這感覺實在太棒了。不只是能沉浸在像是好萊塢巨星的氣氛中，Cafe Lalo本身就是一間名店。

天花板高，裝潢又古典，讓人心情平靜。我喜歡。

「在紐約有所謂的『紐約時間』。因為東西和活動比其他城市多，會過得很忙碌。可是『忙』這個字寫起來不就是『心亡』嗎？所以要偶爾到這樣的店度過一段悠閒的時間，不然就會迷失自我了。」

「嘰」一聲坐到椅子上把腳伸出來的GⅢ說得沒錯……

大都市中因為有趣的事物太多，光是追著那些東西，時間就會在不知不覺間流逝，等回過神來的時候才發現自己老了。這是在東京也常有的事情。

之前和麗莎一起生活的布爾坦赫雖然是什麼也沒有的鄉下村莊，不過也正因為如此，讓人感覺時間過得很悠閒。

或許人就是應該偶爾到那樣的小鎮，或是像這種彷彿從一百年前就不曾改變過的咖啡廳，緩緩地……平穩地享受一段時光吧？但是……

——看來世事並不盡人願啊。

「然後呢？老哥你發現了嗎？」

GⅢ將可樂倒進我的杯子，同時如此問道——

而我也早已用那杯子當後照鏡，發現他說的對象了。

也就是在 Hudson 酒店就監視著我和GⅢ的一名**奇妙少年**。

他身材削瘦，個子也很矮，感覺應該是國中生左右的白人少年。

樣貌就像是把比爾．蓋茲變成小孩子。看起來腦袋很頑固，髮型像顆蘑菇。戴在高鼻子上的金框眼鏡裝有像小型攝影機一樣的東西。牙齒套有微微發亮的矯正牙套，身上穿的是樸素的外套與西裝，手上拿著最新的 **iPhone**。

因為他的監視手法很遜，我老早就發現了……不過畢竟只是個矮小傢伙，沒必要特別警戒。而他就這樣跟到這裡來了，跟蹤技術也很差。

「發現了，有個跟蹤狂少年在買洋芋片。那傢伙，怎麼不乾脆在派對會場吃剩菜啦。」

「Hudson 酒店也是必須請破壞場子氣氛的傢伙出場吧。而且那好歹對我的部下是一場重要的派對，所以我就把他引誘出來了。」

「我說你是老好人的第二點就是這件事啊。」

「——聽好了，老哥，你千萬……別對那傢伙動怒。那傢伙的目的想必就是要讓我和老哥引起問題。」

「你們認識？他到底是誰？」

「他就是馬許。」

「……！」

那個蘑菇少年嗎……？

他就是把GⅢ逼到渾身是傷的馬許？

「雖然他的頭的確很像蘑菇（mushroom）啦，但是……GⅢ，我可不喜歡美式玩笑喔？」

「才不是什麼玩笑，那傢伙就是美國第一強的男人。」

「應該是第一弱的男人吧？」

那個馬許……端著放有洋芋片的袋子、莎莎醬的小盤子以及一小瓶可樂的端盤，笑咪咪地──

朝我們的座位走過來了。

──這個小鬼……真的是馬許嗎？

我的鼻子很靈所以聞得出來，這傢伙身上完全沒有火藥的味道。而且是至今為止的人生中從來都沒有開過槍的程度。

「May I share this table?（我可以跟你們一起坐嗎）？」

聲音……好尖銳。雖然我說不上來，但他的講話方式就是莫名讓人感到不快。

明明我們也沒說OK，就擅自與我們同席的少年──

「歡迎來到美國，GⅡ。然後GⅢ，你的舊手臂狀況如何？」

——真的是馬許嗎？

「哦哦，對了對了，GⅡ，關於你的揮棒動作，要敲低飛球的時候，棒頭最好再抬高一點。還有，GⅢ收到女性寄來的簡訊最好不要看都沒看就刪掉。」

在中央公園打棒球的時候，他就在盯著我了……嗎？

我是有發現他在派對會場上監視我們，但打棒球時我完全沒察覺。

GⅢ似乎也不知道自己的手機是怎麼被偷看到的，而咂了一下舌頭。

這個蘑菇少年……並不簡單啊。

「初次見面，我是美國國家安全局（National Security Agency）——NSA的馬許·羅斯福。」

他用尖銳的聲音打招呼，同時對我伸出來要求握手的手……也看不到初學者會在拇指腹與食指上會留下的手槍繭。想必他的手從來都沒有握過手槍。

我不回應他的握手過了三秒整，馬許就保持著笑容把手收回去了。

「——你們兩位實在很優秀，非常適合拿來進行對照研究。想必可以獲得很棒的數據，或者說，我已經獲得數據了。謝謝你們。」

戴在這傢伙那張白臉上的眼鏡裝置——

恐怕就是HMD。大概是將GⅢ使用的那種像七龍珠中的史考特機器一樣的玩意縮到很小型的超尖端科學道具。上面也有看起來像攝影機的小孔。

他現在一定也在拍著我和GⅢ的影像。

「——NSA到底是什麼組織？像FBI的東西嗎？」

聽到故意瞪著攝影機的我如此詢問……

「你不知道？明明日本的內閣也討論過要不要設立類似組織的說。還有，你這樣講有點失禮。FBI只是把小貨色一隻一隻抓起來的無聊組織，拜託你別把我們和那種暴力集團混為一談。不過……畢竟我在這個國家是所謂的特權階級，到美國國防部就等同准將，到紐約市警局就等同部局長，到CIA就會被賦予技術保障部長級的權限。而且這些全都是我踏入該組織的瞬間就生效。因為我們與FBI也存在同樣的規矩，所以只要我到那邊，對於你剛才的問題就應該要回答YES了。」

他雖然拉拉雜雜、拐彎抹角地說明了一堆實在讓人難以置信的事情……

不過從GⅢ感覺像在生悶氣的態度看來，馬許的發言恐怕都是真的。

如果以我的解釋方式來說，這位少年就是……外務省的錢形——的超級進化版。別說是國家權力的手下，根本就是位於中樞的人物了。有點像是迷你總統的傢伙。

能夠讓一個只有這樣年紀的少年握有如此大的權力，理由可說是少到不需要折指細數就能算得出來。

恐怕——

「——你也是人工天才嗎？」

「虧你的IQ竟然可以這麼快就推測出來。你說得沒錯，我就是洛斯阿拉莫斯菁英計畫的成功範例。是利用比那位『G』系列的失敗作·GⅢ更先進的另一種研發概念所創造出來的基因改良個體──『R』系列的第三子──RⅢ。哦哦，你放心，我的身體並沒有使用你們的父親‧遠山金叉的DNA。因為以概念的基準來看，他的IQ有點不足啊。」

洛斯阿拉莫斯菁英計畫──

就是透過科學手法組合優秀的基因，試圖創造出超人的美軍人間兵器計畫。

GⅢ與金女就是在那計畫中誕生、擁有我老爸的基因──在**戰鬥力**上特別優秀的弟妹。

但這傢伙說自己是透過另一種研發概念……應該就是將DNA設計成在**智力**上特別優秀的人類吧？

用宛如IT企業業務員一樣的態度進行說明的馬許，推了一下HMD眼鏡後──

「好啦，接下來就讓我進行一場說明會當作見面禮吧。題目是『你們贏不過我的三個理由』。首先，GⅡ，你知道美國的兩大政黨嗎？」

他捏起一片洋芋片，對我提出這樣一個瞧不起人的問題。

「那種事情我好歹也會知道啦。就是共和黨和……呃，就是那個，那個對吧？話說回來，我的名字叫遠山金次，不要用奇怪的名字叫我。」

「了解。那就讓我告訴金次吧。GⅢ的支持者主要是共和黨，我的後臺則是民主黨。而現在美國的執政黨是民主黨。因此你們在美國的立場比我還要弱。」

──GⅢ在大蛇改的車上簡潔易懂地跟我說過的『親我派』與『反我派』……原來

就是政治上的意義啊。

「另外，GⅢ是因為FBI怠忽職守才能逍遙在外的『混沌』，而我是社會所認同的『法律』。GⅢ發瘋逃出洛斯阿拉莫斯之後，我依然一步步腳踏實地踏著成功者的階梯爬上來了。」

馬許的這個講話方式……

不只是單純讓人火大，更可以感受到他對GⅢ抱有某種私怨。

「GⅢ的力量，是武力，而我的力量，是情報力。情報力位於武力的上層，是統籌、運用武力的力量。我只要稍微操作一項情報，就能引起戰爭也能平息戰爭。GⅢ那種試圖透過自己的武力處理、抑止戰爭的想法，本身就是二十世紀的舊觀念啦。」

「——啊～你說得對啦，哼！」

光聽發言的話似乎已經投降的GⅢ喝了一口可樂，蹺起雙腳深坐到椅子上。

相對地，馬許則是把眼睛瞇得像彎月一樣，伸直他矮短的背脊——

「——二十一世紀的英雄不是你們，是我。」

他這番新舊人工天才之間、較新的自己才是站在優勢的說明，以這樣的結論收尾了。

「好啦，金次。我雖然也拜見過關於你的影像——看來你是個稀世的詐欺師吧？」

面對這次把矛頭轉向我的馬許，我不禁皺起眉頭。

「你說我是詐欺師？」

「用空手抓下子彈、彈開空對空飛彈……如果是在美國接受過訓練的GⅢ先姑且不論，但身為和平白痴的日本人是不可能辦得到那種事情的。或許在影像中看起來是成功了，但是像這種案例多半都隱藏機關。你是為了進入一流的武偵企業——所以欺騙周圍的人，企圖提升自己的SDA排名對吧？」

「……如果可以當作那麼一回事，就拜託你把我的名字從那個非人哉排名中刪除掉吧。當我是作弊也沒關係。靠你最擅長的情報操作，應該辦得到這種事吧？」

「用不著進行什麼操作，你的名字很快就會被刪除了。只要我殺掉你。」

「……」

「跟你們的笑話排名不一樣，我們這些特權階級的少年少女們之間也存在著一個嚴格的排行。只要向擁有管理權限的上議院議員提出申請——將敵對的人工天才或是一百名以內的SDA排名者殺害掉，就能列為實績增加分數。」

「……你跟我們戰鬥的理由……竟然是為了賺分數升官？看來你的志氣就跟你的身材一樣小啊。自我中心也該有個限度吧？」

「不要拿別人的身體特徵來說嘴。另外，如果想要抵達高遠的目標地點，一小階一小階爬上去就是最短的路徑了。順道一提，只要獲得你們這兩分，我就能爬上下一個階級——相當於少將的地位了。」

「爬上去又能怎樣？」

「阿富汗、敘利亞，靠這些成績我就能升上中將，接著是伊朗、北韓。升到上將後是中國、俄羅斯。等你的國家・日本在律法整備完之後，我應該也會請求協助吧？尤其是後半。」

「……戰爭是嗎？」

「是美國強權支配（Pax Americana）的完成。這只是將二戰後陸續進行的各種準備工作收個尾而已。按照預定，我在那之後——從二〇三三年的任期開始，會成為美國史上最年輕的總統。美國會進入建國以來最富強的時代，而其他國家全都會成為朝貢國。」

要是讓這種傢伙當上美國總統……

我看這世界也結束了。

「八紘一宇（註2）的概念，我們日本人早在六十多年前就已經從那種想法中畢業啦。」

對於一臉奸笑著闡述未來預測的馬許，我感到不屑地如此回應。

「那並不是畢業，而是被退學的。根據我們的試算，在強權支配完成的那個年度，道瓊工業平均指數將會是現在的四點三倍，國民一人的年所得將會是現在的四點七倍。你雖然說我是自我中心——但我的飛黃騰達其實也關係到美國的利益啊。」

註2「八紘一宇」係大日本帝國於二戰期間提倡的概念，表面上是宣揚天下一家、世界大同，實質上是為了讓帝國軍侵略海外諸國的行為正當化的口號。

「沒想到世上還有把話講得這麼明白的偽善者。」

「偽善也是善。」

明明年紀比我小卻像個年長者一樣「呵」地笑了一聲的馬許——

「話雖如此……對於金次和GⅢ你們兩位，我其實在某方面抱有相當高的信賴。所以我才會挪出寶貴的時間特地來跟你們見面的。我認為你們兩人有資格成為我的部下。我會重新給予GⅢ一個與官職相襯的地位，也會給金次美國永久居留權。」

……在靠戰鬥殺掉我們之前……他打算先招募我們成為部下的意思是嗎？

「誰要當你的家臣啦！以前日本跟中國的黑道也跟我說過類似的話，反正你們只是想要把我當成什麼殺手而已吧？」

「差不多就是那個意思。我本來是打算先派你去解決掉奧薩瑪・賓拉登之類的人物……不過哎呀，我明白金次你拒絕我的提議了。那麼GⅢ怎麼樣？你就和我一同搭上通往榮耀的列車吧。然後你應該理解，我這項邀請對你而言，就是末班列車的發車鈴聲了。」

馬許將他那自視尊大的視線從冷淡回應的我身上移到GⅢ身上，但是——

「就讓我錯過那班列車吧。要我按照別人鋪好的鐵路走，不合我的個性。或者說，那種事我在洛斯阿拉莫斯已經受夠啦。」

GⅢ的這句回答，讓原本就存在的對立關係——變得更加清楚了。

馬許沉默了三秒整後……

「可惜，實在是太可惜了。」

唯獨這句話用非常標準的日文說完後，「啪！」地彈了一下手指。

隨後……

軋……軋……

（……嗚……這傢伙是……！）

一名我似曾見過的嬌小少女──

「軋、軋」地踏著 Cafe Lalo 的地板走了過來。

接著默默不語地，坐到我們這桌……馬許旁邊的座位上。

軋軋……少女一坐上去，木頭椅子便發出聲響。好重。她雖然身上穿著大衣，但看起來衣服底下並沒有藏什麼重武裝。是她本身就很重，足足有兩百公斤。

──她不是人類。

「……LOO……！」

我說出這久違的名字，回想起過去的畫面。

LOO就是去年十月在台場空地島舉行極東戰役的宣戰會議時──乘坐著一臺人型格鬥機器的少女。

當時那臺二足坦克使用的是美軍愛用的M61火神砲，坦克被亞莉亞破壞之後從裡面脫逃出來的LOO身上也配戴有美國陸軍的階級章，因此我知道她是來自美國的人物……但我萬萬沒想到會在這種地方再次遇到她。

「……」

現在總算知道應該是個機關人偶的LOO——始終保持沉默。

感覺就像蕾姬一樣。不，比蕾姬更缺乏人味。

明明當時在空地島上，她雖然給我一種腦袋有點「那個」的印象……但至少表現得還像個人類的說。

可是現在的她，看起來就完全像個女性型機器人。雖然大概是為了維持平衡，她的身體會有些微的動作，但工整的臉蛋卻完全面無表情——甚至給人一種毛骨悚然的感覺。

活像美少女動畫角色的蔚藍色頭髮雖然跟當時一樣，但是以那種動畫中會登場的『美少女機器人』來說，她的人格程式感覺比之前看過的還要低階。

「因為這東西的樣子跟去年不一樣，讓你很在意嗎，金次？」

看到我目不轉睛地盯著LOO，馬許吃著洋芋片如此說道。

「當時是LOO-GyNe計畫的負責人……也就是有人類從遠端進行操縱。XGY-12——你口中的LOO，在遠端操縱模式下可以提升雙向控制的精度，所以舉止會像個人類。像日本製的格鬥遊戲中，賦予角色動作和表情比較可以讓玩家掌握瞬間性、感覺性的狀態對吧？不過，現在的**這個**是自律機動中，因此你們最好不要對我做出敵對性的行動。這東西在設計上並不是發出人工語音，而是利用人工咽喉講話。但舌頭

動作上的程式因為不發達，表現較不自然，所以我設定讓它在自律機動的時候不要講話了。」

……軍事機器人是現在的美軍投入最多心力開發的兵器之一。

擁有優於人類的感應器，能對應生化戰爭，更重要的是可以減少人命損失——防止輿論陷入厭戰情緒。畢竟美國在越南和索馬利亞的戰爭中就是輸在這一點上。因此老美投入到全世界海陸空的各式各樣無人兵器，就是馬許所說今後的征服戰爭，以及之後的極權統治下不可或缺的道具了。

然而，這個LOO……

和現在流行的無人飛行載具（UAV）或是無人地面車輛（UGV）不一樣，是呈現人型的外觀。

重量雖然感覺比本田技研開發的ASIMO還要重，但外觀卻先進得多。乍看之下幾乎分不出與人類的差異。真不愧是美國的超尖端科學，竟然私底下造出了這麼不得了的玩意。

（就算感覺有點無機質，但這外觀還是會讓人在開槍時不禁猶豫……或許就是為了這個目的才故意做成女孩子型的。）

而且既然是人型，就能通用人類使用的武器。

LOO恐怕就是美軍為了發展單方無人戰爭的過渡期兵器吧？

「哦哦，你們可別誤會，這東西之所以是少女型，並不是我的興趣。畢竟我喜好的是年長的女性，再說，把它造出來的是計畫負責人啊——我當時是派它假裝要參加你們的鬥爭，不過實際上是去殺害GⅢ的啦……」

在自顧自地饒舌講話的馬許身邊……

始終不發一語的LOO，總覺得好像越看越可憐了。即使我知道她只是個機器人——還是不禁覺得她像是因為馬許的任性而被奪走了聲音和心靈似的。

甚至那對缺乏神情的雙眼，都感覺像是在訴說『救救我』一樣。

這部分或許是我身為日本人，因此有對無機物也能感受到靈魂的習性吧？

「……好啦，差不多是道別的時刻了。」

因為我不喜歡那尖銳的聲音所以後半幾乎沒有聽進耳裡，不過馬許說完自己想說的話後……仗恃著有LOO這個保鑣，而變得有點強勢起來。

他現在面對GⅢ的眼神與態度，也比剛才更有攻擊性。

「GⅢ，在跟你道別之前，有句話我必須要當面對你說。我所敬愛的莎拉博士之所以會過世——都是你的責任。」

聽到他用彷彿在刺激對方神經的聲音與口氣說出來的這句話——

跟我一樣沒有專心在聽馬許講話的GⅢ……身體顫抖了一下。

——莎拉博士，就是GⅢ不惜違逆自然的道理，也要企圖利用色金的力量讓其死而復生的女性。

她是在GⅢ進行訓練中發生的意外而過世，因此認為責任在自己身上的GⅢ……便逃出了他出生故鄉的研究所。

然後，我知道一件事……那就是GⅢ他……

深愛著莎拉博士。

「只要你當時能再強一點，應該就能拯救莎拉博士了。要是她還活著，我早點安排讓她成為將來的第一夫人也是可以的說。真是可惜。」

聽到馬許的發言，GⅢ用力握住桌上的杯子。

玻璃杯當場「啪！」一聲出現裂痕。

「侮辱故人的發言，是最常見的一種低水準挑釁。GⅢ，別跟他認真。」

我雖然按住GⅢ的手提醒他……但其實我也感到火大起來了。

就算是彼此對立的對手，講出來的話也該有個限度。

將我們的憤怒像涼風般輕鬆帶過的馬許……

「對了對了，之前我有針對與你們的戰鬥進行過兩百次的模擬演算，結果是我一百九十九勝，一平手，零敗。換句話說，我的勝率是百分之九十九點五的意思。」

彷彿是在滑動腦中的智慧型手機似的，動著他纖細的手指。

「除了『政治上的優勢』、『法律與混沌的立場』之外——你們贏不過我的三個理由中，第三項也是最重要的理由，就讓我在最後告訴你們吧。很簡單，因為你們腦袋很差。金次的ＩＱ大概是一百，GⅢ的ＩＱ似乎是一九二的樣子。不過，我的ＩＱ可是有四百七啊。」

……雖然我本來就是就讀於偏差值不到五十的高中，但是被他這樣強調還是會感到有點火大。

反正馬許似乎打算回去了……

我就稍微回嘴一下，要不然心有不甘啊。

「馬許，你聽好——在武偵界有這樣一句話：只要合作無間，一加一是可以成為三、成為四的。」

「原來如此，腦袋真差勁啊。金次，你連算數都不會嗎？」

「聽不懂比喻的你腦袋才比較差吧。這句話是指，我們擁有超越數字的……呃、某種東西的意思啦。還有，我是不管你ＩＱ有四百什麼的，但既然我是一百，那你就只是等於有四個我在一起討論思考而已吧？沒什麼大不了的。」

看到我用舌戰應付以智力為賣點的人工天才……

「老、老哥，你別講話了，會暴露你的白痴啊。」

ＧⅢ似乎傻眼到都忘記憤怒了，對我勸誡起來。

「不，既然被對方講了三點，我就要回敬三點。題目是『吊車尾會比菁英更好的三個理由』。像我們這種吊車尾，就算輸了也不用怕失去什麼地位。但是原本有地位的傢伙就會因此失勢。馬許，你在菁英之路上也不是只有往上爬而已吧？萬一失敗，一定也會往下滾才對！」

雖然講著講著自己都覺得有點空虛了，但我還是一句接一句說完後——

「嗯……因為我至今的人生中從來沒有失敗也沒輸過，所以不太清楚啊。」

馬許竟然用出乎我預料的形式將我的話輕鬆帶過了。

「……然後呢？金次，剩下的兩個理由是什麼？」

糟啦。我雖然一時衝動說了有三點，但其實我根本沒想到。剩下兩點，我本來以為應該可以邊講邊想到的，可是靠ＩＱ一百的腦袋還是想不出什麼東西。

「……呃～就是……」

「……噗哧！看來你這個人頗幽默的。這點就超出我的計算了。」

「你……似乎很擅長計算的樣子。那我們現在就來驗算一下你剛才說的模擬演算。你馬上就會知道自己完全算錯了。」

從剛才就怒不可抑的我，最後終於還是打算訴諸白痴的證明＝暴力了。

就在我連ＬＯＯ的存在都忘記，用力抓起馬許的領帶時——

「——哈！想揍我嗎！好啊，你揍吧。我不會反擊的，畢竟我揍不贏你。像我這種瘦皮猴你也想揍的話就揍吧！」

眼鏡有點歪掉的馬許用誇張的動作發出像女人一樣尖銳的聲音。

「……住手吧，老哥。你在這裡動手也只會顯得自己很遜，而且會被逮捕啊。」

GⅢ用右手抓住我的手臂，制止了我。

明明他自己比我還要火大的說。

「……嗚……」

唔唔唔……

的確，要是單方面把這金針菇揍扁，也只是欺負弱小，會貶低我身為男人的品格。

另外，GⅢ也用視線暗示了一下，在窗外不知不覺間聚集了幾名應該是紐約市警局便服警官的男人。我想是馬許靠關係叫來的吧？

現在的我沒有進入什麼爆發模式，GⅢ也一樣。

萬一我們被逮捕，就休想為了亞莉亞去搶奪瑠瑠色金了。

於是，我無可奈何地放開馬許後——

「的確，你的臂力應該比我強。GⅢ也是個對付過好幾名高級探員——而沒有讓任何人活著回來過的強者。所以我絕對不會愚蠢到當面跟你們打鬥的。」

馬許很神經質地戴好眼鏡、繫好領帶後，從椅子上站起他的短腳。

「那麼，我和活著的你們就此道別了。下次見面時，我會看著你們睡在屍袋裡的模樣的。就在內華達的五十一區、第八九A管理區。我已經自願申請在那裡防衛你們想奪走的瑠瑠色金了，你們就按照預定過來吧。要是你們在戰鬥中投降，我會送你們到關了我過去抓到的那些暴力分子的監獄享受一趟度假之旅。GⅢ你也好好整理一下自己周遭的事物吧。把你處理掉之後，我立刻就會用法律途徑沒收你那棟大廈，還有你送錢的那間學校。」

「——馬許你這傢伙，打算毀掉GⅢ的學校嗎？小孩子們是無辜的吧！」

「It's not my business.（我才不管那麼多。）在這個國家，權力和金錢就是一切。如果你能幸運活下來，就訴諸權力、訴諸金錢吧。只要你那份力量在我之上，或許就能阻止我對GⅢ的部下找碴了。哦哦對了，只有那個可愛的修女是特例——我讓她當我的祕書也可以。」

這句混帳發言終於讓我忍無可忍……也忘了會被警察逮捕的危險，「啪！」一聲再度抓住準備離去的馬許的手臂。

「喂！給我等等！我心胸可沒寬大到讓你講到這種地步還平安放你回去——」

我抓住馬許手臂的手——啪——又被LOO抓住。

她依然坐在椅子上，視線望著虛空。

纖細的手臂，軋……軋軋……漸漸用力起來。

（嗚、嗚……！）

這果然不是人類的握力，比亞莉亞、蘭豹或是大哥都強……！

「——老哥！」

「……嗚……啊！」

LOO有如虎鉗般的力道幾乎要把我前臂的肌肉和骨頭握碎……就在GⅢ伸出他左手的義肢時，我的手很自然地便鬆開了。

馬許用手掌「啪！」一聲拍開我疼痛的手臂。

「——別用你的髒手碰我，yellow sheep。」

丟下這句對日本人的蔑稱後，馬許走出店門……

ＬＯＯ則是對痛得按住手臂的我，以及為了保護我而站在旁邊的ＧⅢ看也不看一眼——就跟在馬許後面離開了。

只能夠目送他們兩人離去的我與ＧⅢ……

因為最後感覺像是完全輸給了那瘦小的男人，而說不出話來。

（馬許・羅斯福……）

這種類型的敵人我至今從未遇過。

不會親自動手，而是只靠智力跟我們戰鬥。擁有壓倒性的政治力，能夠將國家權力——包含其中的武力，也就是警察力與軍事力——像自己的手腳一樣使喚。

面對這樣的馬許，我的確像隻羊（sheep）一樣手足無措。但是……

你最好記住，羊雖然給人的印象很弱，卻也擁有如水牛般堅硬的犄角與足蹄，靠頭槌或腳踢也是可以殺掉野狼的。在紐西蘭，羊可是最危險的一種家畜，在紀錄上是傷害過最多人類的動物。就讓你見識一下我身為一隻羊的實力吧。

心情徹底被破壞的我，走出 Cafe Lalo 來到寒冷的夜路上……

「……沒想到還會有那樣的敵人……這世界也真大啊。即使同樣是美國人，像你這種會直接揮拳過來的對手還好多了。」

我吐著白色的氣息，對不知道為什麼不攔計程車的ＧⅢ如此嘀咕。

「……喂，老哥，從這邊回去。」

GⅢ感覺有點在鬧脾氣似地走向百老滙大道的方向。而在他前方——我看到了一輛白色的勞斯萊斯 Phantom，以及恭敬地迎接我們的安格斯。

看來他是發現我們消失了蹤影，而找到GⅢ經常光顧的咖啡廳來了。

「回程就走車輛比較多的路吧。這樣遇到萬一的時候，警察也不會攻擊一般市民的。」

身穿燕尾服的安格斯說著這種搞不清楚哪邊才是壞人的臺詞，不過……畢竟警察就像是馬許的手下，或許照他這樣做會比較好。

雖然這種點子就跟我們現在身上的打扮一樣，很像紐約黑幫啦。

「安格斯你這傢伙，竟敢擅自離開派對。」

面對在路燈下雙手扠腰、挺起胸膛，擺出亞莉亞式憤怒動作的GⅢ……

「屬下願意接受任何叱責，但屬下早已下定決心，要與Ⅲ大人同生共死了。」

安格斯似乎早已看穿GⅢ帶他們到英雄派對上的理由，扭曲的臉上露出溫和的微笑。

「……哼！隨便你。喂，給我番茄。」

GⅢ臉紅起來，有點在出氣似地——又跟亞莉亞一樣提出了強人所難的要求。然而，安格斯身為手下的等級跟我完全不同，竟然真的像變魔術一樣遞出了用手帕包好的番茄。真是能幹的男人啊。哪像我是「桃饅。」「沒有啦。」「無能！」然後就要被迫跳一場開洞之舞了。

「屬下也有竊聽了一下剛才的對話。馬許‧羅斯福還真是愚蠢呢。」

在一口接一口連蒂一起吃著番茄的GⅢ身邊，安格斯又笑了起來。

「……愚蠢？那傢伙的IQ聽說有四百喔？」

聽到變得有點懦弱的我如此說道……

「即使智商指數很高卻依然很愚蠢的人物，在陸軍高層中也有不少。然而，實在很難找到像馬許這麼愚蠢的人，竟然想要把Ⅲ大人收為自己的手下……」

在部下之中對GⅢ的忠誠心特別高的安格斯，似乎對於這一點感到最不高興的樣子。

「就算是美國總統，也沒辦法將Ⅲ大人拘束在同一個地方的。Ⅲ大人是光，世界上沒有一個人能夠將光拘束起來的。」

「……」

應該不是因為吃了番茄的關係，但GⅢ頓時變得滿臉通紅……用路燈照耀下發出光澤的皮鞋鞋尖輕輕踹了一下安格斯的小腿，似乎在催促他什麼事情。

安格斯因此轉身看向背後……

發現有一名身穿緊繃的深藍色紐約市警制服、身材肥胖的黑人大嬸女警站在那裡，手上拿著應該是罰單的紙條對著我們輕輕搖晃。

「──先生，這輛車。這裡禁止停車喔。」

女警用警棍指著勞斯萊斯，露出有點在生氣的表情……

「哦哦，不好意思。雖然我知道，但還是為了主人停在這裡了。」

於是安格斯有點羞愧地想要伸手接下罰單。

可是，女警小姐卻忽然把罰單又收了回去。

「今晚我就放你一馬。我聽在這麼冷的天氣下還為了私事被命令站在那邊護衛的同僚說，『馬許是個混帳，反而是警戒對象的你們還比較像好人』呀。好啦，快點把車開走。」

她輕輕笑著，給了我們一點小方便。

……這樣充滿人情味的行為，讓我也不禁苦笑起來。

雖然馬許剛才說過『在這個國家，權力和金錢就是一切。』這種話，但是——

其實美國並不是那麼沒氣度的國家啊。這點讓我稍微安心些了。

5彈　謝啦，老哥

隔天日落後，我們再度來到J．F．甘迺迪機場——

在螺旋槳前端發出綠色螢光的人馬座前，GⅢ、我、金女遠山家兄妹以及亞特拉士、柯林斯、九九藻與洛嘉等部下們排排站著。安格斯則是已經進入機內。

GⅢ背對著旋翼緩緩旋轉、描繪出四個黃綠色光圈的傾轉旋翼機……轉身看向整齊排成一排的部下們。

「現在開始將要對內華達州馬夫湖空軍基地——通稱『五十一區』、第89A管理區進行再度強襲，目的是奪取瑠瑠色金。理由是我個人的私利私慾，以及與之相比根本微不足道的、預防神崎．H．亞莉亞緋緋神化帶來的世界戰爭。」

比起世界，自己更重要。GⅢ還真的是很天上天下唯我獨尊呢。

不過，這種話出自傲嬌族人的口中，便不能完全當真就是了啦。

「空路雖然會沿著親我派的州或區域飛行，但一部分路線，特別是在猶他州、內華達州就必須飛過反我派的勢力區域上空。在這些地方預測會像上次一樣，遭到NSA馬許．羅斯福的妨礙。馬許雖然受到執政黨寵愛，卻是個冒瀆他國自由的傢伙。而無論是對什麼國家，只要是冒瀆人民自由的傢伙就是美國的國賊。大家不需要猶豫，然後要做好覺悟面對這場任務。完畢——有沒有其他疑問？」

聽到GⅢ難得詢問部下的意見，首先是九九藻舉起了手。

「……武裝雖然已經準備完畢，但跟上次是一樣的。不，這次Ⅲ大人是用舊的備用裝備添補上次失去的部分，傷勢也尚未痊癒，狀況不能說是完全。」

「那又如何？」

「就是……這樣太不利了！面對馬許的超尖端科學——那樣的巨大兵力，只用現在這樣的火力進攻根本是瘋了呀！」

面對姑且不論發言的語氣、但眼神就透露出『好擔心自己最喜歡的GⅢ大人』的九九藻——

「一點都沒錯！我等會就犒賞一下發言正確的妳吧。」

GⅢ大笑回應，絲毫不在意她的諫言。

在當場呆住的九九藻身邊，這次換成超能力女孩洛嘉舉起手：

「喏，Ⅲ，如果殺掉了馬許可以給我犒賞嗎？我下個禮拜打算去蘇富比拍賣行把寶璣的懷錶標下來，可是總覺得資金上有點不夠呢。」

「寶璣嗎？那很漂亮啊。好，要犒賞也可以。」

眼睛浮現$符號擺出開心動作的洛嘉……是個鐘錶蒐藏家。

怪不得她會追隨能夠理解藝術品興趣而且給錢大方的GⅢ呢。

「Sir（長官），身為副駕駛我有個問題！請問人馬座的光曲折迷彩要如何？」

「姑且開著。雖然因為會發熱，所以只是隱藏機身應該沒啥意義啦。」

雖然GⅢ對敬禮發問的亞特拉士以進攻為前提在回答，不過……

「喂，GⅢ，我也贊同九九藻的意見。居然用上次已經輸掉的武裝再次沿著想必會遭到迎擊的航路飛行，也未免太有勇無謀了。難道沒有新的作戰說明嗎？」

我從一旁捏起GⅢ的耳朵如此詢問後……

「痛死啦。我在東京不是也說過了嗎？我才沒有什麼作戰，總之就是傾全部戰力進攻，有敵人出現的話全部揍扁就是了。」

聽到GⅢ這段就算被馬許稱為白痴也無從質疑的發言，九九藻頓時露出快哭出來的表情大叫：「我明白了，Ⅲ大人，九九藻也會與您一同抱著犧牲的覺悟！」

結果GⅢ拍開我的手，用嚴肅的表情對九九藻挺起胸膛——

「——開玩笑啦。我想好作戰策略了。」

搞什麼，害人白操心了。不要賣什麼關子，一開始就明講嘛。

「這次的作戰策略是——『老哥會想辦法』。就是這樣。」

GⅢ「砰！」地拍了一下我的背，露出潔白牙齒笑起來……結果部下們也各個露出「哦～原來如此！」的表情當場接受了。這、這些傢伙……！

「確實，畢竟金次是個殺也殺不死、像遊戲角色一樣的最終兵器嘛。」

「喂，洛嘉！妳是在說我嗎？好，我就先從妳開始揍起。還有剛才露出認同表情的傢伙，全部都要接受我的鐵拳制裁。我現在有穿安格斯準備的內襯式護具，就讓我一人一拳測試一下一馬赫櫻花的威力。」

就在我模仿爺爺，說出這種像舊日本軍魔鬼軍曹的發言時——

GⅢ一把抓住我的衣領，制止了我。

「各位，抱歉啦。五十一區的瑠瑠色金從冷戰時代起，蘇聯的諜報員就來偷過，美國國內的各大盜也來挑戰過，是沒有任何一個人成功偷到的寶物。而之前我也已經輸過一次，所以現在只能依靠這種怪力亂神啦。」

「不要把我稱作怪力亂神！虧你還是個人工天才，就想不出什麼更正經一點的方法嗎！再說，那種事情再怎麼說都不可能辦到吧！那種全世界沒有一個人突破過的空軍基地——」

「——不，要說全世界的話，曾經有過一個男人從五十一區偷走了極微量的瑠瑠色金。」

「……有、有這種人物啊？竟然可以從美軍基地偷走寶物。是誰？」

「就是亞森·羅蘋三世。雖然他似乎有優秀的夥伴幫忙，不過如果軍方紀錄是正確的，當時他的小隊成員應該只有四名，武裝也只有槍械跟刀具而已。所以說，我們這次的陣容可是比當時還要龐大啊。」

理子的……老爹嗎？

這麼說來，理子的那個十字架——夏洛克說過含有極少量跟緋緋色金同族異種的金屬。

原來就是從五十一區偷來的瑠瑠色金啊。

「雖然這個笨老哥連自己的稱號都忘記，說出什麼『不可能』這種話。但是……」

GⅢ放開我之後，再次對著部下們交抱手臂、挺起胸膛。

「聽好了。『不可能』這個概念，就像惡靈一樣。會糾纏在人類心中，打擊人的自信。再次挑戰上次不可能辦到的事情，看在別人眼中或許非常愚蠢。但是，那樣的想法才是真正的愚蠢！這次的確沒有成功的保證，不過，萬一這次不行就下次再挑戰，萬一我死了就由老哥再挑戰。下次還有下次，不管幾次都要繼續挑戰。面對無限次持續來挑戰的對手，絕不會有能夠永久戰鬥下去的敵人。就算是惡靈也不例外。」

GⅢ鼓舞部下的這番話——

——感覺帶有某種超越話語的力量。

「自古以來，人類將許多不可能的事情都化為可能了。跨越大海，飛上天空，登陸月球。而現在，就輪到我們要將不可能化為可能。或許沒有人會目睹這件事，或許在祕密之中拯救了世界也不會得到任何人的稱讚。但是你們不需要在意，我會看著你們。你們自己也必定會見證到自己成功的那一刻。上吧。就在今天，我們要到達五十一區，成為哥倫布、成為林白、成為阿姆斯壯。世上所有的不可能，都總有一天會被人突破。而現在就是那一天！我們就是那個人！」

——原來如此。原來是這麼一回事。

在部下們「Ｊａ（是）！」一聲整齊的吶喊聲中，我總算理解了。

ＧⅢ會把我拉進來的原因，並不是單純對我的戰力過於相信的關係。

他是想要在這場被認為實在不可能成功的戰役中，將我這個『哿（Enable）』加進來——做為化不可能為可能的象徵。為了提升ＧⅢ同盟的團結力，讓一加一加一……增幅到無限大。

既然如此……

我身為擁有這個丟臉稱號的老哥，也不能盡抱著負面的想法了。

——上吧，進攻五十一區。瑠瑠色金，給我好好等著。然後——亞莉亞，等我的好消息吧。

人馬座以時速六百二十公里的最高速度在夜間低空飛行著。

機窗外的滿天星空，大概是因為從大地飛揚起來的細微沙塵而顯得比平常還要閃爍。

這感覺就像是在動畫裡的宇宙空間，或是在天象儀圓頂中飛行一樣。

地表上除了偶爾看到的街道燈光以外都是一片黑暗。地平線上的凹凸是遠處的巨大岩山。

親ＧⅢ的地區大至一個州，小至一個鎮。而我們在那樣的地區上空挑選人口密度較低的區域，不斷進行細微的轉向飛行。簡直就像是忍者。

……賓夕法尼亞州、俄亥俄州、伊利諾州……

在大型半透明螢幕顯示的全美地圖上，GPS定位出來的現在位置光點緩緩移動著。

至於馬許勢力……大概是不想進行夜戰的關係，始終沒有攻過來。

這架彷彿是將V—22與C—130組合起來變成空中砲艦的人馬座上，裝有紅外線感應器、測距雷達、精密射擊用火力控制電腦，還有L40機關砲與M102榴彈砲等等重武裝。想必對方也不會想魯莽出手吧？

我們輪流補眠，在中部標準時（CST）零點多越過了密西西比河……不斷往西飛行……進入應該是敵對區域的猶他州上空。然而，在這裡也依然平安無事……

坐在沙發上，交抱手臂閉著眼睛的GⅢ——雖然我不清楚是怎麼辦到的，不過似乎可以讓右腦和左腦輪流睡覺的樣子，就算在補眠中跟他講話也會有反應。於是……

「差不多要飛完九成左右的航程了。什麼問題都沒發生，真是安靜啊。」

坐在他對面沙發上的我如此說道後——

「——太安靜了。像這種時候反而更危險。」

GⅢ情緒緊繃地這樣回應我。

不過，他的警戒似乎也只是白操心。我們居然一整個晚上都沒有遇到敵人——平安進入了內華達州的上空。

我甚至開始覺得，搞不好可以就這麼順利降落五十一區也說不定呢。

「天亮了……」

隨著九九藻的呢喃，在機窗外──我們後方的地平線上漸漸露出光芒。

陽光照出飛機下的一片土黃色沙漠地帶。說是沙漠，也不是像日本人印象中撒哈拉沙漠那種沙漠，而是到處有岩石，偶爾也能看到適應乾燥環境的植物。

因為陽光隨著時間越來越耀眼的關係，就在金女準備拉下機窗上的隔熱布時──

──啪！GⅢ忽然從椅子上起身，衝過去阻止金女。

「……雷達、紅外線！」

他緊接著瞪向窗外，朝對講機如此大吼。

『沒、沒有異常！』

『不，就在剛才──六點鐘方向捕捉到雜訊程度的閃爍……！』

從進入猶他州之後，便開始雙人駕駛的亞特拉士與安格斯接連向機艙內進行報告。

一聽到六點鐘方向，洛嘉便立刻看向螢幕上分割顯示的機外攝影機畫面，當中的人馬座後方視角。

我也跟著探頭看過去，但是畫面因為日出的關係幾乎都呈現一片白色。調整亮度後依然不清晰的畫面上，頂多能看到岩山的輪廓而已。

「是超小型匿蹤飛機高度監視！在十五秒前以山岳死角飛行起飛──一架跟在我們後面！另外還有一架──聲音……正上方！」

似乎擁有優於雷達的耳朵與直覺的GⅢ，接著抬頭看向上方。

「——榴彈砲預備！左旋迴避！」

對GⅢ的命令『Aye, Sir（遵命）！』地大聲回應後，亞特拉士與安格斯讓機身劇烈左傾，進入迴轉飛行。

金女趕緊抓住我的腰帶，跌倒的九九藻與柯林斯則是用滾地受身。

『捕捉！被繞到後方了！從七點鐘方向以及正上方高度——朝本機方向的反應有二！嗚……七點鐘方向有熱源發生！ATAS（刺針飛彈）！』

被擺了一道！敵人竟然在不知不覺間從L字雙方向瞄準我們了！

兩邊都為了不要被雷達或目視捕捉到，一邊是從山影中背對太陽飛行，另一邊是從正上方攻下來的。

像人馬座這樣的作戰機，對於正上方的監視相當薄弱。那是因為通常敵機——也就是現代的戰鬥機為了避免機體或進氣系統發生故障，是不會進行激烈的急速下降攻擊的。

GⅢ似乎判斷要迴避從正上方的急速下降攻擊，然後迎擊從正後方來的敵人——可是……

我們明明靠迴轉飛行讓榴彈砲朝向敵人了，卻沒有一個人能夠目視到敵機的蹤影。看來敵機除了通常的匿跡性能外，還用了光曲折迷彩技術。

然而，人馬座還是靠熱源偵測朝敵機開火——之前，我方的尾翼與右機翼就傳來了激烈的衝擊。是從匿蹤戰機發射出來的導彈嗎——！

「——呀啊啊啊啊啊！」

伴隨洛嘉的尖叫聲，我們就像小鋼珠似地在機艙內亂滾——

受到毀滅性損傷的人馬座隨著劇烈的震動開始下降。不過，感覺並不是俯衝墜落。雖然只剩單側引擎，但它依然勉強在飛行著。

話雖如此……也是不穩定的飛行狀態。儘管沒有失速，卻也無法修正機身傾斜。只能沿著螺旋軌跡飛行，原本就很低的高度又不斷在下降。

機窗外不只冒出濃煙，右機翼甚至還有火舌，宛如地獄畫面。

『一號引擎大破，二號中破，三、四號正常。右垂直尾翼全失，右機翼損傷嚴重，一號旋翼全失。無法操控。油壓低減。全旋翼無法回復到六十度以上。雖然距離目的地還有一百二十哩，不過請就此降落吧。因為無法減速，將進行迫降。Ⅲ大人，不好意思要勞煩您了……為了不要弄髒衣物，請收拾一下飲料。』

雖然安格斯在警報聲不斷的駕駛艙內依然表現冷靜，但因為扭曲變形而失去氣密性的機艙內已經開始有黑煙冒進來了。

九九藻與洛嘉劇烈咳嗽，就快要陷入驚慌的時候——

「——注意！不要慌！做好防衝擊姿勢！」

GⅢ大聲振奮大家。

部下們趕緊伸直背脊，抓住牆上的扶手……

「哥哥，我好怕喔～」

金女在這種時候卻還用明顯是假裝出來的害怕態度，抓住我的手臂把胸部貼上來。妳到底在搞什麼啦？搞不好三十秒後就會喪命的說。

把德拉古諾夫像自己的孩子一樣抱在胸前、緊靠著牆壁的蕾姬……雖然也表現得很冷靜，但是……

（……果然，我們太有勇無謀了嗎？）

就在我斜眼瞄著已經變成藍白畫面的螢幕地圖，深深嘆氣的同時……轟隆隆隆隆隆隆隆隆隆隆隆隆──……！

伴隨左邊旋翼刨起地面的轟響，往右側劇烈彈起的人馬座，最後以幾乎橫躺的狀態迫降在沙漠中了。

安格斯沒有讓人馬座當場爆炸，使狀況勉強介於墜落與迫降之間的程度。

多虧如此，機上乘員大家都幾乎無傷，頂多只是受了一點輕傷。以武偵高中的講法來說，只算是擦傷而已。我也多虧了有內襯式護具的保護，只有受到輕傷。

然而……人馬座本身是完全被破壞了。裝在上面的砲臺也全毀，讓我方的火力一口氣掉落了許多。

剛才從後方擊中尾翼的，是某種看不見的戰鬥機發射出來的空對空導彈。從上方擊中右機翼的，同樣也是從某種敵機發射的低速無熱源物質。

兩邊都讓人搞不清真面目。這樣一想，就會覺得超尖端科學兵器根本和魔術沒兩樣啊。

我們從GⅢ踹開的艙門走出機外……

周圍的空氣乾燥到嚇人，風中也帶有如灰塵般細小的砂石，讓人眼睛刺痛。

雖然說到沙漠通常給人很炎熱的印象，可是這裡卻很寒冷，氣溫大概只有八度。

彷彿是從冬天的沙灘奪走了一切水分——在日本是難以想像的嚴酷環境。而這樣的環境一直延伸到大地的盡頭。地面生長的植物雖然比想像中的多，但都是會讓人誤以為已經枯死的乾燥雜草。

在赤褐色大地的地平線上，可以看到黑藍色的山。標高感覺很低……與其說是山，或許稱為巨岩比較恰當。

（這就是，美國的沙漠……）

雖然是西部電影中常見的景象，但實際的情景卻很驚人。

用一句話形容——根本就是地獄。是排斥世上所有生命的不毛之地。

然而……

「好，比上次接近了。」

背對人馬座的殘骸凝視著五十一區方向的GⅢ，明明額頭流著血卻在笑。那種正向思考的態度，跟理子有得拚啊。

我在對他感到傻眼的同時，也動手幫忙……與部下們一起迅速從毀壞的機艙內把糧食、水與武器彈藥搬出來。

「按照這個人數——搶救出來的水只有一天份、糧食只有兩天份而已了。不過僥倖的是，足夠應付地面戰的武器彈藥、炸藥以及亞特拉士的P・A・A都平安無事。另外還有這個，即使找不到適合使用的車輛……放到敵人陣地點個火也能當成炸彈使用吧。」

安格斯拿著現在應該已經無用武之地的NOS燃料……也就是在紐約裝在大蛇上的加速燃料包，站在大家收集來的物資前如此估算著。然後……

「全部交給我來搬運吧。」

亞特拉士將平安無事的科學鎧甲穿到身上，把那些物資都裝進了專用背包中。

不只是將德拉古諾夫掛在肩上、讓乾燥的風吹起裙襬、一如往常呆呆站著的蕾姬……

開始用GPS進行測量的九九藻、與金女一起進行著人馬座自爆準備工作的洛嘉、趴在沙地上開始進行稍遲的早禮拜的柯林斯，每個人都表現得很平淡。

即使遇上這種孤立無援、窮途末路的狀況，大家似乎都不會感到不安的樣子。

我想應該是因為大家對GⅢ強烈的信賴，認為只要這個絕對性的領隊還活著——無論遇上什麼事都不會有問題。或者大概是抱著能與GⅢ一同赴死也心滿意足的覺悟吧？

我們遠離變成空殼的機體，讓人馬座自爆後……畢竟遇到這種狀況下，神明的保佑也很重要，因此就慢慢等柯林斯完成他的禮拜了。

（如果只有我表現出絕望的態度，對周圍的人也不好啊。）

於是，我和蕾姬並肩蹲坐到地上……環顧四周，尋找有沒有什麼有趣的東西可以拿來當話題。

很快地，我看到發出「喀沙喀沙」的聲音隨風滾動、像一團稻草的不明物體——也就是在西部劇中經常會看到的『那個』，但我並沒有因此感到興奮。那東西是要在決鬥前從地上滾過去才會有風情，可是讓遇難的人看到也只會徒增前途茫茫的感覺而已。

而且那玩意似乎在蕾姬的故鄉也有的樣子，我指著它說了一句「妳看，是那個啊，那個。」結果蕾姬反而答以「風滾草……」地告訴我它的名稱了。

我接著向金女借望遠鏡，又看了一下周圍一帶……

啊～給我看到啦。這也是西部劇常見的，不知是牛還是什麼的屍體。大概是因為沒有其他動物來啃食的關係，外表還包著乾巴巴的皮。

不同於我這種只會找到乾草球跟木乃伊牛的沒用傢伙——

「到五十一區，直線距離一百九十公里……如果要避開 Chokecherry 山區等地方，路程大約兩百公里。」

九九藻拿著一臺平板電腦，向GⅢ報告我們的所在地。

話說，兩百公里，不是比東京—靜岡還要遠嗎！

就算不是在這種像冥界一樣的地方，也不是靠徒步可以走到的距離啊。

但如果是GⅢ，搞不好真的會說出「好，行軍！要是誰掛掉就直接丟下」這種話。畢竟傲嬌族在傲的時候，會像黑心企業的社長一樣強求手下。

因為亞莉亞的關係而深刻明白這件事的我，伸手把蕾姬的頭也轉向GⅢ，用四隻半瞇的眼睛對他發出無言的壓力。

就在這時……

結束對著太陽磕頭的禮拜，站起身子的柯林斯指著地面說道：

「……Ⅲ，來一下。靠你的耳朵應該可以聽出來。」

於是GⅢ把耳朵貼到地面上……

……十秒……二十秒……似乎在聽什麼聲音。

最後他站起來，伸出義肢的拇指比向微微偏南的西方。

「——這邊。走吧。我有聽到風被人造物體擋住的微弱聲音。」

我們就這樣走在面積是北海道三倍以上、幾乎全部都是沙漠地帶的內華達州——一路上地面起伏平緩，而且因為是冬季的關係，氣溫最高也只會到快二十度左右而已，算是不幸中的大幸……但乾燥卻讓人難以忍受。

才走不到一小時，頭髮就變得蓬亂，臉部和手臂等等外露出來的肌膚也變得乾巴巴的。衣服和臉上都黏滿宛如粉末的細微沙粒，甚至讓人有種自己的身體正漸漸化為沙子的錯覺。

口渴得幾乎教人抓狂。雖然我們有適時輪流喝一點水……但GⅢ只是假裝自己有喝，其實一滴水也沒喝。那種將自己的份也分給部下的精神的確讓人敬佩啦，可是這樣下去你的身體會撐不住喔？

就在我不小心踩到一條顏色跟沙子一樣而難以分辨的響尾蛇，讓大家上演一齣為了逃離速度意外很快的蛇而東奔西竄的集體鬧劇時……

……太陽下山了。

日落後的沙漠，氣溫降得快到讓人擔心會不會就這樣降破冰點。

我們吐著白色的氣息，顫抖著身體——依靠GⅢ的耳朵在星空下走著，到了大約深夜十一點的時候……

總算看到了一座小鎮。

但是……小鎮幾乎都被沙子淹沒，也就是所謂的幽靈城鎮。

哎呀，畢竟是在這種地方，我也多少猜到會是這樣了。

如果是在日本早就因為風雨而腐朽、看起來應該從七〇～八〇年前便已經無人居住的這座小鎮……就跟剛才的牛一樣，以宛如木乃伊的狀態留在沙漠中，是西部劇時代留下來的遺跡。

從廢墟的數量看來，還有人居住時的人口大概是兩百人左右吧？雖然大部分的廢墟都已經倒塌，不過依然有幾棟建築物保留著原貌。

在小鎮中心有一棟特別巨大、像倉庫一樣的神祕建築物……看來這裡是一座為了讓那棟設施的相關人員居住，而在西部開拓時代建立的小鎮。然而隨著時代演變，這裡也變得沒有用處，居民漸漸外移，最後整座小鎮都被棄置了。

「這邊可以進去喔。」

金女指向一間從前應該真的有牛仔們會聚集的酒吧『Hilton's Bar』，於是大家進入屋內……亞特拉士掛起一盞燈照亮破舊的室內……裡面到處都是沙子。

而且牆壁到處漏風，冷得跟屋外沒什麼兩樣。

話雖如此，也至少比露宿野外要來得好吧？

「——今晚就在這邊紮營。大家各自去攝取軍糧。保持CII戒備，巡邏睡眠交接順序採『Type 1』。休息！」

對大家發出命令後，GIII便拿起一張大小剛好的椅子，拍掉沙塵。

洛嘉、九九藻、金女那群女生則是在店內角落發現了一臺彈珠臺，「太好啦，還會動呢！」地開心玩了起來。蕾姬也探頭看著她們玩耍。話說妳們也真悠哉啊。明明我們現在就像遇難一樣，還要在沒有補給的狀況下行軍到敵陣的說。

然而，感到如此焦躁的人似乎只有我而已——

「太驚訝了，是一九三四年的波本威士忌啊。保存狀況也很良好，可以享用呢，III大人。雖然很可惜沒有啤酒可以拿來當 chaser 就是了。好啦，酒杯在……」

將西裝上的沙子拍乾淨的安格斯，在吧檯後方翻找著櫃子上的東西。

「討厭啦～髮型都被吹亂，肌膚也好乾燥～」

照著鏡子嘀咕抱怨的，是拆下臉上的繃帶在整理髮型的柯林斯。

「來來來，口袋三明治、乳酪味餅乾、法國吐司我都運來了！大家豪邁地吃吧！」

正經男亞特拉士脫下頭盔，聽從GⅢ的命令把野戰糧食放到餐桌上。

美國人真的是不管遇到什麼時候都能不失開朗的態度啊。

多虧如此，我也覺得自己多少提起一點精神了。雖然只是空有精神而已啦。

看著大概是為了部下們，自己不打算吃東西，只喝了一口酒就坐在椅子上裝睡的GⅢ，以及察覺到這件事而把GⅢ的份都留下來的部下們……我也不禁苦笑一下，吃著綜合堅果。

就在大家說說笑笑地吃著晚餐的時候……

我看到牆壁上貼著一張破舊的人物畫像，上面真的寫有『Wanted』的字……

（要不要把它撕下來當紀念品呢？）

頓時像個沒教養的觀光客一樣起了這種破壞遺跡的念頭。

結果或許是因此遭到天譴，寒冷的氣溫讓我變得想上廁所……

可是看起來應該是洗手間的門卻幾乎被沙子掩埋，打也打不開。

我只好無可奈何地偷偷溜出去，到屋外解決了。

在月光下——

儘管是幽靈城鎮，我還是找了一個感覺不會被人看到的死巷。

因為沙地會吸收聲音的關係，四周安靜得甚至讓人耳朵發痛。連蟲子的叫聲都聽不到。

（總覺得把水分排出去很浪費啊……）

我為了實踐活用男生特性的手法，首先面對磚牆……

（……嗚……？）

——有氣息。

在我背後二十公尺左右。

不妙。因為在沙地上沒有腳步聲，害我發現得遲了。

這裡是街道的盡頭。我自己讓自己站到死胡同的位置啦。

聽起來像大型動物的呼吸聲——是棲息在廢墟的野生動物嗎？

不，不對。我還有聽到微弱的金屬聲，對方明顯是人類。

我為了不要讓對方察覺我已經發現他，故意不把頭轉過去——假裝在解開皮帶，用身體遮掩著手臂解開槍套的釦子。

做好隨時都能快速拔槍的準備後，我深深吸一口氣——

——「啪！」地轉身。

結果，在道路的另一頭……

一位跨坐在機動性優越的馬種——美洲奎特馬背上、頭戴焦褐色牛仔帽的魁梧男子正看著我。

有年代的皮夾克前方敞開，露出T恤包覆的啤酒肚，是個感覺很會打架的白人老爺爺。

容貌就像肯德基店門前的肯德基爺爺拿掉眼鏡的樣子，嘴上留有鬍鬚。原本大概是金髮的一頭白髮完全沒修剪，顯得非常蓬亂。如果是西部劇，感覺比較適合演銀行強盜的角色。

從左手上的細長罐子中「咕嚕」地喝了一口——不用問，應該是酒——的老爺爺，抱在右手中的——是一把老舊的步槍，M1加蘭德。

「……你是誰？」

我用低沉的聲音如此詢問後……

「拔槍，cowboy。槍就在你胸口吧？」

對方也壓低嗓音，用帶有腔調的英文如此回應我。

這位老爺爺——一見面就打算跟我廝殺啊。

在這個國家，男女老幼都會用槍。每年都會有三萬人被開槍打死。是個比起隨便一個內戰中國家，人民在日常生活中互相開槍的機率更多的國家。

這樣一想，現場的緊張感就很有道地的感覺呢。

然而，對方即使是面對像我這樣的外來人，也沒有表現出打算跟我對話的態度。

看來他冷不防就給我來一槍的可能性不低啊。不過……

「你先舉槍吧，那樣我就會拔槍。我是日本人，日本是個專守防衛的國家啊。」

我決定不拔槍，先觀察對手的反應了。
結果老爺爺咧嘴一笑……
「老子可沒膽小到會比一個小鬼先開槍。你先拔槍。」
他說著，又喝了一口酒。視線始終沒有從我身上移開，只有把罐子放到嘴邊。
我抓準這個他應該無法立刻開槍的瞬間——
「……我沒打算跟你戰鬥。」
從外套中拔出沙漠之鷹，丟到地上了。貝瑞塔則是為了預防萬一，先隱藏起來。
看到我這麼做的老爺爺……將步槍收回，掛在馬腹邊的一個像箭筒的槍套中。
——看來暫時是避免了一場槍戰。
「……那裡頭有誰？老子只想知道這點。老子剛才從遠處看到，現在要確認這件事。」
老爺爺用拇指比向GⅢ他們所在的那間『Hilton's Bar』如此詢問我。於是……
「我的弟弟跟妹妹，還有朋友。姑且不論外觀如何，他們都不是壞人。」
就在我老實回答之後——
老爺爺忽然——「鏘！」一聲拔出他也隱藏在背後槍套中的斯特姆魯格・黑鷹左輪，舉向廢墟的屋頂。
在那裡……
「你說外觀是什麼意思，老哥？」

似乎連我去解個尿也要跑出來護衛的GⅢ正交抱著手臂。

他完全不把老爺爺的手槍看在眼裡，很有我家老弟風格地低頭看著我們。

而抬頭看向他的老爺爺則是──

「……Oh, My God……！」

用聽到就感覺值回票價的清楚發音，叫出了這句道地的臺詞。

他抬頭的動作也讓我看到……這位老爺爺，脖子上有刺青呢。雖然是把短刀刺在骷髏頭上這種恐怖的圖案，不過旁邊也能看得出U. S. Army的文字。大概是後來身材發福的關係，刺青有點扭曲就是了。

「老子還以為越戰之後難得要對人開槍了，真是萬萬沒想到！這位英雄居然會跑來這種鄉下地方啊！」

看來原本是個軍人的老爺爺把槍收起來，開心地下馬後，脫下帽子放到自己結實的胸口前，而且還像個少年一樣用閃閃發亮的眼神抬頭仰望著GⅢ。

在戰鬥國家美利堅，光是軍人的數量就有一百五十萬人。如果再加上退役軍人與關係人，那數目就會倍增。

因此以機率論來講，在這裡會遇到身為前陸軍軍人的老爺爺或許並不是什麼值得吃驚的事情。雖然我不清楚這場相遇究竟是幸還是不幸啦。

這位感覺把肯德基爺爺變得比較嚴厲的老爺爺──也許在美國人當中是很常見的

名字，他真的就叫作桑德斯（註3）——的住家，位於從幽靈城鎮繞過一個岩山的地方。

雖然GⅢ一行人徒步走了三十分鐘左右被招待到這棟木造屋中……

不過老爺爺用萬分歡迎的態度帶我們進入的這個家，就跟他本人的頭髮和鬍子一樣亂得可以。完全就是一個男人獨居的感覺，相當充滿野性。裝子彈的空紙盒和酒瓶也都隨處亂丟在地上。

（……好老舊、好破爛啊。明明就是美國人的家，卻這麼狹窄。）

以居住環境來說，只是比剛才的廢墟稍微好一點的程度而已。自家發電機也很老舊，吵得要命。還有，總覺得有點臭。

然而有人居住果然還是不一樣。屋內既明亮又溫暖，的確讓我撿回了一條命。

招待我們進來的老爺爺，非常興奮&開心地從塞滿冰箱的百威啤酒中，拿出一罐拋給GⅢ，同時說道：

「歡迎你，GⅢ！話說你還記不記得去年托雷茲油田發生的那場火災啊？」

結果到剛剛感覺還有點狐疑的GⅢ忽然露出「！」的表情，害臊地把臉別開了。

「當時多虧你們趕來救援，才沒有讓任何一個人喪命。被倒塌的鑽油平臺壓在下面時，老子本來也以為自己沒命了。不過最後你們拯救了老子的朋友、老子的兒子——還有老子我啊！」

註3　肯德基爺爺的本名為「哈蘭德・桑德斯」，在日本常稱呼為「桑德斯上校」。

「哇哈哈哈！」地大笑起來拍著GⅢ的肩膀、痛飲著啤酒的老爺爺……

看來是我家這位出於興趣在當正義夥伴的老弟過去拯救過的人。

表情看起來明顯記得那場油田意外的事情，但是很不習慣被人稱讚或感謝的GⅢ則是……

「啊～……這麼說來好像是有過那麼一回事啦，但我不會記得每一個我救過的人。像你應該也不會記得過去走過的每一條路名吧？」

表現出這種傲嬌反應。這傢伙的態度還真是始終如一啊。

（話說回來，這狀況……）

——真是幸運呢。居然會在這種地方遇上明顯是親GⅢ派的人物。

不，好像有點幸運過頭了。

這……想必就是以我的女人運做為代償提升作戰成功率的那個洛嘉的超能力——命運什麼什麼之刑的效果吧？畢竟老爺爺最先遇到的人是我嘛。

也就是說，因為這位老爺爺，害我的女人運又變得更差了。不過反正我的女人運本來就是金氏世界紀錄級的差，再差下去我也不怕啦。要來就來吧，恐怖的女人。

老爺爺一下又從櫃子挖出他珍藏的龍舌蘭酒，一下又搬出整箱的罐裝啤酒，一下又從冷凍庫拿出一堆裝在紙箱的冷凍食品，讓負責伺候的安格斯與九九藻也忙得不可開交。

「話說，你為什麼會住在這種地方啊？在尋找什麼油田嗎？」

雖然不喝酒，但吃了滿肚子冷凍比薩的我如此詢問後……

「老子已經從那種事情引退了。現在是為了預防第三次世界大戰到來，才搬到這種鄉下地方的。因為下次的戰爭絕對會是核武戰爭！」

儘管已經喝醉，老爺爺依然用不像在開玩笑的嚴肅表情說出這樣的話。

「這老頭還真 crazy 啊。」

GⅢ吃著雞塊配番茄，大笑起來……

「輪不到你來說。」

我半瞇起眼睛對他吐槽……

結果在當服務生的九九藻又對我吐槽了。

「輪不到你來說。」

雖然緋緋神的確也正打算引發世界大戰……

不過在這個幾乎毫無間斷地持續進行戰爭、隨時暴露在槍械亂射或恐怖危機之中的美國——其實有不少這種像是戰爭焦慮症的人，被稱為自主疏散者。據說當中有些人會搬到鄉下武裝自己，甚至把自家變成一座要塞。而這位老爺爺就是其中之一了。

這樣一位瘋狂的桑達斯爺爺，與GⅢ、亞特拉士、柯林斯接著把美金鈔票放到餐桌上……一群瘋子開始愉快地賭起梭哈。女生們則是興奮地在一旁觀賽，安格斯雖然姿勢扭曲，但也依然用非常專業的動作在當發牌人。

相對於那群人，社交能力低到沒辦法和剛認識的對象立刻混熟的我……讓同樣缺乏社交能力的蕾姬跟在旁邊，坐到一張部分彈簧已經裸露出來的沙發上。然後，打開電視消磨時間。這行動簡直就跟之前和麗莎住在荷蘭時一樣啊。開電視逃避搞不好是我到海外時的習性也說不定。

而映像管電視緩緩映出來的節目是……還好，並不是像上次那樣的成人內容。是在爆發性的意義上可說是最安全的節目之一——氣象預報。

「……那是什麼符號？哦哦，是暴風預報啊。氣象預報居然會有『暴風』這個項目，真不愧是美國。」

我雖然把電視上看到的東西講出來當作話題，但是……

「……」

在沙發上也依然是用蹲坐姿勢的蕾姬，始終無言地用茶褐色的雙眼看著電視。沒表情、沒反應。因為就坐在旁邊所以我知道，除了頭髮的薄荷香氣之外，她甚至連氣味都沒有。什麼都沒有到這種地步也很厲害了。

或許這樣說沒什麼禮貌，可是明明像亞特拉士或洛嘉他們光是一天沒洗澡，以愛麗絲貝爾的講法來說，就是會猛烈地發出外國人氣味的說。

「哦？你想要進攻馬夫湖空軍基地——五十一區是嗎，GⅢ？」

端著一杯龍舌蘭酒的桑達斯爺爺這時聊到有點危險的話題——

於是我將視線從電視轉向餐桌的方向。

「然後遭到對方反擊，結果遇難了。畢竟那群傢伙老是在試飛一些不知道是ＵＦＯ還是什麼東西的玩意啊，那噪音公害讓老子也很火大。你打算去給他們一點顏色瞧瞧嗎？」

「可以這麼說啦。」

聽到ＧⅢ的回答，老爺爺揚起鬍鬚下的嘴角笑起來。

「是大戰爭嗎，ＧⅢ？」

「是激戰哩。」

「聽起來不壞啊，小子。就讓老子助你一臂之力。We need each other（人要懂得互相幫忙）嘛。」

姑且不論『小子』這個稱呼，看來老爺爺對自己的恩人ＧⅢ非常友善。

「……桑達斯先生，如果您有車，不知是否可以借來一用？當然，我們會付錢的。」

於是安格斯提出這樣的請求，但……

「開車可到不了五十一區啊。那裡沒有車道。而且老子連一臺吉普車也沒有，只有馬而已。」

騎馬……應該沒辦法到。路途還很遙遠，而且也只有一匹可以騎。

就在大家聽到桑達斯爺爺的回答而稍微沉默下來的時候——

老爺爺剛才那句話似乎只是在賣關子，他接著又「不過啊」地挺出上半身，吸引大家注目。

「還有另一條很特別的『路』，老子明天幫你們準備好，就讓老子也加入你們吧。去讓那群自以為是菁英的空軍白痴們嘗嘗苦頭。來，Fullhouse（葫蘆），老子贏啦。今晚就到這裡，快去睡。還是說，你們還想輸更多？」

因為就像老爺爺的手牌一樣，這間 house 已經 full 了，而且對那方面的事情似乎比較嚴格的老爺爺也說「男女分開睡，但畢竟這裡只有一間臥室，所以女的去睡那裡。老子睡客廳沙發，其他人睡客廳地板。」的關係……

安格斯、亞特拉士和柯林斯睡到客廳後，地板就滿了。雖然土地不足的主要原因是出在體格過於健壯的亞特拉士身上，但他才道晚安三秒就立刻睡著，於是我和GⅢ……只好到馬廄去睡了。

不過，俗話說剩的東西有福氣。這裡跟毯子不夠蓋的屋子裡不一樣，光是鑽進乾草堆中就暖和得甚至會感到熱。真是舒服，這樣應該會很好睡。雖然有馬臭就是了。

我雖然被馬咬了一下手，但GⅢ只是撫摸了一下馬便讓牠安分下來……

我和GⅢ就這樣並排睡在柔軟的乾草被窩中。

熄掉借來的照明燈，在一片黑暗中——現在只聽得到我、老弟和馬的呼吸聲。

因為這是離開紐約之後，我和GⅢ第一次兩人獨處。於是……

「……GⅢ，你還在打算讓莎拉博士死而復生嗎？」

我試著問了一下我一直很在意的事情。

而GⅢ……

「……」

儘管保持著沉默，但兄弟之間很奇妙地就是能從對方的氛圍看出心中的想法。他還是這樣打算的。

大概這就是所謂『愛情是盲目的』吧？

「或許這樣講很殘酷……可是你身邊應該只有身為老哥的我會講這種話，所以我還是要講：打消那種念頭吧。我反對那種事。就算使用了色金，也不保證可以辦到吧？」

「……」

「照我的看法，緋緋色金——緋緋神是純粹的『惡』。雖然這種勸戒方式很老套，但你覺得靠惡的力量做出那種事……博士會高興嗎？」

「……」

「不過，這是你必須自己去思考的問題。關於這件事，我不會再多說什麼了。讓死者復生——如果你想挑戰，就儘管去挑戰吧。但是，要用別的方法。」

在如此說道的我旁邊……

GⅢ始終沉默著。

……是睡著了嗎？那剛才那些話就當作是我自言自語沒差啦。

正當我這麼想著，準備閉上眼睛睡覺的時候……

「……謝啦，老哥。」

……搞什麼。

他還醒著嘛。

「無論是安格斯、亞特拉士、柯林斯──大家都知道我的想法。即使知道，也因為對我客氣，而總是避開這個話題。感覺就像害怕傷到我一樣……所以……老哥，謝謝你願意跟我講真心話。謝謝你……願意訓誡我。」

GⅢ也是在我或許已經睡著的前提下，有點像在自言自語地小聲呢喃著。

這傢伙也真笨拙呢。雖然我沒資格說別人就是了。

不過……他即便沒有答應會打消念頭，卻也願意認真聽我說的話。這樣就夠了，剩下的問題就讓他自己好好思考吧。

啊，對了，還有一件事我忘了提。一件我本來打算跟他兩人獨處的時候要提的事情。

「……另外，你那個叫九九藻的部下。你稍微再多疼愛她一點吧。」

雖然這有點是我不喜歡的話題，可是也顧不得那麼多了。畢竟連我都看不下去啦。

「為什麼？我可不會特別偏袒某個部下。」

嗚哇……這傢伙還真的沒察覺到啊。明明對方就釋放出那麼明顯的『喜歡喜歡光波』的說。

真是個大木頭。這傢伙就是所謂的木頭男主角吧？

「不是那種問題啦。你這男人有夠笨。」

「笨的是老哥啦。你是要我怎麼做？」

「呃，這樣問我也不是很清楚啦……」

嗯……畢竟我在戀愛系的話題上也是個比幼稚園小孩還不如的傢伙。

以前貞德是有教過我只要送花給對方就好啦……可是去年我對白雪那樣做之後，隔天她就到我房間掃射機關槍了。我實在想不出來該怎麼做才好。

然而，既然大話都講出口了，不說些什麼，身為老哥也很沒面子。

像這種時候不能退縮，反而應該積極一點。如此認為的我——

「下次你跟九九藻兩人獨處的時候，摸她屁股一下吧。剩下的事情，天性自然會引導你們。」

講出了遠山金次史上最帶有性含意的一句話。雖然後半是抄襲蕾姬以前對我說過的話啦。然而……

「——啥？我聽不懂你在說什麼啦。你快給我睡，永遠別醒來了。」

沒用啊，不懂裝懂根本沒意義。看來GⅢ完全沒聽懂我想表達什麼。

身為老哥這樣實在有點沒出息，可是沒轍就是沒轍。管人家閒事還是適可而止吧。

隔天早上——

桑德斯爺爺從倉庫拿出了好幾頂牛仔帽，分別給我們每人一頂。GⅢ似乎很中意那頂帽子，而享受著柯林頓·伊斯威特的感覺……不過其實這種在西部劇中很常見的帽子並不只是好看，同時也很實用。它可以保護視野免受沙漠烈日的影響，也能預防熱中暑。

變得像一群西部槍手的我們，在老爺爺的帶領下來到他所謂的『路』……

正是昨天那座廢墟小鎮。

「……這哪裡是『路』了？」

有點嘔氣的我用日文小聲埋怨之後——才發現了昨晚因為太暗而沒看到的那玩意。

在內華達州的荒野上……

可以看到像紅色點線的東西。

看起來像、石頭……？是礦石嗎……？不，那也太筆直了。應該是人造物。

「……鐵路……！」

大概是跟我察覺到同一件事情的九九藻，立刻用手掌和狐狸耳朵遮蔽陽光，環視沙漠。

昨晚因為光線太暗所以大家都沒發現，其實這座小鎮是『車站』啊。

雖然看起來像是終點站，但那是不可能建在這種地方的。應該是像西武池袋線的豐島園站一樣，從主要幹線分出一條支線到這裡——讓列車可以開進位於小鎮中央的那座神祕的巨大建築物。也就是說，那棟建築物其實是列車車庫。不過以車庫來說感覺有點小，因此可以推想這裡大概同時也扮演了待避車站或貨物留置站的角色。

一臉得意的老爺爺拉著鐵鍊將大門打開的巨大車庫中……

（……嗚……！）

有一輛至今依然綻放出漆黑光澤的舊時代車輛——蒸汽火車頭。

就連GⅢ他們也當場感到驚愕的時候，安格斯則是「Gosh!」地開心讚嘆，走向那輛古典火車。

「太驚訝了。這不是——中太平洋鐵路公司的63C號機！美國的國寶之一嗎！從木炭燃料切換為煤炭燃料初期的動態機居然還現存著，實在教人興奮啊。哦哦！好美麗的深紅色排障器……！」

……這個人，原來是美國版的鐵道宅啊……

安格斯感動地把顫抖的手伸向火車頭正面的下部——像屋簷一樣延伸出來貼近地面的高度、用鐵桿組成像巨大釘耙的零件。那玩意可以彈開擋在鐵路上的野牛，是古代火車頭不可缺的裝備。

車頭正面呈現圓形的排煙門上，就像日本天皇列車會掛日之丸旗一樣，交叉懸掛著兩面大大的星條旗。旗上的星星數比現代的星條旗少了一些，可見是美國的州數比現在還要少的時代掛上去的。就和這輛火車頭一樣古老。

「這是老子的爺爺乘坐的東西。儘管老舊，但只要點個火應該還是能動。雖然細節部分已經生鏽了啦。」

「哪裡哪裡，已經保養得很好了。這是橫越大陸用的車體對吧？」

「安格斯先生真有眼光。它的暱稱就叫「Trans-American——『Trans-Am』。」

在喇叭型煙囪漆黑發亮的 Trans-Am 號前……兩位老爺爺開始聊起很宅的對話。我勉強聽懂這輛火車頭原本從淘金熱時代就一直在負責牽曳金銀採掘貨車，而這座幽靈城鎮原本也是它的調車場之類的事情。

雖然我原先萬萬沒想到會是火車頭登場，不過……

即使已經廢線，但據說這條聯合太平洋鐵路（Union Pacific Railroad）的支線勉強有延伸到五十一區內部的樣子。

而且那個終點還是位於五十一區內細分成好幾個區域之中，親GⅢ的區域。換言之，只要我們搭乘 Trans-Am 號到那裡——

就能一口氣逼近瑠瑠色金了。

「喂，GⅢ，你上次在 Cafe Lalo 說過『按照別人鋪好的鐵路走不合自己個性』之類的話……那這樣的路對你而言是ＯＫ的嗎？」

戴著牛仔帽的我指向延伸到荒野中的鐵路，稍微挖苦了一下GⅢ——

「人生偶爾也是會遇上必須相信鋪好的鐵路前進的時候啊。」

自從昨晚之後就變得有點老實的這位老弟，用手搔了一下同款牛仔帽底下的後腦杓。我明明沒有告訴過他，但他的這個動作簡直跟我像到讓人不禁苦笑的地步呢。

在似乎對蒸汽火車擁有豐富知識的安格斯指導之下——

我們加緊腳步，將煤炭裝進雖然老舊但似乎還能使用的煤水車中，將水注入燃燒室外圍的水槽，確認動輪、從輪與連結棒等等。

自從最後熄火、睽違五十年又重新醒來的Trans-Am號……是由在前方牽引的火車頭、裝有煤炭與水的煤水車以及人員搭乘的客車等三節車廂組成。

在外觀以深綠色為主的客車車廂上，有用金色外框圍繞的車輛編號與製造公司名稱。柯林斯、洛嘉、九九藻、搬運P・A・A的亞特拉士陸陸續續從裝在外側的階梯進入車廂……

就在這時，我伸手制止了準備跟我一起上車的金女與蕾姬。

「妳們留下來負責守衛。我會去幫妳們拜託桑德斯爺爺把屋子借妳們住的。」

雖然那群美國人靠著天生的樂觀精神表現出衝鋒陷陣的氣氛，但冷靜思考這次的行動，怎麼說都是有勇無謀的一場強襲。敵人擁有甚至連人馬座都能輕鬆擊墜的最新武器，可是我方的遠距離武器頂多只有小口徑的攜帶式槍砲。而且代步工具還是蒸汽火車。

——就算是一段非走不可的路，也未免太危險了。

「這次的任務中，人力上並沒有餘裕可以分配守備人員。」

我聽到蕾姬難得反駁，於是——

「既然妳這樣講，我就老實說了。說到底，妳們根本不是GⅢ的部下。蕾姬自是不用講，金女也已經被解雇了。妳們沒有義務參加這種像是敢死隊的強襲作戰。而且，妳們——是女孩子啊。尤其金女還是我們之中年紀最輕的，所以就待在安全的地方等我們吧。別擔心，我一定會活著回來。」

說罷，我便很有男子氣概地轉身背對她們，準備坐進車廂——卻因為階梯距離地面相當高的關係，我才踏出第一步就被絆倒了。

就在我差點要撞到階梯的時候……

一塊像布的東西忽然扶住了我的頭。

是從金女的裙子下伸出來的磁力推進纖維盾。

「……真是太讓我遺憾了。我可是從『早安』到『晚安』，一整天都看著哥哥的妹妹喲？」

被那把像飛天布一樣的科學劍掀起前面裙襬的金女——趁著我因為看到那畫面而一時講不出話的機會，豎起食指對我說道：

「為什麼我要看著哥哥？就是為了要保護你呀。像現在這樣。」

看到她可愛地對我拋了一個媚眼……

是我輸了。沒轍了。雖然剛才講過的那番要她們留下來的理由，畢竟是我害自己站不住腳的啊。

而且我站穩腳步後發現，蕾姬的後腦杓已經不知不覺間出現在車窗內了。

真是沒辦法。那就走吧，到五十一區——全部的人一起。

6彈　星條旗的霸道

Trans-Am號「喀鏘……！」一聲起步——

黑煙伴隨煤炭燃燒的熱氣從喇叭型的煙囪冒出來，還混雜著水蒸氣的白煙，簡直是顯眼得可以。

黑色的巨大火車頭撥開幾乎埋沒鐵軌的沙子，緩緩地、光明正大地出擊了。朝著位於內華達州廣大土地另一頭的五十一區。

金女和蕾姬乘坐的客車車廂地板是木頭製的，但牆壁和天花板則是鐵板。雖然沒有扶手或吊環，不過設置有形狀跟山手線列車沒差多少的長椅。

客車的前面一節車廂，就是亞特拉士和柯林斯在管理煤炭與水的煤水車。

我為了不要摔下去而抓緊扶手，用螃蟹橫走的方式沿著煤水車車廂外側的踏板往前走，跨過握手式連結桿……來到領頭車廂，也就是蒸汽火車頭。

耀眼的陽光，依舊乾燥的風——現在時刻是中午前。

「喂，老爺爺，拜託你別喝酒吧。」

我對著手握銅製閥門握把、愉快喝著酒的桑達斯爺爺警告了一聲。但是……

「閉嘴，小子。老子不喝酒手就會抖啊。還是你覺得那樣比較好？」

這沒救了。

哎呀，反正世上也有喝著酒駕駛富獄轟炸機的鬼，相比起來這還可愛多了。

在後半部裸露的駕駛室中，另外還有GⅢ交抱著手臂站著，安格斯與九九藻則是辛勤地管理著煤火。

「計時開始。距離五十一區還有一百一十五哩路程。預估所需時間還有一百二十五分鐘。」

握著一個看起來很昂貴的豪雅錶發條式馬表進行報告的，是洛嘉。

距離終點還有一百八十五公里是嗎？我就祈禱那裡不會變成我人生的終點吧。

話說，幾十年來沒發動過的蒸汽車忽然動起來，應該很快就會被發現才對。不過馬許大概一時之間也沒辦法發現GⅢ是個會搭蒸汽車攻過去的白痴吧？

這算是反過來利用我方腦袋很差的這點，或許意外地是個不錯的作戰計畫。

「Trans-Am只要發揮全速，可是能衝到時速五十七哩啊。對了，記得要留意鍋爐的溫度喔？雖然耐壓性應該很足夠，但畢竟這玩意也是個老頭子啦。」

桑達斯爺爺一邊打嗝一邊如此炫耀著，可是那最快速度換算起來，根本才時速九十公里左右而已啊。

像現在它的速度就大概只相當於小綿羊機車而已，牙買加短跑名將尤塞恩·柏特用衝刺的就能追過我們啦。

也許是察覺到我黯淡的表情……

GⅢ讓我握住了一條從駕駛座天花板上垂下來的繩子。

「拉一下提振精神吧，老哥。」

因為他笑著對我這麼說，於是我當那是拉彩球一樣拉了一下——

——噗噗噗噗噗噗——……！

『蒸汽火車就該這樣』的汽笛聲頓時響起。吵死啦！

GⅢ一黨聽到那聲音，紛紛「哇喔！」「呀喝～！」「嗶嗶～！」地大聲喝采起來。這群死老美，腦袋裡都沒有避人耳目偷偷行動的想法嗎？

「決定一下暗號。長拉一聲汽笛是『距離五十一區剩下不到一哩』時的下車準備暗號。其他警告聲都用短拉兩聲。」

聽到GⅢ的命令，協力合作驅動著蒸汽車的部下們便「Roger（了解）！」地露出笑臉敬禮。這些人真的不管什麼時候都活得很開心啊。

「老哥，很興奮對吧！」

「我只覺得後悔啦。」

雖然我這樣回應GⅢ，不過……

該怎麼說呢？總覺得美國人……總是非常自由、非常豪邁，擁有我們日本人缺少的活力。這點就是讓人討厭不起來。或許我應該稍微學習一下他們呢。

雖然鐵軌到處生鏽呈現紅銅色，而且偶爾還會被雜草覆蓋——然而Trans-Am號完全不在乎這些問題，在內華達州的沙漠中不斷往西行進著，速度也漸漸提升。現在就如老爺爺所說，時速已經達到九十公里左右了。

我們就這樣進入的內華達州林肯郡西部……

在政治上是反GⅢ勢力的區域。

換言之，馬許隨時派出武力迎擊我們都不奇怪。但是——

相對於我們內心的緊張，敵人倒是遲遲都沒有發動攻擊。

然而，這只是暴風雨前的寧靜。對方想必正在用衛星還是什麼的手段緊盯著我們才對。就好像擊墜人馬座的時候一樣。

大家在GⅢ的命令下進入警戒狀態後，很快地——視力優秀的蕾姬似乎發現了什麼奇妙的東西漂浮在東方的空中。

回到客車車廂的我抬頭望向蕾姬所指的方向，便看到在藍天上有個黑點。

於是我把頭探出窗外，用金女借給我的望遠鏡看向那玩意……

（那是什麼……？像鯨魚……又像魟魚……）

一方面也是因為蒸汽車冒出的煙，讓我看不太清楚。感覺有點恐怖啊。

正當我皺起眉頭的時候，忽然聞到一股薄荷的芳香。

是蕾姬在我的頭下方，跟著把頭探出窗外了。

她任由自己的頭髮在強風吹颼下不斷拍打著我的臉頰……

「——是航空機。全寬超過四十公尺。速度配合這輛蒸汽火車，保持著三點二公里的距離跟隨在後面。」

比我＋望遠鏡還要優秀的肉眼視力確認了那個玩意。

「……GⅢ，有一架外型介於鯨魚和魟魚中間的飛機正以低速追蹤著我們。」

就在我透過貼在脖子上的貼紙型骨傳導對講機聯絡在車頭的GⅢ時——

——砰砰砰！磅磅磅磅！

從車廂下方忽然傳出像衝鋒槍全自動連射似的聲響。

「發、發生什麼事！感覺應該不是敵襲啊……」

我趕緊看向下方，又皺起眉頭。

『……剛才那是火車輾過古老時代裝設在鐵軌上的防水爆竹發出來的聲音。那是為了警告前方是治安官也無法監視鐵路的無人線區——也就是禁止進入的傳統無法地帶。想必空中那隻鯨魚也差不多要噴水啦。』

我回頭一看，正如GⅢ的預測，蕾姬也說出一句「航空機有動作了。開始加速並蛇行。」——同時將德拉古諾夫從肩上拿到胸前。

……原來如此，這裡就是決戰地點的意思是吧，馬許？

畢竟所謂的荒野決鬥——習慣上都是在像這個無人線區一樣的無法地帶進行的啊。

亞特拉士、蕾姬與金女在有鐵板保護的最後一節客車車廂等待敵人來襲。

柯林斯自願留在毫無遮蔽物的煤水車上，繼續進行運送煤炭的危險任務。GⅢ、我、安格斯、桑達斯爺爺、九九藻與洛嘉則是擔任蒸汽火車頭的守備隊。

「有什麼東西脫離了……？」

緊盯著天空的GⅢ如此呢喃後，經過幾秒……我的眼睛也看見了。

從那架外觀有點像以前我擊墜的B—2改加利恩號、宛如一條肥大魟魚的翼身融合機——照GⅢ的說法是X—48的大型版，X—48E『Global Shuttle』上，有某個寬約3m左右的東西脫離到空中了。

朝著颳起黑煙與沙塵、疾馳在無人線區的Trans-Am號……

脫離出來的那個東西正漸漸逼近過來。

那玩意有翅膀。

我看見了。

「那外觀是……！」

「——是LOO……！」

在Cafe Lalo目擊過她的GⅢ和我同時發現。

是那個少女型機器人LOO——加裝了厚重的翅膀與裝甲，飛行在天上。

呈現銳角的翅膀長寬比相當大，有如一面滑翔翼。的確，那上面也沒有搭載引擎之類的東西……只靠落下位置的位能進行加速，利用動態升力與角動升力粒子進行滑翔，飛行方式就跟滑翔翼一樣。雖然有看到些微的噴射焰，不過那似乎是為了控制姿勢用的推進器。原來如此，因為LOO就算可以飛行，續航力也不佳，所以才會像寄生戰鬥機一樣，靠那架運輸機垂吊運送到無人線區來的。

我漸漸看清楚了接近而來的LOO細部的外觀。

在她那只穿一件白色泳衣、幾乎都裸露出來的身體上——

「……！……」

大概是為了讓我或金女在進行破壞時會產生猶豫，而附加了對我們而言是同伴象徵的武偵高中水手服領巾。

馬許……這個卑鄙的傢伙！

「喂，亞特拉士，那個機器女的裝備——看起來概念跟你的很像。如果把亞莉亞的滯空裙甲或你的P・A・A稱作第一世代，那玩意就是第二世代了。」

吊起眉梢的GⅢ透過對講機這麼說道後……

『YES，Sir。那是比P・A・A更有服裝風格裝備。要取一個識別用稱呼的話——就是P・A・D（Personal Arsenal Dress）了。』

「好名稱。好……就來跟這位穿禮服（dress）來的姑娘跳場舞吧。你們聽好，給我好好守住Trans-Am！只要防守到進入五十一區，就是咱們的勝利了！」

聽到GⅢ喊出勝利條件，部下們『Ja（是）！』地大聲回應。

我也來貢獻自己的微薄之力，幫忙迎擊吧。只要打贏這場仗，就能讓企圖把美國推入戰爭中的馬許——以及企圖把全世界都推入戰爭中的緋緋神，這兩個人的野心受到重挫。咱們兄弟聯手，絕不能輸。

首先，是面對武偵高中水手服顏色也毫不留情的蕾姬用德拉古諾夫——緊接著在火車頭後端的九九藻用 FN P90 衝鋒槍——砰！噠噠噠噠噠噠！

她們各自瞄準對手應該是攝影機的眼球以及展開的翅膀進行砲火攻擊。

然而，蕾姬的子彈只有在ＬＯＯ漂亮的臉蛋前爆出火花，就被擋下來了。

看來ＬＯＯ擁有某種我們不知道的超尖端科學力量——某種像保護罩的東西。哎呀，對方會做到這種程度的事情也不意外就是了。

九九藻的子彈雖然有幾發擊中ＬＯＯ的翅膀與裝甲，但也只是讓對方搖晃一下而已。那是用對物攻擊應該很強的 FN 5.7 × 28mm 子彈也無效的超尖端金屬製成的是吧？

「……」

蕾姬發出利用德拉古諾夫的改造機關將 7.62mm × 54R 子彈壓回彈匣後，換成其他彈匣的聲音。看來她打算換用別的子彈。

的確像機器人一樣，即使被開槍射擊也不畏懼地直衝過來的ＬＯＯ——嘰嘰嘰嘰！

從外觀像長形墊肩的零件亂射出不知是什麼玩意的藍色光彈，對我們展開了反擊。

然而，或許是因為對方同時嘗試降落到火車上，或是因為還在射程圈外的關係，子彈的集中性很低。幾乎都擊中 Trans-Am 號的左右兩邊，「轟轟！轟轟轟！」地像地雷一樣炸起一片沙塵而已。話雖如此，當中還是有兩三發擊中了客車廂的車頂。

在進行威嚇射擊的同時，加速下降的LOO，已經逼近到讓我可以看到她豎起眉毛的臉蛋了。

『剛才那是重離子弩射槍嗎？感覺比我的衝突式電離劍效率好，又有速射性呢。我想要我想要！』

在客車廂的金女針對剛才LOO的攻擊如此說著，代替大家平安無事的報告。

「好啦，這下被馬許發現了。既然如此，屬下認為我們應該也沒必要繼續隱瞞身分。雖然會變得有點失控，不過就來提升一下速度吧？」

老神在在的安格斯——從西裝口袋中拿出一根用紙包裝、像接力棒的東西，表面寫有『NOS燃料』的文字。

那是GⅢ的自家用車上也有搭載、可以讓速度提升到像火箭一樣快的燃料。

「這東西的燃燒時間長，火力也強，屬下認為在這個狀況下應該也能派上用場。雖然較大的NOS—2或3可能會把蒸汽車燒壞，不過這是比較小的NOS—1。」

「哈哈！好，就用吧！」

GⅢ大笑起來，我露出苦笑，洛嘉與桑德斯爺爺臉色發青，九九藻則是瞪大她那對圓滾滾的眼睛——

「別擔心，只不過是加速衝過這段路程而已啦。」

GⅢ用如果是女孩子應該都會怦然心動的講法說著，並單手抱住九九藻支撐她的身體。雖然GⅢ應該完全沒意識到他那樣的行為，對九九藻來說刺激太強就是了。

「那麼，NOS—1。」

安格斯用緩慢的低肩投球動作將那玩意丟入煤炭鍋爐——

轟隆隆隆隆隆隆隆隆隆隆隆隆隆！

到剛剛還只是發出紅光的鍋爐，頓時發出金色的閃光。

而且還從鍋爐口一瞬間噴出像火龍一樣的爆焰呢。

「——嗚……！」

我雖然用手臂遮在臉前擋住熱氣，但更要緊的是——

因為Trans-Am號的緊急加速，害我當場一屁股跌坐到地上了。

其實在構造上，蒸汽火車的燃料只要能發出高熱量，無論是什麼東西都可以。管他是木材、煤炭、石油、焦炭還是枯草，都可以拿來驅動過蒸汽火車。然而，用NOS推動蒸汽車恐怕是史無前例吧？

從劇烈燃燒的鍋爐內，冒出讓人擔心自己會不會被燒成烤肉的熱氣。

……這下總算在氣溫上也變得跟我印象中的西部劇一樣啦。

我之前還覺得冬天的內華達州實在太冷，少了一點感覺的說。

「鍋、鍋爐內溫度計，一千五百度！時速——目測八十五哩（一百三十七公里）！」

負責觀測的洛嘉，看著以剛才一點五倍的速度往後飛逝的景色大叫起來。

「只要有心還是辦得到嘛，Trans-Am。」

GⅢ用手背輕敲一下機械室牆壁，露出像個頑皮小鬼的笑臉。

彷彿腎上腺素飆高似地瞪大雙眼的桑德斯爺爺則是……

「太熱血啦，嘿！安格斯先生，你真是個瘋狂的爺爺啊！」

「不不不，還比不上您呢。呵呵。」

與安格斯互相開著美式玩笑。

這項緊急加速，並不只是為了縮短抵達五十一區的時間——同時也是為了甩開ＬＯＯ，運氣好的話甚至讓她撐不過續航極限。然而……敵人使用的可是最新型的科學兵器Ｐ・Ａ・Ｄ，不會在鬼抓人遊戲中輸給古老機械的蒸汽火車。她將本來是控制姿勢用的推進器轉用到加速上，再度追上來了。

我抬頭一看——Trans-Am號的煙囪排出的濃煙，現在變成了紅黑色。

有火花混雜在黑煙裡，簡直就像地獄的情景啊。

ＬＯＯ穿破那股帶火的濃煙——

「Gynoid（女性型機械人）・ＬＯＯ——接敵！」

負責報告狀況的洛嘉大叫的同時，高舉雙手的ＬＯＯ——終於還是「砰！」一聲降落到客車廂的後端了。既沒有使用降落裝置，也沒使用制動纜繩。

在她手上可以看到一根根像格鬥刀的鉤爪，深深刺進客車廂的天花板。雙腳也是一樣。

靠鉤爪將自己的身體固定在車廂上的ＬＯＯ——「噗嘶！」地發出壓縮空氣的聲

響，鬆開背上的翅膀型裝置，讓那滑翔翼轉眼間就被丟棄到列車後方的遠處。

……看來她沒有打算飛回滯留在東方天空上的那架母艦。

以單程為前提的戰術——這也是機器人特有的啊。

『雖然是敵人，但剛才那行動還是值得敬佩呢。簡直就像戰鬥機降落到空母一樣。』

就在柯林斯用悠哉的人妖語氣說著這種話的時候……

Trans-Am的速度開始微微變慢。畢竟增加了LOO的重量。

「LOOooooo……」

LOO發出低沉的嘶吼聲，還露出威嚇敵人的表情。可見現在是有人類在操縱她。

白色的防彈連身泳衣搭配武偵高中女生制服的紅色領巾。外型像兔耳的白色冠型頭盔大概也兼具雷達的功能。主要兵器與電子儀器都裝在背後，讓整體重心偏向後方。外觀輪廓感覺像展翅的鳥類或是蝴蝶。手腳上都裝有閃亮的白色手甲與足甲，讓人感受到某種動漫迷看見應該會喜極而泣的美感。

「GⅢ，以你的美觀品味來看，那如何？我是覺得還不錯帥氣啦。」

「不是我的喜好。不過，比起躲在五十一區安全的辦公室裡，一邊喝可樂吃洋芋片一邊操縱這傢伙的那個蘑菇頭——這個遙控女人還讓我比較有好感。畢竟她堂堂正正現身到對手面前了。」

……我本來是期待GⅢ能爆發一下的，但看來是無望的樣子。

「關於這點我也同意。話說……我一開始還以為必須要跟鋼彈戰鬥的，沒想到現實中出現的竟然是美少女型的茲寇克啊。不是紅色或金色算是不幸中的大幸了。」

「茲寇克是啥啦？還有，跟塗裝沒有關係吧？」

「你下次去問問看理子，她會花整整兩小時幫你上課的。」

就在遠山兄弟如此對話的後面──

「難得提升的速度又被拖慢，實在教人不愉快。就照Ⅲ大人剛才所說的，加速衝完剩下的路吧。」

安格斯說著，又往鍋爐中追加NOS──1。這次是一口氣兩根。

──轟隆隆隆隆隆隆隆隆隆隆！Trans-Am又劇烈震動起來──再度加速，甚至讓煤水車上的柯林斯差點跌落車廂的程度。

而在火車頭上，鍋爐周圍「啪！啪啪！」地飛出好幾根鉚釘，白色的蒸汽從車體內開始吹出來。

是NOS過於強烈的燃燒力讓鍋爐超出極限了。

「時、時速──九十八哩（一百五十八公里）！提升回來了！鍋爐內，一千八百度！距離五十一區還有六十二哩（一百公里）！」

洛嘉大叫著。

現在──流過視野的沙漠風景就跟搭乘高速電車一樣。除了頭頂上那片像活火山爆發的紅黑色濃煙之外啦。

「Jeeeeeesus！這種速度，是老子越戰時搭UH－1直升機以來啊！」

……能夠跟得上他們這種玩法的桑德斯爺爺，也真不愧是戰爭經驗者呢。

ＬＯＯ在剛才這樣的緊急加速下也沒被甩下車──

『──穿孔椿！』

忽然有一根像打樁機樁子一樣的東西從客車廂內側刺破天花板。

在前臂伸出來的鐵樁後面，一隻機械右手就這樣抓住天花板的鋼板。接著從剛才被什麼重離子弩射槍擊破的洞中也飛出一隻左手，抓住車頂上的鐵架。

這攻擊大概是靠落在沙漠上的影子正確推斷出ＬＯＯ的位置──

但從腳下的偷襲卻依然無法傷害到ＬＯＯ的機體。

不過，還是有稍微將她往後擊退了一點。巨大質量的打擊對ＬＯＯ是有效的。既然如此……只要用格鬥技進行破壞，或是將ＬＯＯ撞出車外就行了。而能夠辦到這一點的就是──

『Ⅲ大人，ＬＯＯ就豪邁地──』

身穿科學盔甲的亞特拉士利用吊單槓的技巧──砰！

從車廂內讓上半身飛到車頂上了。

『──交給我對付吧！』

面對站在車頂後方的ＬＯＯ，亞特拉士讓黑色的全身樣貌緩緩出現在車頂中央──

相對於銳角裝備朝四面八方延展的ＬＯＯ，亞特拉士整體上顯得比較小。雖然體格大小剛好相反就是了。

『以牙還牙，以眼還眼，以機甲還機甲。』

「好，交給你了。上吧，亞特拉士！」

GⅢ揮出右手下達命令，於是ＬＯＯ對亞特拉士──彷彿動畫機器少女對ＣＧ美漫英雄的戰鬥揭幕了。真是教人興奮呢。

不過，因為身處荒漠中讓人差點忘了，這裡可是科學之國美國。這場戰鬥是尖端科學與超尖端科學之戰。我將思考模式如此切換過來，進行戰力分析──

ＬＯＯ是萬能型，亞特拉士是格鬥戰特化型。只要從火車上跌落就算是出界落敗的這場戰鬥中，感覺亞特拉士會比較有利。

然而──ＬＯＯ與亞特拉士之間，存在著一眼就看得出來的世代差。

那情景簡直就像是用二十一世紀的武器在對付二十二世紀的武器一樣。

「ＬＯＯｏｏｏｏ，ＬＯＯｏｏｏｏｏｏ……」

『這個敵人太危險了。Ⅲ大人，請您退下。其他人也別搶了我的工作！──ＬＯＯ啊，我這塊ＳＡＲ（超合金）盾牌，如果妳有辦法擊破就試試看吧！』

亞特拉士上次在明治大道擋下ＭＩ６炸裂彈的那塊像比薩形狀的盾牌──在他的左前臂上「唰唰唰唰唰──」地像扇子一樣展開。原本好幾片重疊在一起的比薩型金屬板最後變成了一塊圓形盾牌。

面對右手甲上有椿子，左手甲上有盾牌，宛如古代羅馬劍鬥士的亞特拉士——

（——M134迷你砲……！）

LOO將裝在背後的格林機槍從兩腋下往前伸出。

那正是在老電影「魔鬼終結者2」中，人型機器人使用的多連裝機關砲——而且還一次兩門！

在零點三秒的旋轉之後——左右兩門M134「噠噠噠噠噠！」地像雷射槍或火焰噴射槍一樣展開齊射。

要是人類被擊中，還來不及感到痛就會當場喪命的7.62mm子彈，以一秒六十發的數量飛向亞特拉士。

然而——亞特拉士卻不為所動，用盾牌與鎧甲擋下攻擊。

重彈的部分雖然出現了無數的楔形傷痕，但裝甲並沒有被貫穿。

LOO將燙到發紅的M134丟向火車後——

——緊接著又從背後伸出兩門Mk—47榴彈發射器到雙肩上。

六發×兩門共12發裝有觸發引信的40×53mm榴彈「轟轟轟轟轟！」地發射出來。亞特拉士轉眼間就被爆焰吞沒了，但——

——鏘！他反而往前踏出一步，從火焰和濃煙中鑽出來。

他身上的P．A．A雖然沒有被破壞……可是到處炙熱發紅、冒出黑煙，簡直就像從火山口爬出來的惡魔一樣。

幾乎毫髮無傷的頭盔口部附近——表面的多重裝甲中有一片滑開。

黑色的臉部護具出現一個紅色的開口，看起來就像在笑。

「——Smiley Atlas（微笑亞特拉士）……」

在鐵路微微轉彎的同時，看到亞特拉士側臉的洛嘉用緊張的聲音呢喃。

「……那傢伙打算拿出真本事了。很好，亞特拉士，揍扁她！」

GⅢ前半句彷彿在對我說明，後半句透過對講機發出命令。

從大腿裝甲「鏘！」一聲，拔出刀長六十公分的格鬥刀型單分子震動刀的亞特拉士——

——「磅！」地發出通常用刀砍是不可能會發出的破裂聲響，砍向LOO的鉤爪。

LOO抓住刀刃的右手爆出如同被電鋸砍到的激烈火花——被阿特拉斯手中的震動刀「喀嘰！嘎嘰嘎嘰——！」地漸漸破壞。

最後從手掌到手腕、從手腕到手肘——「唰！」一聲，像切魚肉似地被切開了。

「……！」

就在右手臂被破壞的LOO噴出像血一樣的綠色機油時——

『——喝啊！』

亞特拉士把盾牌的稜角當成利刃，對LOO揮出一記左鉤拳。

美國陸軍官校訓練出來的拳擊技術當場擊中LOO已經破爛的右手肘——「軋喳！」一聲砍下了她的前臂。

亞特拉士接住在空中一邊旋轉一邊噴灑機油、感覺應該很沉重的那隻右手臂——直接把那隻手臂當成鈍器，用力毆打ＬＯＯ的左腳。

（……嗚……！）

……變得越來越粗暴啦。現實中的機器人戰鬥根本不像動畫裡演的那樣帥氣，而是跟肉身搏鬥一樣，教人難以直視啊。

ＬＯＯ與亞特拉士冒出的火花與黑煙，混入火車噴出的濃煙中。

Trans-Am 號現在就有如一顆衝進大氣層的流星。

ＬＯＯ拖著左腳，好不容易繞到亞特拉士的側面，拉開距離。

結果亞特拉士竟然用宛如舉重的姿勢，將客車廂後部的鐵桿……「軋！軋軋……！」地用力扳起來。

「啪！」一聲從車體拔下一根巨大鐵棍的亞特拉士，接著就像是要把ＬＯＯ砸爛似地——朝她用力揮下鐵棍。

ＬＯＯ雖然拋棄了幾項武裝、滾向車廂前方躲開攻擊。但是——腳部零件還是被鐵棍掃到，造成嚴重損傷。

很好。這場格鬥戰是亞特拉士占盡上風。感覺應該可以順勢獲勝了。

「ＬＯＯｏｏｏｏ……！」

ＬＯＯ看著自己的傷勢、做出憤怒的動作——

「ＬＯＯ，沒什麼好驚訝的。在戰場上不會受傷的士兵反而才比較稀奇啊。」

臉部護具像一張笑臉的亞特拉士又再度逼近對手。

面對恐怖到如果是人類早就高舉雙手當場逃竄的微笑亞特拉士……ＬＯＯ「啪！」一聲做出趴到地上的動作。

從車頭方向看過去，身穿白色泳衣的ＬＯＯ的屁股和胯下都一覽無遺……儘管知道那是人偶，我還是不禁湧起了些微爆發性的血流。

而就像是在斥責我似的，洛嘉忽然「噗！噗！」地拉了兩下汽笛。

「啊……」

因為九九藻睜大雙眼看向前方——於是我也轉頭望過去。

「……嗚……！」

火車正衝向宛如在沙漠中出現一道巨大龜裂似的溪谷。

是岩石地帶中呈現Ｖ字形開口的地塹。

有點像是小型版的大峽谷。

而鐵路就是延伸到建在那溪谷上的一座破爛木橋。

照這輛失控列車激烈震動的程度，那種破橋搞不好會當場倒塌啊。

大概是跟我想到同樣的事情，桑德斯爺爺馬上把手放到減速齒輪的握把上。可是——

「敢剎車我就殺了你。喂，安格斯，加速。」

隔著濃煙一路盯著天上那架緊追在後的飛機的GⅢ，卻背對著我們發出這樣的命令。

「屬下遵命。但NOS燃料只剩下最後兩根……而且是大型的NOS—2以及更大型的NOS—3。請問沒關係嗎？」

安格斯……掏出比較粗的NOS棒，笑咪咪地詢問GⅢ。

就在九九藻恐懼地瞄著應該已經到極限的火車頭鍋爐時——

「那樣正好。照我的指示丟入NOS—2。再五秒……三、二、一、現在！」

「NOS—2。」

不要命的安格斯就這樣把有如炸彈的燃料輕輕丟進鍋爐中——轟隆隆隆隆隆隆隆隆隆隆隆隆隆隆隆！

「——呀啊啊啊啊！」

「嗚咿咿咿！」

洛嘉與九九藻發出尖叫的同時，鍋爐的蓋子當場爆開。

伴隨激烈的爆炸聲響，火車頭的煙囪也破裂炸開，化為鐵片飛散到車體左右。原本還是紅黑色的濃煙徹底變成紅色與橙色——變成烈焰本身，從火車頭上空噴向後方。

Trans-Am發出「軋軋軋軋軋軋軋軋！」這種根本已經不像蒸汽火車的聲音——不斷加速。

在加速途中，火車便衝進了溪谷上的木橋路段，「啪啪啪！」地一路破壞木橋、輾碎車輪左右的枕木——飛越似地疾馳在溪谷上空。

（……嗚……！）

木橋在失控火車頭衝過的同時——留下骨架，從後方開始崩塌。甚至讓拖在火車頭後面的煤水車與客車廂，看起來都像往下沉了一點。

原、原來如此。只要這輛Trans-Am以高速衝過，那座破爛的木橋不管怎樣都會在列車經過的同時開始崩塌。要是火車剛才減速，就會被捲入木橋的崩塌之中，當場摔落到讓人不禁目眩的深邃溪谷。為了避免如此，反而應該加速衝過去——ＧⅢ就是這個意思。人工天才大人的思考方式實在有夠誇張，我好想狠狠揍他一拳啊。

「鍋爐內溫度，兩千度以上！指針已經超過極限值，搞不清楚了！時速、一百二十哩（一九二公里）——還在加速！一二二（一九六）——一二四哩（兩百公里）！距離、啊嗚、五十一區——剩下四十八哩（七十八公里）！嗚哇啊咬到舌頭了！」

在何止是搖晃、根本是彈跳的疾馳火車頭中，洛嘉帶著哭聲進行報告。

Trans-Am已經過熱，機械室到處都噴出水蒸氣和火災的黑煙。喇叭型的煙囪早已消失無蹤，不過那本來就是為了排開有害的黑煙、避免火花引起火災的安全裝置。就算沒有也不會影響機動性。

我這時聽到「嘰嘰嘰嘰嘰嘰……」的一陣尖銳聲響，而低頭望向客車廂上……

即使在這樣一段有如惡夢般的渡橋過程中，ＬＯＯ也沒有中斷戰鬥行為。

她用左手與雙腳的鉤爪像三腳架一樣把自己固定在客車廂的車頂上——把像書包一樣裝在背後、外觀像臼砲的超尖端科學兵器瞄準亞特拉士。簡單講，就是變形成大砲模式的狀態了。

與之對峙的亞特拉士則是為了不要從彈跳的車廂上摔下去，跪下單腳緊抓著鐵架。對ＬＯＯ來說根本是絕佳的機會、絕佳的標靶。

「陽電子砲……沒想到已經實用化了。亞特拉士，那砲擊可是很危險的……！」

平常總是很冷靜的安格斯，看到客車廂上的情景而皺起眉頭。

不需要說明也知道。既然ＬＯＯ等到亞特拉士無法逃跑的情況下，才擺出那樣的砲擊姿勢，就表示——那是ＬＯＯ的大絕招。

（……亞特拉士……！）

面對因為在橋上，所以連跳車都辦不到的亞特拉士，ＬＯＯ的大砲——

——發射的瞬間……

「這是盜壘，不算搶了打擊者的工作喔。」

對講機傳來金女悠哉的聲音後，唰唰唰！

三枚磁力推進纖維盾把客車廂的車頂像紙片一樣從下方切開，飛了出來。

然後在ＬＯＯ發射大砲的同時飛向她的砲口，互相重疊成＊字形，就像用膠帶摀住嘴巴似的。

「ＬＯ……！」

為了不要摔下車而沒能及時做出對應的ＬＯＯ抬頭看向砲口——

——轟隆隆隆隆隆隆！

被磁力推進纖維盾阻礙發射的科學大砲，連帶ＬＯＯ的背部一起，有如爆炸似地破裂了。

「——真是豪邁的 Nice 盜壘！金女！」

同一瞬間，緊抓在車廂後方車頂上的亞特拉士——「啪！」一聲打開背上的一部分裝甲，就好像獨角仙打開翅膀一樣。

緊接著，肩膀與腳部後面的裝甲也「鏘鏘鏘！」地像甲殼一樣打開。

看來是埋在各處裝甲內的多個噴射推進器——

「——嗚喔喔喔喔喔喔喔喔喔喔喔喔————！」

隨著亞特拉士的吶喊，「轟隆隆隆隆隆隆隆隆隆隆！」地同步噴出烈焰。

那玩意跟以前金女和ＧⅢ在品川使用過的東西一樣，是全身連動式固態火箭引擎——利用超越人類想像的爆發力從近距離撲向對手、必殺的攻擊輔助裝置。

亞特拉士一如字面上的意思靠著爆發性的力量——

——砰磅磅磅磅磅磅磅磅磅磅磅磅磅磅磅磅磅磅磅！

對受損的超尖端科學兵器使出了最原始的攻擊——**身體衝撞**。

就在熱風渦流把 Trans-Am 號刨起的木橋碎片吹颳得到處亂飛的同時——

「——亞特拉士！」

他連同ＬＯＯ一起從客車廂上摔了下去。

帶著甚至把煤水車上的煤炭豪邁地撞開、差點把柯林斯也一起撞出去的衝撞力道。

「——嗚……！」

我與GⅢ趕緊把身體探出火車頭的車窗外，尋找亞特拉士與LOO的蹤影。

在崩塌的木橋碎片宛如豪雨般落向谷底乾枯河流的情景中——我首先找到往下掉落的LOO。大概是模組式的緊急裝置被啟動的關係，從她半毀的背部展開了一個氣囊……讓LOO變得彷彿本體是種子、氣囊是果肉的巨大枇杷果，掉落下去。

另外……還有亞特拉士的手和腳四分五裂地往下掉落。不對，那是——只有盔甲而已。他本人則是——

「Ⅲ大人，擊壞敵方P・A・D的任務……豪邁地成功了！只是本人也大破，難以繼續參加戰鬥了。哈哈！哇哈哈哈！」

豪邁的笑聲直接傳到我耳朵。從煤水車的方向。

在那裡，是身上那套像白色立領制服的衣服上到處被血染成紅色的亞特拉士，被柯林斯抱著身體。看來他是在摔下車的前一刻投棄盔甲，最後靠自己的力量抓住了柯林斯的樣子。太好啦……！

「哎喲~真是的。要再造一套P・A・A可是很花錢的喔？」

「柯林斯！謝謝你在危險的時候救了我，豪邁地感謝你！」

「我也再次迷上你了喲，亞特拉士♪」

就在亞特拉士與柯林斯用豎起拇指的拳頭互敲一下的時候，火車也度過了地塹上的木橋——蕾姬從脫離軌道而被拖在後方的客車廂移動到煤水車上。金女用外觀像鞭子的科學劍砍斷連結桿，也跟著移到煤水車上。

Trans-Am號現在只剩下火車頭與煤水車——

因為少了摔下車的ＬＯＯ與切離的客車廂的重量，而再度加速起來。

這速度簡直可以匹敵新幹線了。不，在感覺上甚至比新幹線還要快啊。

畢竟火車頭的乘車室左右和後方都幾乎暴露在外面嘛。

在化為火焰箭矢疾馳在沙漠中的火車上——

「——現在速度，兩百一十公里！距離五十一區還有三十六哩（五十八公里）！可是Ⅲ，既然都已經擺脫ＬＯＯ了，不稍微讓鍋爐降溫一下可是會壞掉的！」

洛嘉揚起她那對虹膜異色眼的尖銳眼角，對ＧⅢ如此大吼。

即使是我這個外行人也看得出來，Trans-Am號已經快要全毀了。鍋爐的鉚釘有三成都被內壓爆開，火焰和黑煙有如噴火槍似地不斷從那些洞口噴出來。鍋爐內因為過度添加ＮＯＳ燃料而發出有如太陽的強光，耀眼得讓人無法直視。車體與鐵路間發出的異樣聲響刺耳難耐，從失去煙囪的洞口噴出像尾巴似的一條火紅烈焰，黑煙在內華達州的大地上畫出長長的黑線。

再說，最高時速應該只有一百公里左右的蒸汽火車頭，現在卻被強迫發揮出兩倍以上的性能。隨時爆炸都不奇怪啊。

然而，盯著車後方天空的ＧⅢ下達的命令卻是——

「安格斯，別拖拖拉拉的！ＮＯＳ——３，快點！」

繼續加速。

只要是GⅢ的命令，什麼都會聽從的安格斯就……

面露微笑……掏出一根粗到讓我們都當場嚇呆的NOS燃料筒。

「遵命。」

「蠢貨！再加速下去就要炸掉啦！」

面對桑德斯爺爺的大聲怒吼……

「總比被炸掉來得好吧？」

GⅢ只簡短回應後，掏出他捲起來藏在耳孔裡的一張一公分見方的紅色紙片。

他接著貼到口中的那張像膠片的紙──我有看過。是他在東京上空也曾經透過口腔黏膜攝取的腦內神經傳導物質亢奮劑的混合藥。

那是能夠將自己變成爆發模式──強烈到甚至會影響性命的危險藥物。

「喂，GⅢ……你為什麼！」

GⅢ無視於慌張起來的我，從腳部護具拔出USP……在這次行動中第一次拔出了手槍。

然後伸手抓住窗緣，單手爬上了烈焰與強風颳掃的車頂上。

「──NOS──3。」

安格斯遵照GⅢ留下的命令──

低肩投擲將最大的NOS燃料拋進已經快要炸開的鍋爐中。

——轟隆隆隆隆隆隆隆隆隆隆隆隆隆隆隆隆隆隆隆隆隆隆隆隆隆隆隆隆隆隆隆隆隆隆隆！

飛也似地疾馳的車體——

因為衝擊彈跳起來，真的飛了幾公尺的距離。

「哐鏘！」一聲回到鐵軌上的Trans-Am火車頭內，火焰和熱氣宛如中華炒鍋中一樣亂舞。我們連尖叫聲都發不出來，就像炒飯一樣翻騰——

「……嗚……！」

——在一邊激烈震盪一邊以超高速疾馳的子彈蒸汽車中——

我伸手抱住差點栽進鍋爐中的九九藻，被從天花板彈跳下來的洛嘉壓住，又被從煤水車滑壘過來的金女從下面抱住。

……獸娘、俄國超能力少女、有血緣的妹妹……

三位各自都充滿個性的美少女、六隻手腳、三對柔嫩的胸部，現在從上下、從前後同時包覆著我。

——因為從來沒體驗過三人同時上的我——噗通！

「好像是叫『三輪車』吧？這種情況……」

對著緊閉眼睛抱住我身體的那三人的額頭或臉頰……啾、啾、啾。

各自親了一下後，期待她們輪流睜開眼睛。

「哇！哇！被、被長得像Ⅲ大人的臉……接接接接吻了……吻了、吻了！」

「這個、白痴！」

「好險喲~哥哥。真是的，要是沒有妹妹緩衝墊，你早就摔下車囉？」

蓬起尾巴的毛、反應很像個女孩子的九九藻，明明把我壓在下面還紅著臉毆打我的洛嘉，一如往常露出開朗妹妹笑容的金女。

哈哈！三個人都很可愛呢。

「幸好大家都沒事。至於火車——嗯，還在跑。真不愧是美國製，很耐操啊。」

「遠、遠山金次！等回去之後，我要用念力停止你的心臟。我在科學學園可是有成功停止過山羊的心臟呀！」

看著用手擦拭被我親過的臉頰、結果反而讓煤炭把臉蛋弄髒的洛嘉——

我站起身子後……

「比起被人停止心臟，我比較擅長抓住別人的心喔。不過，既然是讓可愛的洛嘉停止我的心臟，我也很願意——別擔心，就算它停了，也會自己再動起來的。哦哦對了，這東西也還在動喔。」

把剛才差點掉出窗外，不過被我伸手接住的機械式馬表遞到她眼前。

洛嘉「啪！」一聲把表搶回去，用眼睛確認了幾秒窗外流逝的景象後，在腦中進行計算……

「——現在時速兩百二十公里！距離五十一區還有三十四哩（五十五公里）！剩下十五分鐘！」

不知道是在生氣，還是為了讓車頂上的GⅢ聽到，而大聲叫著。

話說，雖然機械室已經化為一片小火海了……不過時速竟然有兩百二十公里啊。這已經超越蒸汽火車創下的史上最快速紀錄了。

「恭喜你啦，桑達斯先生。你可以登上金氏世界紀錄了。」

我對著在駕駛座上把酒喝光、大叫「Jesus！減速桿斷掉啦！」然後把鋁罐丟到窗外的桑達斯爺爺如此說道。

「九九藻，剩下一哩的時候就拜託妳拉一下汽笛囉。」

然後，把汽笛繩交給原來被親了額頭會那麼受驚而一臉呆滯的九九藻……

「哥哥真可靠，在這種時候也能進入呢。我又更喜歡你了。」

最後對剛才為了讓我進入爆發模式而策劃了那場三人戲碼的金女——拋了一個媚眼回應。

妳真是個壞妹妹呢。

居然不只是自己，還把同班的兩位女生也一起推給我。

不過也多虧如此……

「到剛才都只是在一旁觀望而已——但這下我總算也趕上這場決戰、搭上這班最終列車啦。」

我說著，抓住跟GⅢ相反方向的窗緣……為了不要被時速兩百二十公里的風壓吹走而展開平賀製品的附鉤鞋，爬到火車車頂上。

「——慢死啦，老哥。」

交抱著手臂仰望天空的GⅢ……也進入了。這股像熱氣一樣迎面撲來、有如野獸般的氛圍，完全就是HSS狀態。

遠山兄弟——雖然之前是跟加奈啦——這個月第二度的爆發模式聯手。

在火車頭噴出的火焰帶另一頭——可以看到從依舊保持著三點二公里距離的X—48E·Global Shuttle上……散出了許多子機。雖然很幸運那看起來應該不是LOO的姊妹機，但……

（……那是……！）

儘管很小，卻很難對付的傢伙。

MQ—1——掠奪者攻擊機，整整十二架在空中展開。

掠奪者是一種機頭長得像無眼海豚、外觀讓人毛骨悚然的無人飛機。

它算是無人機當中的傑作之一，從上個世紀就對波士尼亞、阿富汗、巴基斯坦、伊拉克等等國家進行過偵查或單點轟炸……簡單講就是暗殺。因為波及到無辜的居民，因此也以加劇反美情緒而聞名。

那玩意的最高時速應該跟現在的Trans-Am號不相上下才對……但看來公開的性能根本是美軍放出來的天大謊言。那群飛機很明顯在縮短跟我們的距離。

「——也就是說，LOO只不過是負責開路的護衛戰鬥機罷了，是吧？」

「沒錯。真正的主力是那群掠奪者。」

GⅢ抬頭瞪著漸漸逼近的掠奪者，如此說道。

馬許的用兵方式——

真的很有美國風格，就是以量取勝的波狀攻擊啊。

雖然在科幻動畫之類的作品中，像ＬＯＯ那樣的新銳機會被當成最終兵器……但現實中其實剛好相反。所謂的新銳機就是缺乏實戰經驗、不知道會發生什麼故障的玩意。因此當作收集數據用的測試，反而會在最開始就被派出來用完即丟。

靠新銳機盡可能削減敵方的戰鬥力之後——再大量投入像這種實戰經驗豐富的量產機，趕盡殺絕。

這才是現實中經常會使用的戰略。

「……擊墜人馬座的，也是掠奪者是吧？」

「是啊。我還想說照那種飛行方式，飛行員應該會昏過去才對——原來是無人飛機啊。雖然那時從後面來的是 FIM-92 刺針飛彈，不過從上方的攻擊，搞不好是直接撞下來的也說不定。」

就在我和ＧⅢ如此交談的時候——

那群掠奪者為了不要讓火車冒出的黑煙像煙霧彈一樣變成光學性的煙幕，開始左右散開。

接著——從完成迴旋動作的機體開始依序從機身下方發出火光。看來它們有加裝機槍的樣子。

在疾馳的 Trans-Am 號左右兩邊噴起子彈擊中地面時的沙塵——也可以聽到遠處傳

來的槍聲。還有幾發 7.62mm 機槍彈命中車體彈開的聲音也開始傳來。

「對方開槍了。」

「是啊，明明還在射程範圍外，簡直白費力氣。大家給我聽好！對空戰準備！」

就在GⅢ用根本不需要對講機的嗓音大叫的同時——

掠奪者發射出看起來像 AGM-114 地獄火飛彈的空對地導彈。每架各兩發，共二十四發。

導彈的白煙在空中留下好幾條白線，朝我們飛來。有如蜘蛛絲的白煙占滿整個視野的畫面……還真是會讓看到的人陷入絕望呢。

即便如此，美國人依然是相當勇猛果敢……

「……掠奪者……是嗎！卑鄙的傢伙！是男人就親自站出來一決勝負啊！」

彷彿嘶吼般大叫的桑德斯爺爺也不管駕駛火車了——把M1加蘭德步槍的木製槍身伸出窗外，「砰！」地開了一槍。

我和GⅢ同時看過去……子彈竟然僥倖擊中一枚導彈。像特技飛行表演一樣整齊排列的白煙中有一道開始偏向……搖搖晃晃地飛行……

轟……！一枚導彈在空中自爆了。

「了不起。」

「喂！給我專心駕駛！」

在不禁露出苦笑的我身邊，GⅢ對著車內大吼。

緊接著換成蕾姬一發、兩發地用武偵彈——炸裂彈開始收拾導彈。她應該就是刻意瞄準的，讓空中自爆的導彈也波及到其他導彈，很巧妙地在進行破壞。

至於從斜後方飛來的AGM-114則是右邊由我的沙漠之鷹、左邊由GⅢ的USP射出炸裂彈迎擊。雖然那玩意只是被擊中一發並不會壞，不過只要擊中個兩、三發還是可以破壞的。

因為那些導彈根本還沒達到最高速度，而且還要扣掉Trans-Am疾馳的速度——所以迎擊雖然不算容易，卻也算不上是不可能。

在各式各樣的槍聲中，亞特拉士的M240機槍、柯林斯的刺針槍、九九藻的FN P90衝鋒槍展開了彈幕。明明GⅢ都叫他住手了，桑達斯爺爺也用M1加蘭德開槍。雖然這次沒擊中就是了啦。

趁著我們拚命在迎擊導彈的時候——那群掠奪者也漸漸接近過來。其中一架不知道為什麼……「噠噠噠噠！」地開始朝著火車前方掃射機槍。感覺好像是在亂槍打鳥想要擊中什麼目標似的。

（……是什麼……？）

我在忙著迎擊導彈的同時，只把眼睛瞄過去確認它的目標。就在這時——喀鏘！我看到列車前方約一公里處的鐵軌轉轍器被切換了。

是掠奪者的機槍擊中了切換桿——讓Trans-Am原本駛向五十一區的路線被切換到掉頭轉回溪谷方向的軌道了。

（不妙……！）

要是就這樣轉回去，我們會沿著這條鐵軌往回走。因為減速桿已經壞掉，這次我們真的會摔入深谷中啊。

就在我不禁臉色發青的時候——

——砰！——

德拉古諾夫狙擊槍的槍聲傳來，接著「鏘！」一聲，轉轍器又被切回去了。

一秒後，火車便平安沿著直線穿過那個分岔點。

「……」

把槍和臉一半探出窗外的蕾姬，似乎對於自己完成了『從時速兩百二十公里疾馳而激烈搖晃的火車上，用狙擊擦碰轉轍器的切換桿進行切換』這麼神的事情，一點都不在意的樣子……又繼續開始迎擊導彈。

……雖然我在巢鴨跟列車車庫曾兩度想把蕾姬丟下，不過有帶她來真是太好啦。

「老哥——是榴霰彈！」

我聽到GⅢ的聲音而抬起頭，看到在空中——掠奪者射出的火箭砲彈「啪！」一聲散開了。是一發砲彈中像葡萄串一樣裝了四十八顆子彈的大型霰彈。那群掠奪者一發接著一發地發射出那樣的玩意。

啪！啪！啪啪啪！從火車的左右兩側——

總計五百七十六顆葡萄彈朝我們飛來。簡直就像覆蓋整片天空的蝗蟲大軍。

「不要慌，GⅢ。」

已經拔出貝瑞塔的我，偷學亞莉亞的招牌・雙槍——用左右手的拇指同時將兩把槍的選擇器都轉到連射模式，砰砰砰砰砰砰！

將全部的子彈都射向空中。

——噹噹噹噹噹噹噹噹噹噹噹噹噹噹噹噹噹噹噹！

——噗噗噗噗噗噗噗噗噗噗噗噗噗噗噗噗噗噗噗噗！

左右兩邊的大地像是在玩波浪舞似的，因為幾百顆彈丸著地而掀起沙塵的波浪。

——我方中彈數，零。

因為我用連鎖擊彈彈開了應該會擊中我們的四百二十九顆子彈。被我的子彈偏移軌道的彈丸又擊中其他彈丸，其他彈丸再擊中別的彈丸——無限連鎖。

「……有你的，老哥！」

「跟夏洛克的那場乘方彈幕戰比起來，根本不算什麼。話說，這招你也看過了吧？」

面對眼神閃閃發亮地對著我笑的GⅢ，我一邊換裝彈匣一邊用無奈的表情回應。

跟打撞球的『雙著擊球（Cannon Shot）』相同原理的這招槍技——當初就是在這傢伙用十三發子彈射擊我，而我用八發子彈擋下來時誕生的啊。真的是一對沒藥救的兄弟。

緊接著，敵人企圖破壞鐵軌而射出來的導彈也是……

「——距離五十一區還有十哩（十六公里）！」

在洛嘉的報告聲為背景音樂下，蕾姬與九九藻一發一發擊落破壞——

雖然我方子彈已經剩餘不多，但敵人似乎也不想再浪費彈藥，而開始集中攻擊火車的車體了。不過子彈主要靠我、導彈主要靠GⅢ徹底擋了下來。

或許是討厭有狙擊手的關係，敵人的機槍也盯上了蕾姬——然而金女的磁力推進纖維盾就像活動式防禦系統一樣保護著車廂內。反而是盯上蕾姬的那架掠奪者因為太過接近的關係，被蕾姬用精密狙擊射中……「轟……！」一聲墜落在沙漠中了。首先一架。

「剩下十一架啦，老哥。」

「——不，是十架。」

一架以為自己成功搶到我們背後而大意接近過來的掠奪者——被我一邊講話一邊用沙漠之鷹賞了一發槍口射擊。大概是內藏機槍嚴重破損而讓電子系統發生故障的掠奪者——雖然依舊搖搖晃晃地飛行著，但最後還是被九九藻的P90射中而墜落、爆炸了。

「——子、子彈快要用完了！」

九九藻接著大叫，而蕾姬……射擊的方式也變得安分下來。我也在剛才那一發用完了全部子彈，GⅢ的USP也空槍掛機了。

至於敵人……似乎也把導彈或火箭砲之類的大型武器都用完了。

然而，幾乎全機機槍都還健在。這就是數量的暴力啊。

不過照我的觀察，當中應該有一架連機槍子彈都用完了——

而那一架很明顯地脫離編隊。

接著加速……朝我們飛過來。

「——要衝過來啦，是自殺攻擊啊。」

GⅢ語氣痛苦地說道。而看到敵人的行動，車廂內也開始騷動起來。

用機體本身衝過來的畫面……似乎會讓美國人相當過敏的樣子。造成美軍大量死傷的神風特攻隊——在那場與日本的戰爭中深植到人心的心理創傷，透過歷史學代代傳給了子孫，讓大家都表現出過度恐懼自殺式攻擊的氣氛。

「——會使出那種手段就證明敵人已經被逼到走投無路了。冷靜下來對應。」

雖然我如此告誡，但——

砰砰砰！噠噠噠噠！部下們還是近乎陷入恐慌地把貴重的子彈浪費在迎擊上。

這種時候應該是GⅢ要出面制止才對的，可是……

「——冷靜下來！」

我發現他沒有那麼做，於是大叫一聲。然而，還是晚了一步。

衝過來的掠奪者雖然因此墜落到火車後方爆炸了——但槍聲還是多了些。底下的大家也都用完子彈了。那樣的報告聲陸續從對講機中傳來。

（……還有、九架……）

彷彿是在觀望情況似的，那群掠奪者——不斷在天上盤旋。然而因為我方遲遲沒有射擊，它們開始縮小半徑。要來了，我方無法反擊的機槍掃射。

「……」

GⅢ頓時陷入沉默。連隊長都感到棘手的氛圍感染到部下們的心中，大家紛紛求助似地抬頭朝車頂看過來。

與誓死抗戰到底的日本人不一樣——美國人有遇到不利的狀況就會士氣低落的特徵。這是源自於重視愉快氣氛與情緒的民族性。

因此，像這種時候……

「好，GⅢ，接下來就來打棒球吧。畢竟這裡是美國，而且我也想試試看馬許教過我的打擊方式。你來當投手。」

我盡可能露出開朗的笑容，「啪」一聲從車頭跳到煤水車上。

接著，從煤炭小山中拔出剛才亞特拉士扳斷的客車殘骸鐵桿……當中一根彎曲得像鐵撬的鐵棍。

因為那長度足足有一點五公尺左右，一點都不像球棒，不過現在也沒辦法計較太多吧？

「既然沒子彈，那就用球吧。」

我這樣說著，從煤水車上撿起一顆棒球大小的煤炭……

大概是理解了我打算做什麼的GⅢ「噗哧！」一聲噴笑出來。

然後，他背對著已經相當接近我們而看起來很巨大的掠奪者，笑著跳到煤水車上。

「哈哈哈！老哥真是白痴偶爾天才啊！」

像氣象預報的陰偶雨一樣形容我的GⅢ，對我開的玩笑暴笑起來。我的幽默搞不好在美國可以適用呢。不，這應該是GⅢ為了提振部下們的士氣而在配合我而已。因為亞特拉士跟柯林斯只有在苦笑，洛嘉跟九九藻根本沒笑啊。

在完全沒有套好招的情況下，我把鐵棍舉成揮棒姿勢——GⅢ則是像在餵球一樣幫我把煤炭球拋到剛剛好的位置。

首先，為了不要敲碎煤炭，我用鐵棍輕輕碰觸它後——

（——櫻花——！）

用與其說是打棒球，更像是在打袋棍球一樣的技巧，將煤炭甩出去。

一架掠奪者當場被宛如岩石的煤炭擊中倒V字形的尾翼，讓機頭往下傾……搖搖晃晃地墜落到沙漠上了。

「來吧，下一顆。用九顆球就解決掉它們。」

「Ja（好）！」

GⅢ餵煤炭球給我，我揮棒將它甩出去，擊中掠奪者。

兩發、三發，雖然是重複同一招，卻很好笑地每一顆都會擊中目標。

（掠奪者……是看不見煤炭塊的……！）

原來如此，敵人就算有預想過會被機槍子彈或導彈攻擊的狀況，也萬萬沒想到居然會被煤炭球攻擊——所以沒有對應資料，而無法捕捉到煤炭啊。

掠奪者的迴避動作明顯沒有像剛才進行槍戰時那麼靈敏，甚至有表現出猶豫該進攻還是該撤退的動作。它們大概也搞不清楚自己遭遇了什麼事吧？

每當我擊墜一架不知所措的掠奪者，大家就會發出歡呼聲。

「——哈哈哈！那些傢伙簡直就像火雞啊（註4）！」

GⅢ也表現得相當愉快。太好啦，小隊的士氣重新振作起來了。

「早知道一開始就這麼做啦。感覺就像在打擊練習場玩，太有趣了。」

剩下最後一架時我也笑著——「咻！」一聲把煤炭甩過去——

結果那架掠奪者到這時才總算避開攻擊，左右旋轉機身逼近過來。

「哦……？GⅢ，再來一球。」

第二顆煤炭球……也被避開了。

這……雖然只是外行人的猜測，不過大概是敵人急忙改寫程式，讓掠奪者變得也能對應飛來的球了吧？

「看來蘑菇頭在千鈞一髮之際趕上了。喂，開溜啦。」

掠奪者在擦身飛過的同時，進行機槍掃射——

註4「turkey shoot（獵火雞）」一詞為美國俗語。拿槍射擊家禽（火雞）是一件容易的事，比喻事情輕鬆簡單。

我和GⅢ趕緊從被打成蜂窩的煤水車上逃到火車頭。

「……好啦，這下該怎麼辦？」

就在所有人都避難到火車頭的時候……掠奪者繞了一大圈，讓我們趁它再度攻擊過來之前，有短暫的時間可以進行作戰會議。

「——我有個點子！」

洛嘉馬上舉手後，指向我。

「把金次丟下去拖住掠奪者的腳步，然後我們趁那段時間到五十一區去！」

「喂！現在可沒時間開玩笑——」

聽到我的抗議聲……

「我才沒有開玩笑！金次就算被掠奪者追殺也死不了吧！」

洛嘉似乎在記恨剛才親的那一下似地對我大吼起來。

安格斯也不理會我們的鬥嘴……

「請問要不要利用這個東西？雖然這是屬下認為攻略五十一區的防壁時應該會需要而保留下來的炸藥——但現在也顧不得那麼多了吧？」

教人驚訝地，他竟然——拿出了外觀跟NOS燃料一模一樣的炸藥束。真虧他在這種到處噴火冒煙的地方卻沒把那玩意丟掉啊。

接著很快地……

「——Bingo（就是那個）！」

人工天才GⅢ似乎想到了什麼辦法。

「把那玩意塞到煤水車裡，做成超大型的霰彈地雷。在掠奪者飛下來攻擊的時候切斷煤水車，利用爆炸飛起的煤炭擊墜它！Move（開始行動）！」

大家帶著『想到就馬上來試試』的氣氛回到煤水車上，金女也用磁力推進纖維盾幫忙挖洞……最後靠大家徒手作業，把炸彈埋到煤炭下。

「要來了……攻擊前三十二秒！點火！」

九九藻從適切的位置咬斷上面寫有爆炸前秒數的導火線，接著柯林斯立刻用桑達斯爺爺的 **Zippo** 打火機點火。

大家趕緊從變成超大型定向霰彈的煤水車回到火車頭上──

「──切割！」

在GⅢ的號令下，拆掉煤水車與火車頭之間結合處的鎖鏈與固定樁。

「……！」

就在這時，全部的人都傻住了。

──沒辦法切離。

結合器因為扭曲變形的關係，接縫沒辦法順利分開。雖然已經打開了一半，但或許是承受到預想外的力道而扭曲成奇怪的形狀……把煤水車的前部頂起來，變成翹前輪的狀態了。

距離爆炸還剩二十秒。

金女立刻用科學劍砍斷接縫處——

——煤水車「喀鏘！」一聲回到鐵軌上，但前輪卻脫軌撞到枕木，又彈跳起來追撞火車頭。結果在那衝擊下——

「——啊！」

九九藻往後一摔，滾到就在剛才那個瞬間切離的煤水車上。

只有前輪脫軌的煤水車激烈晃動，讓九九藻東撞西跌，同時因為失去了牽引車輛的關係，與持續在加速的火車頭開始越離越遠。

九九藻——頭部似乎撞到煤水車的一角而昏了過去，沒辦法自行回來。

最後一架掠奪者已經從斜後方的空中逼近過來，把機頭對著我們了。

「——九九藻！」

就在那個瞬間——

GⅢ無法丟下陷入危機的九九藻，將左手義肢——手腕前的部分，利用壓縮空氣射了出去。

義肢雖然抓住了煤水車，但那實在不是靠繩索就能拉住的重量。

更何況，再過十秒，那輛煤水車就要大爆炸了。

噠噠噠噠噠噠噠！掠奪者的機槍開始對著鐵軌周圍與煤水車、火車頭進行掃射。在一片子彈暴雨中，GⅢ竟然只靠著義肢的繩索——跳到煤水車去了！

「GⅢ！」「Ⅲ！」「——Ⅲ大人！」

在部下們的大叫聲中，GⅢ用右手抱住九九藻保護她。7.62mm 機槍彈這時從背後擊中了GⅢ的左手臂。

GⅢ被擊中的左手當場彈開，「鏘！」一聲卡在煤水車車體上因為彈痕造成的裂縫中。非常不幸地，GⅢ的身體就這樣被固定在煤水車上——

他跟九九藻都沒辦法回到火車頭來了。

「GⅢ啊啊啊！」

即使是放聲大叫的我，也沒辦法跳躍這麼長的距離。

火車頭拉開了與煤水車的距離，不斷往前行進著。

——GⅢ——！

掠奪者從他們的頭頂上飛過，煤水車中的炸彈就在這時——

「……嗚……嗚喔喔喔喔喔喔——!!」

——伴隨GⅢ的吶喊，爆炸了——！

轟隆隆隆隆隆隆隆隆隆隆隆隆隆隆隆隆隆隆隆隆隆隆隆隆隆隆隆！

有如火山爆發般，煤炭往四面八方飛散。

最後一架掠奪者因此被打得四分五裂，化為碎片散落到沙漠中。

——以那樣的畫面做為背景，用一隻右手抱住九九藻的GⅢ——

用背部承受暴風以及不斷砸向他的煤炭……跳向火車頭——不，是被炸飛過來。

這輛火車頭雖然也被爆風颳起了一瞬間，但畢竟是比普通的電車還要重的蒸汽火車頭。

它「喀鏘！」一聲沒有脫軌而回到鐵軌上的同時——我們往後伸出的手在千鈞一髮之際接住GⅢ與九九藻，把他們拉回車上了。

「——GⅢ！」

被我抱著拉回來、全身都是鮮血和煤炭的GⅢ……沒有左手。

看來他是把義肢像蜥蜴的尾巴一樣切斷，從煤水車逃出來的。

「……嗚……」

髮膠造型頭髮變得亂糟糟的GⅢ雖然意識矇矓了一段時間……

「……喂、喂！……還剩、幾哩……」

不過他還是吐著煙，繼續盡到身為隊長的工作。

「是、是！距離五十一區還剩……五哩……！」

洛嘉睜大左右不同色的眼睛進行報告，大家也趕緊幫GⅢ與九九藻進行治療——

「嗚……啊……Ⅲ、Ⅲ、大人……」

九九藻也恢復意識了。還好，這邊幾乎是毫髮無傷。

然而就在這時候……

「呃……雖然感覺好像有點不會看氣氛啦，可是、那個……」

金女也不幫忙我們，只顧看著窗外——火車的行進方向。

「什麼啦？掠奪者已經全滅了，妳也快點過來幫忙治療啊。」

「……」

即使被我瞪了一下，金女也依然沒有把視線從窗外移開。

感到奇怪的我於是站起來一看——

「……嗚……！」

在窗外，有個我出生以來第一次看到的東西。

看到那玩意的瞬間，我的腦袋頓時變得一片空白，說不出任何話了。

（……那是、什麼……！）

簡直就像以前我和華生與希爾達戰鬥過的那棟天空樹一樣……

不，甚至比那還要巨大的白色柱子聳立在前方。

那柱子、會動。

彷彿是要在地球上鑽出一個洞似的，不斷自轉著。

「——是龍捲風！」

聽到金女的叫聲，大家紛紛抬起頭。

那是……龍捲風嗎？別開玩笑了。竟然會有那麼巨大的龍捲風。在這個距離下就看起來那麼巨大，可見它直徑有１００ｍ，高度有８００ｍ啊。尺寸也大得太誇張了。一定是眼睛的錯覺還是什麼原因，才會看起來那麼巨大……我雖然想這樣相信，但我的周圍……光線開始漸漸變得陰暗起來。風向也忽然改變，吹亂火車頭噴出的烈焰和濃煙。

我咬牙切齒地凝神注視……

在積雨雲底下，可以看到那龍捲風不知是從何處颳來的拖拉機與牛隻，像砂礫一樣被捲向上空。並不是什麼錯覺，那真的是——

「Damn（該死），運氣太背了。咱們現在正衝向那個巨大龍捲風啊。那是F4級，是在內華達州很少會遇上的超大型啊……！」

連住在當地的桑達斯爺爺都會用力皺起眉頭的巨大龍捲風。

我們正用時速兩百二十公里的速度衝向那個龍捲風。一直線的鐵路，沒有分岔點。剎車也已經壞了。

不過，我同時也知道走這條路沒有錯了。

因為就在龍捲風的旁邊，我看到了地平線上出現剛剛都沒看到的人工物——空軍基地。

那就是五十一區。我們已經來到可以用肉眼確認的距離了！

「不用、擔心……！這輛火車也有四十五噸重！就這樣衝過去……！」

GⅢ對感到害怕的部下們大聲激勵，搖搖晃晃地站起身子後……

「老哥，別只顧著看前方。要來啦……！」

他轉身背對真的像龍一樣發出咆哮聲的龍捲風，瞪向火車後方。

我也跟著轉頭過去，便從被強風吹颳的瀏海縫隙間看到了——

同樣也是很巨大的——LOO與掠奪者的母艦X—48E・Global Shuttle，波狀攻擊的第三波逼近過來了。

這傢伙也是打算用自殺式攻擊，直接衝撞過來。

而且不是瞄準鐵路，而是飛在直接撞向火車的路徑上。因為在這裡就算讓火車脫軌，只要我們能活下來，就已經是可以徒步走到五十一區的距離了。

「X―48E雖然是飛行空母，但同時也是飛天砲彈。它是用碳化矽――介於鑽石和矽中間、超硬的陶瓷狀化合物製成的。感覺就像摩氏硬度九・三的巨大藍寶石。我上次就是用流星沒辦法打穿X―48D――那玩意縮小版的翼身融合機，結果被直接撞到――然後輸掉的。」

「……嗚……」

前有龍捲風，後有飛行砲彈。

大概再二至三分鐘後，我們就會衝撞龍捲風，然後運輸機也會衝撞我們。

在場的大家都……只能感到絕望了。面對這樣窮途末路的狀況。

對我來說……窮途末路已經是家常便飯了――但這次竟然兩件一起來，佩服佩服。看來想要殺掉我的命運之神，個性比緋緋神還要差勁的樣子。

然後……

「GⅢ，看到火車，讓我想到一個方法了。能否成功是一半一半。」

窮途末路的狀況下，就會冒出靈感。

「真巧啊，老哥，我大概也想到了同樣的方法。能不能辦到是50％・50％。」

方法。

這就是爆發模式。

就算大家都放棄，我們兄弟也不會放棄。我們沒辦法放棄，因為我們就是會想到方法。

「誰是火車頭，誰是煤水車？」

「喏。」

GⅢ對我伸出拳頭——也沒事先講好就和我剪刀石頭布，再來一次。GⅢ贏了。

「可惡……」

「好，老哥當火車頭啦。弟弟沒能打敗的敵人，由哥哥打敗。這故事讓NY那群小鬼聽到一定會超開心的。」

GⅢ用單手抓住窗緣，在部下們擔心的神情中又再度爬上車頂。

（猜拳，我早就知道會輸啦。畢竟我可是公認運氣最差的二年級遠山……啊。）

接著，我也爬到暴風吹颳的車頂上。

火車前方的龍捲風已經看起來像一面阻擋我們前進的巨大白牆。不愧是美國，連自然現象的魄力都如此驚人啊。

然後——緩緩逼近火車頭的運輸機。

這邊也很巨大，簡直就像飛天鯨魚一樣。讓人不禁發抖呢。

但是。

比起恐懼，我心中——憤怒的感情更加強烈。雖然有點像是找錯對象出氣啦，不過——

透過遠端操縱進行戰鬥，自己卻躲在別的地方奸笑的傢伙……

（——**會讓我聯想到亞莉亞和緋緋神，非常、非常不愉快啊！**）

就在這時——Trans-Am帶著激烈的震動衝入巨大龍捲風中。

在彷彿會撕裂身體的暴風中——

我將右拳深深往後縮，像是要抓住運輸機似地將張開的左手放到眼前，沉下上半身。腳下雖然有穿附鉤鞋，依然還是因為上升氣流而快要飄浮起來。

在我背後，GⅢ也架起了同樣的姿勢。應該。

距離運輸機衝撞，還有一分鐘。

「老哥，這要叫什麼名字？」

「什麼？」

「就是這個兄弟技的名字啊。在中央公園想讓故事精彩，總要取個名字吧。」

「多段櫻花。」

「遜斃了！——Super Nova怎麼樣？用日文講就是超新星。」

「加什麼Super不是很幼稚嗎……」

「——什麼？老哥你別太囂張了！」

「好啦好啦，我知道了。那就兩邊加起來，叫『櫻星』。這樣總行了吧？」

「嗯……好，就這麼決定！叫櫻星！」

大概是兄弟倆的點子加在一起很開心，GⅢ用興奮的聲音叫著。在這片巨大龍捲風內部像魔界的環境下、感覺應該沒有比這更像地獄的畫面。

龍捲風似乎就跟颱風一樣有眼的樣子，火車頭穿越了厚厚的龍捲風外壁——

——追上來的運輸機則是衝進龍捲風中。

在龍捲風內外之間對流的高、低氣壓產生的超高速氣流吹掃下，運輸機開始扭動飛行起來。然而，它依然沒有偏移路線。

距離衝撞還剩三十秒——！

「相信我吧，老哥。」

沙——GⅢ踏穩雙腳的聲音傳來。

「不相信弟弟還算什麼老哥啦？」

我也踏穩自己的雙腳。

好，瞄準目標了。

在我和GⅢ周圍，Trans-Am噴出的火花亂舞著。就好像——火焰的櫻花瓣。

「——這片櫻花吹雪——如果你有辦法讓它散落的話，那你就試看看吧！」

就在我凝視著運輸機如此大叫的同時——

——噗噗噗噗噗噗——————！

告知距離五十一區只剩一哩的氣笛聲響起。

（只要擊敗這傢伙，就贏了……！）

從雲與沙塵形成的牆壁中——轟轟轟轟轟——！運輸機飛了出來。

將近有一架客機大小的飛行砲彈——

已經逼近眼前了。

——馬許。

你到最後的最後，還是沒有自己握起武器戰鬥啊。

我們的確就像你的模擬計算結果一樣一路苦戰。

但是，你那個算式就要在此刻出現破綻了。

你的計算終究只是紙上談兵，不，是更空虛的程式上談兵。

你現在應該也還在五十一區吃著洋芋片、喝著可樂，用打電動的感覺在遠端操縱著運輸機吧。

然而我們卻是在這片宛如地獄的沙漠、龍捲風中，親自戰鬥著。

聽好了。

男人之間的戰鬥最後決定勝負的，不是子彈數量，不是腦袋好壞，也不是體格大小。

——是覺悟。

是決定於是否認真面對、是否有賭上性命的決心啊。

（就讓我教懂你這件事吧……！）

GⅢ將右手放到下定決心的我背上。

所謂的櫻星，就是我和GⅢ的超音速打擊合體技。

首先由GⅢ的『流星』製造一馬赫的速度將我**推出去**——我接著用『櫻花』製造出兩馬赫的速度。剛好等於我穿在制服底下的這套護具能夠承受的極限。

這招需要我和GⅢ全身上下的筋骨在完全相同的時間下進行連動。

將流星與櫻花相互配合的**默契**——呼吸的完全一致是重點。

不過，我們一定辦得到。

——因為，我們是兄弟啊！

「要上啦——流星——！」「——櫻花——！」

——就在一瞬間——

我的世界變成了完全不同於一馬赫的櫻花下所看到的畫面……

而是彷彿在光芒之中，一切都變得耀眼模糊的——兩馬赫的世界。

（這就是……兩馬赫的世界……！）

爆發模式下的眼睛利用超級慢動作看到的耀眼空間中，我有如流星般飛馳的拳頭噴出了像櫻花吹雪般的圓錐體蒸氣。

——占滿我視野的運輸機與我的拳頭互相接觸——

連零點一秒都不到的超常衝擊世界。

我的手甚至有種什麼也沒碰觸到的感覺。因為我在衝擊的瞬間，利用『秋水』將所有的力量都傳到運輸機上了。

透過這招，我們兄弟倆包含裝備在內的全部體重——約一百四十公斤的重量都集中在我拳頭上的一個點，命中 Global Shuttle。在兩馬赫的速度下，正面九十度角的反擊。

這就跟舊日本海軍的最上、利根等重巡洋艦上搭載的二號 20.3cm 連裝砲發射91式穿甲彈進行迎擊是一樣的意思。櫻星可說是乾坤一擲的人肉砲彈技啊。

應該是沒預想過會被艦砲在零距離下射擊的飛行砲彈上——被龍捲風颳起的沙子造成的大量微米單位的刮傷……

因為我們給予的衝擊，當場被撐開。變成公厘單位、公分單位、公尺單位。就在短短零點幾秒的時間內。

在超級慢動作的世界中，運輸機從前到後——有如一顆砸到牆壁的雞蛋，不，比那更加嚴重地，碎裂開來。

——啪！——時間間隔恢復正常。

我與GⅢ維持著『櫻星』的姿勢站在火車頭上，而號稱硬度如同藍寶石的運輸機陶瓷狀化合物外殼則是化為粉末。

龍捲風的外壁吹颳的上升氣流將如寶石般閃耀的碎片往上空捲起。相對於那美麗的閃光奔流，裸露出來的內部零件則是在暴風蹂躪下墜落——

——被 Trans-Am 號拋到後方，在龍捲風中化為廢鐵。

正當我們在穿越了龍捲風的火車上，看著運輸機的殘骸在後方飛散的情景時——

砰磅！火車頭將圍繞在五十一區外圍的鐵網像紙片一樣撞飛，衝進了廣大的空軍基地中。保持著時速兩百二十公里的車速。

說是基地內，其實建築物還在遠方。這裡似乎是飛行跑道的建設預定地——看起來跟剛才的沙漠一樣。然而，五十一區內與外面存在著一個明顯的差異。

那就是沒有鐵軌。

大概是為了不要讓飛機在降落時勾到，這條古老的鐵路已經被拆掉了……！

「……！」

像顆導彈飛出軌道的Trans-Am號從前端的排障器開始刺進沙漠中。

唰沙沙沙沙沙沙沙沙沙沙沙沙沙沙沙沙沙沙沙沙——！

沙子如波浪般高高濺起。

「……Hello，Area 51。Heellooooo……！」

我跟吊起眉梢、笑著瞪向前方設施的GⅢ一起——

從維持著前進方向、在高速下側倒的火車頭上被甩了下去。

掛在火車頭前的星條旗中已經有一面破掉不見了，而剩下的一面也在這時被扯下來、飛向高空——

被倒下的火車頭甩到前方的我和GⅢ，像是滑雪時要減速一樣刨起沙子，落到地面上。

伴隨黃沙大浪遵循慣性法則滑行的火車頭從後方逼近過來——倒在地上擔心著自

已會不會被壓扁的我和GⅢ……

被雪崩而來的沙流推動了五秒、十秒……

……總算靜止下來了。

就在噴出黑白濃煙橫倒在沙漠上的火車頭前方，短短一公尺的距離前。

「……嘿……跟老哥組隊戰鬥，都不會遇上什麼好事啊。」

只有背部和腳露出地面的GⅢ像地鼠一樣從沙子裡鑽出來後，抱怨了一下。但臉上卻掛著超燦爛的笑容。

「那是我才想說的話。」

只有上半身露出來的我也像螞蟻一樣爬出來，抱怨了一下。而且是皺著眉頭。

「另外，我明白了一件事情。所謂的物理法則，其實是女的。」

「……為什麼？」

「因為她會聽老哥的話，讓你有時候能辦到不合常理的事情啊。」

我徹底裝作沒聽到GⅢ這個美式笑話……

環顧四周，便看到前方遠處……有一群吉普車殺過來了。

我不清楚這裡是五十一區的第幾號管理區，希望是照原定計畫衝到親GⅢ的區域啊。畢竟我們已經沒有戰力了。

「大家沒事吧？」

「你可別太小看我的部下。」

GⅢ豎起拇指比向後方的火車……

「終點站～五十一區～五十一區到了～！」

首先是說著像列車車掌臺詞的金女走出來……

「看來我們比預定時間還要早到了。請原諒屬下估算錯誤。」

再來是跳落到沙漠上恭敬鞠躬的安格斯……

「呼，以Ⅲ來說算是安全駕駛了啦。」

「豪邁地同意妳的說法！哇哈哈哈！」

「哎呀討厭，該是禮拜的時間了。」

「Ⅲ大人～！我好害怕呀～！」

洛嘉、亞特拉士、柯林斯與九九藻雖然渾身都是煤炭與傷口……也還是靠自己的力量爬出來，有的說著美式玩笑，有的自顧自地祈禱起來，有的用女生跑步法跑向我們的方向。

在像是從市區巴士下車般冷靜走出來的蕾姬身後……

「老子的 Trans-Am 啊……！Oh, My Gooooood……！嗚哇啊啊啊啊……！」

桑德斯爺爺也爬出來，趴在沙漠上大哭起來了。用非常有精神的宏亮聲音。

話說，仔細看看，這個人是最毫髮無傷的啊。不愧是參加越戰歸來的人，有夠耐操。

然後……

「誠摯感謝您的協力。當然，我們也會賠償您車輛費用的。」

聽到安格斯在一旁這樣說道後……

「——Ｇｏｏｄ！那下次要換一輛新的柴油車啊。」

桑德斯爺爺一下子就停止哭泣站起來，翹起鬍子露出滿面笑容了。到底在搞什麼。

不管怎麼說，總之——

「事件落幕啦，老哥。」

「是啊。」

「只要有心還是辦得到嘛。」

「是啊，只要有心還是辦得到。」

戰鬥後的臺詞，兩句就都讓給老弟說吧。畢竟我是心腸很好的哥哥嘛。

接著，我們兄弟倆站起身子後，GⅢ的部下們便在我們面前排成一列——

大家都露出燦爛的笑臉，舉手敬禮。

因為就算只剩一隻手臂也還是可以敬禮，於是GⅢ也對他們敬禮回應。

「辛苦你們啦。接下來，就朝五十一區內部進軍。」

大概是上天的安排——剛才飛到天上的星條旗就在這時偶然飄下來——

GⅢ一副理所當然地伸出右手抓住，將它披到自己肩上。

然後用那隻右手——

朝列隊停在我們前方的那些吉普車做出勝利姿勢。

於是那群美軍們便——U.S.A!!——U.S.A!!——U.S.A!!——地齊聲回應。以日本來說就像是高喊三聲萬歲一樣。

……太好啦，這裡是親GⅢ派的管理區啊。在最後的最後，運氣站在我們這邊了。

不過畢竟我是J.P.N.，所以這應該不是我的運氣，而是GⅢ他們的運氣就是了。

——太陽沉沒到美國的沙漠中。

我披著一條毯子，呆呆看著那幕情景。蕾姬也蹲坐在我旁邊。

在野外露營區接受吃也吃不完的燒烤料理招待的我們面前……

兩名身穿迷彩服、全身肌肉的典型美國軍人走過來。

他們各自用右手與左手架著表情極為憔悴的馬許・羅斯福。

蘑菇頭髮型的嬌小男子・馬許……的確就坐鎮在五十一區。

但不知道為什麼，他現在卻像個犯人一樣被架送過來。哎呀，這樣的展開對我個人來說算是不差啦。

接著，一名身穿制服、叼著雪茄，同樣很符合我心中印象的——自稱是空軍准將的中年壯漢也走過來，對GⅢ敬禮。

GⅢ對他回禮後……

「……嘿，馬許，不好意思我們不是裝在屍袋中啊。」

在四肢趴到地上垂下頭的馬許面前盤腿坐下。

「現在的他是馬許嫌犯。在Mr. GⅢ抵達五十一區的時間點他便遭到NSA解雇，同時——以違反聯邦不正請求禁止法的罪名受到內部告發，根據同法第一一〇條第一項，發布了電子逮捕令……因此我們把他抓起來了。」

聽到准將的說明，馬許雖然嘀咕著「那種告發是無效的。我的收支報告紀錄事項中沒有不正利用的事實。我要在法庭上推翻他們。」但是——

他的話語完全沒有力量。

「馬許，你不需要害怕。在監獄中——有許多你給予了重生機會的善良前輩們，他們大家都心懷感激，一定會好好疼愛你的。」

准將吐著煙，如此告知馬許。

我在Cafe Lalo隨口說說的『吊車尾會比菁英更好的三個理由』——有地位的傢伙在輸了之後就會失勢。

看來馬許很快就被這點打敗了。

（爬階梯只要一踩空……就只能一路滾下去啦。）

之前沒對安格斯開罰單的那位黑人女警也說過，安格斯本來就讓人討厭。他擅長的只是讓凡事都完美成功，但卻不受到愛戴。這就叫『用巧智必樹敵』啊。

在菁英排行上爬到接近頂點的對手們，應該各個都是像小總統的傢伙。

所以在馬許輸給GⅢ、初次落敗的瞬間……

就像對付受傷的獵物一樣，那群對手們便一擁而上攻擊馬許了。透過政治手段。

「……呃~馬許，或許我是和平白痴的日本人，但看來反而是你的實戰經驗比較不足的樣子。哎呀，等你出獄之後，就從步兵重新做起吧。」

我也單腳跪到GⅢ旁邊，反諷了一下他之前對我說過的壞話……

總覺得，一點都不爽快啊。

因為這傢伙根本就像隻被從木洞中鷹爪拉出來的毛毛蟲一樣無力。

這場內華達州的戰役……

總而言之，就是一場空虛的戰鬥。

不，有一方根本沒有賭上性命……或許連戰鬥都稱不上吧？

然而，今後的戰爭想必都是一群像馬許這樣的傢伙在互鬥。畢竟美軍也積極在推動，這股奔流已經無法阻止了。

雙方都坐在電腦前，像打電動一樣操縱兵器的戰爭……嗎？

一定很空虛吧。哎呀，雖然拿槍拿劍廝殺也很愚蠢空虛就是了。

「……為什麼……為什麼、我……會輸……！明明所有的數據都顯示我絕對會獲勝啊……！」

看到似乎怎麼也想不通這一點的馬許終於忍不住大叫出來——

「因為你是個笨蛋啊。敢對我們兄弟找碴的傢伙，根本就可以獲頒諾貝爾笨蛋獎啦。」

GⅢ用拇指比向自己，露出苦笑。

這時安格斯走過來……

「好了，Ⅲ大人，請問想要取您性命的這個惡童，該如何處置呢？任何處刑方法屬下都能夠安排的。」

他說著，扭曲了原本就已經很扭曲的臉，露出笑容。

在臉色發青的馬許面前，GⅢ輕輕噴笑出來——

「算了吧。要殺也只殺有價值的傢伙，這是我的規矩啊。」

聽到他這麼說，我不禁吐槽了一句：「真意外你會這麼天真啊。」

GⅢ頓時對我冒了一下青筋，不過還是正面看著馬許……

「而且……實質上，這次也是我們輸啦。我們落得這副德行，可是這傢伙卻毫髮無傷。把他權力剝奪的，也不是我們。」

露出跟我一樣感到空虛的表情，如此說道。

現場沉默了一段時間後——

「……GⅢ，你……想笑我就笑吧，要殺我就殺吧。」

馬許彷彿是擠出聲音似地呢喃。

「我……沒有被設計成像你那樣強的男人，生到這世上。周圍的人大家都……甚至連女孩子都比我強。通訊員的少女們在背後嘲笑我無力的事情……我都知道。所以我才會去依賴、去冀求，稱為『權力』的力量，唯一願意……認同我的組織，NSA……！」

淚水滴答滴答地落到沙漠……

四肢趴在地上的馬許訴說著。

他之所以會對升官如此執著……或許是對心理陰影的一種反彈。

然而，這樣可悲的馬許賭上人生、一路效力過來的NSA也是——一旦失敗就翻臉不認人了。

或許所謂的組織就是這樣殘酷的東西，但美國的社會也太沒血沒淚、太乾燥了吧？

簡直就像這片沙漠一樣。

「……唯一認同我實力的，在這世上就只有NSA而已啊……！」

看著「嗚哇啊啊」地趴到沙子上哭出來的馬許……

「不，你錯了。另外還有一個男人，也認同你的實力。」

GⅢ輕輕把手放到馬許顫抖的肩膀上。

「……？是誰？不可能會有那種人的。」

「當然有，就在你眼前啊。」

「……！……」

「就是我。畢竟我曾經差點就被你殺掉過一次，而這次也是——能把我們逼到那種程度，實在不簡單。所以把頭抬起來，別哭了，笑吧。我也和你一樣，都是為了美國被造出來的悲哀男人。結果現在兩人都被捨棄，只能在這片沙漠中頂著白痴一樣的臉相望。怎麼樣，夠好笑吧？」

馬許聽到GⅢ這麼說，抬起剛哭完而顯得沒出息的臉——在歪掉的眼鏡底下，露出笑容了。鼻頭還掛著鼻水。

「……呵呵，說得也是，有夠好笑。但是，要說白痴臉你比較白痴。」

「嘿嘿嘿，才不，你才看起來比較白痴，這點我可不退讓。」

馬許與GⅢ現在都是被捨棄的人工天才……或許彼此間存在某種共鳴，一副臭氣相投似地互相笑起來了。到如今，總算。

兩人頗噁心地笑了一段時間後……

……馬許站起身子。

然後穿好西裝的衣襟與領帶，戴好眼鏡，拍掉膝蓋上的沙，用手撥好蘑菇髮型，拿手帕擤了一下鼻子……

最後很有男子氣概地用手擦掉眼淚，抬起表情凜然的臉。

「——不管變得多落魄，我依然是個美國人。而所有美國國民都擁有將自己相信為正義的行動付諸實行的權利。」

他先提出這樣一段引子後，環視我們——

「因此，我為了防止你們繼續進行更嚴重的破壞行動——GⅢ，我要帶你到瑠瑠色金的地方去。跟我來吧。那裡雖然是NSA的管轄區域，但我已經不是NSA的職員了。我只是偶然知道專用逃生口、偶然路過的人工天才罷了。」

——用他最後的自尊心如此說道。

即使他口頭上絕不會這麼說，不過這是為了向打敗自己、原諒自己、認同自己的GⅢ……表達致歉與致謝之意啊。

Go For The NEXT!!! 福特Ｔ型

五十一區・第８９Ａ管理區——

存在於空軍基地中不斷來回照射著天空的探照燈另一側的地底下。

我們爬下外觀被偽裝得與沙漠難以分辨、感覺像下水道人孔的一道通往地底的鐵梯……在馬許帶路下，走在冰涼的走道中。

牆壁與地板都鍍有深藍色金屬的這地方，是讓人難以相信位於沙漠中的電子要塞。途中有好幾道隔牆阻擋，馬許用尚未被封鎖的專用鑰匙一一打開。

話說，這麼森嚴的防禦……如果沒有他帶路，我們絕對沒辦法到達瑠瑠色金所在的地方吧？

——據說馬許是在ＬＯＯ輸給亞特拉士的那個時間點，就為了遇上萬一時可以拿來當作與ＧⅢ交涉的籌碼，而預先保護好這裡的管理者權限的。

因為打不贏的可能性有百分之零點五的關係，那個電子性保護措施在事前就已經準備完全……在保護措施被發現之前有三小時，在遭到破壞之前也有三小時的時間。

設施的地上層雖然有職員，但是連構造上都感覺在懷疑自己人的管理區域內地下層是完全無人。這個地下層，是什麼都知道的ＮＳＡ中，也只有一部分人物才知道的場所。

「這就是地下五樓的Ｆ隔牆。從這裡開始——其實連我都沒有進去過。」

馬許說著，用緊張的神情在牆上的面板輸入密碼——

縱、橫、斜三方向的三重隔牆打開來。

（……居然森嚴到這種程度……）

封印到這麼徹底的地步，反而更加顯示著……

祕藏在深處的瑠瑠色金，絕對是真貨。

就這樣，我們一路來到地下七樓——

——盡頭處標示有『Warning/Restricted Area/Do not Enter（警告／限制區域／禁止進入）』字樣的大門——

被馬許的鑰匙打開了。

「……」

我們屏氣凝神地望向門的另一頭……

（……什麼……？）

卻只看到好幾輛裝有黑色車頂棚的古典車。

每一輛都是福特Ｔ型——福特汽車公司於大約一百年前發售的世界第一款量產車。總販售量超過一千五百萬輛，是一點也不稀奇的大眾車。

現場總共有二十輛，整齊排列著。除此之外沒有其他東西。

這間大房間就是通道的盡頭，感覺並沒有繼續深入的隱藏房間。

「……瑠瑠色金……在哪裡？這裡……應該有大量的瑠瑠色金才對啊。」

馬許環顧四周，但沒有一個人看到那樣的東西。

「被擺了一道……馬許，就連你……也被上頭騙了！瑠瑠色金……早就已經、被人藏到其他地方去了……！該死……！」

GⅢ也一臉呆滯地當場跪了下去。

我也……

頓時感覺全身上下的力量都消失了。

這感情，就是所謂的絕望吧？

我為了亞莉亞，從日本遠渡重洋來到美國，拚上性命總算抵達的五十一區——

那個應該保管著瑠瑠色金的場所……現在卻像是在嘲笑入侵者似地……

變成了一間單純的車庫。

這玩笑未免太惡質了。

我該不會是在做什麼惡夢吧？

沒錯，這一定是惡夢……

「Ⅲ——這些、是瑠瑠色金。全部、全部都是——！」

就在這時開口發言讓我清醒過來的，是超能力者洛嘉。

「……什麼……？」

GⅢ轉過頭去的同時，與精通色金的玉藻同族的九九藻也——

「不、不會有錯……！這些車全部都是用瑠瑠色金做成的。塗裝底下全部、全部都是瑠瑠色金！這就是我們在尋找的寶藏呀，Ⅲ大人……！」

開心地顫抖著尾巴，流著感動的淚水伸手指向那些車子。

「這是偽裝呀，Ⅲ。政府在從前——將色金延展開來，做成當時隨處可見的福特T型車的零件形狀。然後上色、組裝，讓它甚至可以發動行走。那是為了萬一發生內亂或戰爭的時候，可以直接開走逃到全美各地呀。」

洛嘉也顫抖著手，觸摸其中一輛福特T型車。

這、這些——

這些車子，全部、全部……

都是**色金做成的嗎**？

若真是如此，那質量可說相當驚人，是噸重單位啊。

——的確，色金是金屬。既然是金屬，就有延展性，可以輕易進行加工。亞莉亞的緋彈、我的蝴蝶刀……色金止女也是同樣的例子。只要加工成常見的東西，也是可以根據那形狀發射、切砍或是進行移動的。

二十世紀初的美國到處都可以看到這款車，因為最初也只有這款量產車而已。而當時的執政者——就將大量的瑠瑠色金做成了車子的形狀。利用『隨處可見的東西』

進行隱藏，而且遇上萬一的狀況下，也可以讓它自行逃向四面八方。

這樣一想，色金被做成車子外型的理由也能說得通了。

太好啦。

成功了。

我們總算找到瑠瑠色金了。

只要從這裡面開個一、兩輛回去——

我們就能得到分也分不完的色金了！

「GⅢ……！」

「老哥……」

我對跪在地上的GⅢ拉了一把，讓他站起身子……就在這時……

發生了超乎預料的事情。

「金次同學。」

不知不覺間來到我身邊的蕾姬叫了我一聲，於是我轉過頭去——

「……嗚……？」

——她、親了我、一下。

就像去年暑假的最後一天那樣。不，比那時候親得更激烈、更深。

蕾姬帶有甘甜薄荷茶味道的舌頭，與我的舌頭纏繞在一起。

突如其來的狀況，讓我做不出反應——

只能任由擺布。

周圍的人也只能瞪大眼睛看著我們。

到底是怎麼回事？

發生什麼事了？

呼——

——放開我嘴脣的蕾姬——

「……嗚……」

……！

——不對。

不是蕾姬。她變得不是蕾姬了。就在剛剛這個成熟的接吻過程中。

莫名帶有女人味、眼神與平常的蕾姬完全不同的那個女人——

轉身看向那些車子。

附到蕾姬身上的那個靈魂……啊啊。

我懂了。我明白了。

——是、風。

從遠處在某種程度上操控著蕾姬的……『風』。就是那個。現在，蕾姬變成了風。

甚至連走路方式都變得比平常有女人味的蕾姬——一步、兩步，走向車子。

接著用帶有歡喜感情的聲音，開口說道：

「瑠瑠，妳在那兒吧？」

——是日文。

彷彿是被那聲音引導似的，在蕾姬眼前——

出現了背對著車列……宛如藍色投影畫面的身影。

「——璃璃——」

伴隨著聲音，出現了一名裸身的女子。

發出藍光的女性閉著眼睛，像胎兒一樣彎著手臂，像在祈禱似地將雙手交握在胸前。

……這是……

在我至今見過的各種超常現象中，最驚人的超常現象。

有著人類的外型，發出淡淡藍光，宛如雲靄的女子。

現場並沒有任何能夠投射影像的投影機。

要我用直覺形容的話，就是——靈體。這樣稱呼最讓人能夠接受。

而且，**我見過這位女性**。雖然只是在照片上——

（……莎拉博士……！）

比起瞪大雙眼的我，GⅢ和馬許表現得更是驚愕。

沒錯，這女性……長相就跟莎拉博士一樣。

她解開交握的雙手，伸向蕾姬——蕾姬也對莎拉博士伸出手，像米開朗基羅在西斯廷禮拜堂天花板上畫的穹頂畫一樣，彼此伸出食指互相碰觸。

寂靜的數秒過後——

「……請原諒我……」

發出藍光的女子開口說道。也是用日文。

「我借用了你們所深愛的這個外觀……你們是相當好戰的生命……因此我借用了你們腦海中的這身姿態……因為我們並不存在固定的『容貌』……」

「……瑠瑠，我透過這位璃巫女的感覺，看過了故事的概要。該是時候……出面**阻止**了。為了人類的生命與心靈，我們必須去阻止緋緋……」

「……我……一直在害怕爭鬥的時候、廝殺的時候、阻止的時候到來。害怕只有三個存在的我們，又再往孤獨踏近一步的時候。但是，或許璃璃說得沒錯……」

這是……什麼？

發生了什麼事？

他們在說什麼？

我們——沒有一個人能夠開口發聲。

就好像——在神明的面前，人類什麼事也做不到一樣。

不。

我知道。

——事實上就是那樣。

眼前的這兩位，就是女神與女神——

發出藍光的女性閉著眼睛轉向我們。

然後，再度像祈禱似地將雙手十指交握在胸前……

對我們如此說道：

「……請你們……去阻止緋緋吧——阻止緋緋色金，阻止我們的、姊姊。」

Go For The Next!!!

後記

您好！我是因為天氣太熱而把玄關大門打開，結果 Roomba 就這樣逃出家門的赤松！

這次是久違的小說第十八集、漫畫版第十集與緋彈的亞莉亞ＡＡ第八集同時發售，讓我非常開心。然後，這同樣也是久違的『緋彈的亞莉亞Ｑ＆Ａ單元』！

Ｑ：『最近的劇情高潮感……請問緋彈的亞莉亞該不會是接近完結了吧！』

讓各位操心了……不過，請放心！還不會結束的！

筆者的腦中現在依然還有許多想寫的東西、想互動的角色、想描述的戰鬥與日常戀愛喜劇點子——甚至是隨著日子越來越多呢。

換句話說，這部作品不會有「因為想不到東西所以要結束了」這樣的事情發生。只要各位讀者繼續支持，作品就會一直寫下去，請大家不用擔心！

好啦，接著換個話題……

在今年夏天，緋彈的亞莉亞『新企畫』的真面目就是跟『緋彈的亞莉亞ＡＡ』有關的消息終於發表了。

因此，針對「關注度急遽上升中！」的ＡＡ這部作品，請讓我藉此機會再介紹一次。

『緋彈的亞莉亞AA』是以亞莉亞的戰妹——間宮明里為主角的故事。是一部描寫學妹們的日常生活（偶爾穿插一點性感畫面）、光是看著就會感到幸福的漫畫。橘書画子老師的作畫也是可愛到極點呢。

不過，如果只有笑笑鬧鬧就一點也不像赤松作品了……（暗黑微笑）

在亞莉亞AA中描寫的——說是日常生活，畢竟還是武偵高中的日常生活。可愛的女生們大家也都裝備著手槍或刀劍……經常揮拳踢腳、利刃子彈飛來飛去，刺激的日子非常有亞莉亞的學妹們的感覺！

那樣『Cute&Battle』的亞莉亞AA，在時間軸上是和本小說互相連結的。因此像風魔或金女這些學妹們自是不用說，巴斯克維爾小隊的成員們在劇中也很活躍喔。

另外，就像小說第十二集中畫漫畫的前伊．U成員『魔宮之蠍』、第十七集金次他們提到的武裝檢察官的女兒．佐佐木志乃、然後在這本第十八集中發現與遠山家有歷史淵源的間宮明里等等，其實在本作品中也早有許多AA的角色們登場過囉。

只要讀過就能更加理解『緋彈的亞莉亞』、書迷們必買的漫畫——就是『緋彈的亞莉亞AA』。

哎呀～這是非湊齊不可啦！

再露骨不過的打廣告內容寫完後，篇幅也將盡了。

那麼，期待下次——現實世界追上作品中的季節時再相見。

二〇一四年八月吉日　赤松中學

■這次的封面是機械少女，因此我是看著很多的參考資料進行設計的。
平常沒什麼機會畫機械類的東西，雖然很辛苦卻也感到很有趣呢。
那麼，期待下一集再相見!!

機巧少女不會受傷
海冬零兒 著
LLO 繪
9
機巧少女不會受傷
Facing "Star Gazer"
Reiji Kaito
海冬零兒
插畫・LLO
10
機巧少女不會受傷
Facing "Target Gold"
Reiji Kaito
海冬零兒
插畫・LLO
11
機巧少女不會受傷
Facing "Dolls Master"
Reiji Kaito
海冬零兒
插畫・LLO
機巧少女
Reiji Kaito
海冬零兒
插畫・LLO

浮文字

緋彈的亞莉亞（18）星條旗的霸道

（原名：緋弾のアリアXVIII 星条旗の覇道（トランザム））

作者／赤松中學　封面插畫／こぶいち　譯者／陳梵帆
發行人／黃鎮隆　協理／陳君平
總編輯／洪琇菁　國際版權／林孟璇
執行編輯／呂尚燁　美術主編／李政儀
企劃宣傳／邱小祐
出版／城邦文化事業股份有限公司　尖端出版
台北市中山區民生東路二段一四一號十樓
電話：（〇二）二五〇〇七六〇〇　傳真：（〇二）二五〇〇二六八三
E-mail：7novels@mail2.spp.com.tw
發行／英屬蓋曼群島商家庭傳媒股份有限公司城邦分公司　尖端出版
台北市中山區民生東路二段一四一號十樓
電話：（〇二）二五〇〇—七六〇〇（代表號）
傳真：（〇二）二五〇〇—一九七九
北部經銷／祥友圖書有限公司
電話：（〇二）八五一二—三八五一
傳真：（〇二）八五一二—四二五五
中部經銷／高見文化行銷股份有限公司
電話：〇八〇〇—〇五五—三六五
傳真：（〇二）二六六八—六二二〇
雲嘉經銷／智豐圖書股份有限公司　嘉義公司
電話：（〇五）二三三—三八五二
傳真：（〇五）二三三—三八六三
南部經銷／智豐圖書股份有限公司　高雄公司
電話：（〇七）三七三—〇〇七九
傳真：（〇七）三七三—〇〇八七
一代匯集／香港九龍旺角塘尾道六十四號龍駒企業大廈十樓B＆D室
電話：（八五二）二七八三—八一〇二
傳真：（八五二）二七八二—一五二九
馬新總經銷／城邦（馬新）出版集團　Cite(M)Sdn.Bhd.
E-mail：Cite@cite.com.my
大眾書局（新加坡）　POPULAR(Singapore)
E-mail：feedback@popularworld.com
大眾書局（馬來西亞）　POPULAR(Malaysia)
E-mail：popularmalaysia@popularworld.com
法律顧問／王子文律師　元禾法律事務所
台北市羅斯福路三段三十七號十五樓
二〇一五年一月一版一刷
二〇一六年七月一版三刷

■中文版■

郵購注意事項：
1. 填妥劃撥單資料：帳號：50003021戶名：英屬蓋曼群島商家庭傳媒(股)公司城邦分公司。2. 通信欄內註明訂購書名與冊數。3. 劃撥金額低於500元，請加附掛號郵資50元。如劃撥日起 10～14日，仍未收到書時，請洽劃撥組。劃撥專線TEL：(03) 312-4212 ・ FAX：(03) 322-4621。E-mail：marketing@spp.com.tw

國家圖書館出版品預行編目資料

緋彈的亞莉亞 / 赤松中學 著 ; 陳梵帆 譯.--1版.
--臺北市：尖端出版, 2009.10
面 ; 公分.--(浮文字)
譯自:**緋弾のアリア**
ISBN 978-957-10-5833-7(第18冊：平裝)

861.57　　98014545